CLAUDINE À L'ÉCOLE

COLETTE

ALICIA ÉDITIONS

PRÉAMBULE

En tant qu'éditrice, j'ai eu le privilège de redécouvrir l'œuvre de Colette et de constater l'incroyable talent qui se cachait derrière le pseudonyme de Willy. Les romans de la série des Claudine, initialement attribués à Henri Gauthier-Villars, alias Willy, révèlent une écriture sensible, moderne et profondément féminine qui ne pouvait être l'œuvre que d'une seule personne : Colette.

Les recherches historiques et littéraires ont indubitablement établi que Colette était la véritable auteure de ces romans. C'est pourquoi, consciente de l'importance de rendre justice à une écrivaine majeure, j'ai pris la décision de ne créditer que Colette sur les nouvelles éditions de ces œuvres.

Cette décision s'inscrit dans une volonté de rétablir la vérité historique et de permettre à Colette de briller de son propre éclat. En effet, pendant longtemps, l'ombre de Willy a occulté le talent exceptionnel de Colette, reléguant au second plan une voix singulière et novatrice dans le paysage littéraire français.

En créditant Colette en tant qu'auteure unique des « *Claudine* », je contribue à faire connaître et reconnaître l'une des figures les plus marquantes de la littérature française du XXe siècle.

Alicia ÉDITIONS

Je m'appelle Claudine, j'habite Montigny ; j'y suis née en 1884 ; probablement je n'y mourrai pas.

Mon *Manuel de géographie départementale* s'exprime ainsi : « Montigny-en-Fresnois, jolie petite ville de 1950 habitants, construite en amphithéâtre sur la Thaize ; on y admire une tour sarrasine bien conservée... » Moi, ça ne me dit rien du tout, ces descriptions-là ! D'abord, il n'y a pas de Thaize ; je sais bien qu'elle est censée traverser des prés au-dessous du passage à niveau ; mais en aucune saison vous n'y trouveriez de quoi laver les pattes d'un moineau. Montigny construit « en amphithéâtre » ? Non, je ne le vois pas ainsi ; à ma manière, c'est des maisons qui dégringolent, depuis le haut de la colline jusqu'en bas de la vallée ; ça s'étage en escalier au-dessous d'un gros château, rebâti sous Louis XV et déjà plus délabré que la tour sarrasine, épaisse, basse, toute gaînée de lierre, qui s'effrite par en haut, un petit peu chaque jour. C'est un village, et pas une ville ; les rues, grâce au ciel, ne sont pas pavées ; les averses y roulent en petits torrents, secs au bout de deux heures ; c'est un village, pas très joli même, et que pourtant j'adore.

Le charme, le délice de ce pays fait de collines et de vallées si étroites que quelques-unes sont des ravins, c'est les bois, les bois profonds et envahisseurs, qui moutonnent et ondulent jusque là-bas, aussi loin qu'on peut voir. Des prés verts les trouent par places, de petites cultures aussi, pas grand'chose, les bois superbes dévorant tout. De sorte que cette belle contrée est affreusement pauvre, avec ses quelques fermes disséminées, si peu nombreuses, juste ce qu'il faut de toits rouges pour faire valoir le vert velouté des bois.

Chers bois ! Je les connais tous ; je les ai battus si souvent. Il y a les bois-taillis, des arbustes qui vous agrippent méchamment la figure au passage, ceux-là sont pleins de soleil, de fraises, de muguet, et aussi de serpents. J'y ai tressailli de frayeurs suffocantes à voir glisser devant mes pieds ces atroces petits corps lisses et froids ; vingt fois je me suis arrêtée, haletante, en trouvant sous ma main, près de la « passe-rose », une couleuvre bien sage, roulée en colimaçon régulièrement, sa tête en dessus, ses petits yeux dorés me regardant ; ce n'était pas dangereux, mais quelles terreurs ! Tant pis, je finis toujours par y retourner seule ou avec des camarades ; plutôt seule, parce que ces petites grandes filles m'agacent, ça a peur de se déchirer aux ronces, ça a peur des petites bêtes, des chenilles veloutées et des araignées des bruyères, si jolies, rondes et roses comme des perles, ça crie, c'est fatigué, — insupportables enfin.

Et puis il y a mes préférés, les grands bois qui ont seize et vingt ans, ça me saigne le cœur d'en voir couper un ; pas broussailleux, ceux-là, des arbres comme des colonnes, des sentiers étroits où il fait presque nuit à midi, où la voix et les pas sonnent d'une façon inquiétante. Dieu, que je les aime ! Je m'y sens tellement seule, les yeux perdus loin entre les arbres, dans le jour vert et mystérieux, à la fois délicieusement tranquille et un peu anxieuse, à cause de la solitude et de l'obscurité vague... Pas de petites bêtes, dans ces grands bois, ni de hautes herbes, un sol battu, tour à tour sec, sonore, ou mou à cause des sources ; des lapins à derrières blancs les traversent ; des chevreuils peureux dont on ne fait que deviner le passage, tant ils courent vite ; de grands faisans lourds, rouges, dorés ; des sangliers (je n'en ai pas vu) ; des loups — j'en ai entendu un, au commencement de l'hiver, pendant que je ramassais des faînes, ces bonnes petites faînes huileuses qui grattent la gorge et font tousser. Quelquefois des pluies d'orage vous surprennent dans ces grands bois-là : on se blottit sous un chêne plus épais que les autres, et, sans rien dire, on écoute la pluie crépiter là-haut comme sur un toit, bien à l'abri, pour ne sortir de ces profondeurs que tout ébloui et dépaysée, mal à l'aise au grand jour.

Et les sapinières ! Peu profondes, elles, et peu mystérieuses, je les aime pour leur odeur, pour les bruyères roses et violettes qui poussent dessous, et pour leur chant sous le vent. Avant d'y arriver, on traverse des futaies serrées, et tout d'un coup, on a la surprise délicieuse de déboucher au bord d'un étang, un étang lisse et profond, enclos de tous côtés par les bois, si loin de toutes choses ! Les sapins poussent dans une espèce d'île, au milieu ; il faut passer bravement à cheval sur un tronc déraciné qui rejoint les deux rives. Sous les sapins, on allume du feu, même en été, parce que c'est défendu ; on y cuit n'importe quoi, une pomme, une poire, une pomme de terre volée dans un champ, du pain bis faute d'autre chose ; ça sent la fumée amère et la résine, c'est abominable, c'est exquis.

J'ai vécu dans ces bois dix années de vagabondages éperdus, de conquêtes et de découvertes ; le jour où il me faudra les quitter j'aurai un gros chagrin.

Quand, il y a deux mois, j'ai eu quinze ans sonnés, j'ai allongé mes jupes jusqu'aux chevilles, on a démoli la vieille école et on a changé l'institutrice. Les jupes longues, mes mollets les exigeaient, qui tiraient l'œil, et me donnaient déjà trop l'air d'une jeune fille ; la vieille école tombait en ruines ; quant à l'institutrice, la pauvre bonne Madame X, quarante ans, laide, ignorante, douce, et toujours affolée devant les inspecteurs d'académie, même devant les inspecteurs primaires, le docteur Dutertre, délégué cantonal, avait besoin de sa place pour y installer une protégée à lui. Dans ce pays, ce que Dutertre veut, le ministre le veut.

Pauvre vieille école, délabrée, malsaine, mais si amusante ! Ah ! les beaux bâtiments qu'on construit ne te feront pas oublier[1].

Les chambres du premier étage, celles des instituteurs, étaient maussades et incommodes ; le rez-de-chaussée, nos deux classes l'occupaient, la grande et la petite, deux salles incroyables de laideur et de saleté, avec des tables comme je n'en revis jamais, diminuées de moitié par l'usure, et sur lesquelles nous aurions dû, raisonnablement, devenir bossues au bout de six mois. L'odeur de ces classes, après les trois heures d'étude du matin et de l'après-midi, était littéralement à renverser. Je n'ai jamais eu de camarades de mon espèce, car les rares familles bourgeoises de Montigny envoient, par genre, leurs enfants en pension au chef-lieu, de sorte que l'école ne compte guère pour élèves que des filles d'épiciers, de cultivateurs, de gendarmes et d'ouvriers surtout ; tout ça assez mal lavé.

Moi, je me trouve dans ce milieu étrange parce que je ne veux pas quitter Montigny ; si j'avais une maman, je sais bien qu'elle ne me laisserait pas vingt-quatre heures ici, mais papa, lui, ne voit rien, ne s'occupe pas de moi, tout à ses travaux, et ne s'imagine pas que je pourrais être plus convenablement élevée dans un couvent ou dans un lycée quelconque. Pas de danger que je lui ouvre les yeux !

Comme camarades, donc, j'eus, j'ai encore Claire (je supprime le nom de famille), ma sœur de lait, une fillette douce, avec de beaux

---

1. Le nouveau « groupe scolaire » pousse depuis sept ou huit mois, dans un jardin avoisinant acheté tout exprès, mais nous ne nous intéressons guère, jusqu'à présent, à ces gros cubes blancs qui montent peu à peu ; malgré la rapidité (inusitée en ce pays de paresseux) avec laquelle sont menés les travaux, les écoles ne seront pas achevées, je pense, avant l'Exposition. Et alors, munie de mon Brevet élémentaire, j'aurai quitté l'École, — malheureusement.

yeux tendres et une petite âme romanesque, qui a passé son temps d'école à s'amouracher tous les huit jours (oh ! platoniquement) d'un nouveau garçon, et qui, maintenant encore, ne demande qu'à s'éprendre du premier imbécile, sous-maître ou agent voyer, en veine de déclarations « poétiques ».

Puis la grande Anaïs (qui réussira sans doute à franchir les portes de l'École de Fontenay-aux-Roses, grâce à une prodigieuse mémoire lui tenant lieu d'intelligence véritable), froide, vicieuse, et si impossible à émouvoir que jamais elle ne rougit, l'heureuse créature ! Elle possède une véritable science du comique et m'a souvent rendue malade de rire. Des cheveux ni bruns ni blonds, la peau jaune, pas de couleur aux joues, de minces yeux noirs, et longue comme une rame à pois. En somme, quelqu'un de pas banal ; menteuse, filouteuse, flagorneuse, traîtresse, elle saura se tirer d'affaire dans la vie, la grande Anaïs ! À treize ans, elle écrivait et donnait des rendez-vous à un nigaud de son âge ; on l'a su et il en est résulté des histoires qui ont ému toutes les gosses de l'École, sauf elle.

Et encore les Jaubert, deux sœurs, deux jumelles, même, bonnes élèves, ah ! bonnes élèves, je crois bien, je les écorcherais volontiers, tant elles m'agacent avec leur sagesse, et leurs jolies écritures propres, et leur ressemblance niaise, des figures molles et mates, des yeux de mouton pleins de douceur pleurarde. Ça travaille toujours, c'est plein de bonnes notes, c'est convenable et sournois, ça souffle une haleine à la colle forte, pouah !

Et Marie Belhomme, bébête, mais si gaie ! raisonnable et sensée, à quinze ans, comme une enfant de huit ans peu avancée pour son âge, elle abonde en naïvetés colossales qui désarment notre méchanceté et nous l'aimons bien, et j'ai toujours dit force choses abominables devant elle parce qu'elle s'en choque sincèrement, d'abord, pour rire de tout son cœur une minute après en levant au plafond ses longues mains étroites « ses mains de sage-femme » dit la grande Anaïs. Brune et mate, des yeux noirs longs et humides, Marie ressemble, avec son nez sans malice, à un joli lièvre peureux. Ces quatre-là et moi, nous formons cette année la pléiade enviée, désormais au-dessus des « grandes » nous aspirons au brevet élémentaire.

Le reste, à nos yeux, c'est la lie, c'est le vil peuple ! Je présenterai quelques autres camarades au cours de ce journal, car c'est décidément un journal, ou presque, que je vais commencer.

Mme X, qui a reçu l'avis de son changement, en a pleuré, la pauvre femme, toute une journée, — et nous aussi — ce qui m'inspire une solide aversion contre sa remplaçante. En même temps que les démolisseurs de la vieille école paraissent dans les cours de récréation, arrive la nouvelle institutrice, Mlle Sergent, accompagnée de sa mère, grosse femme en bonnet, qui sert sa fille et l'admire, et qui me fait l'effet d'une paysanne finaude, connaissant le prix du beurre, mais pas méchante au fond. Mlle Sergent, elle, ne paraît rien moins que bonne, et j'augure mal de cette rousse bien faite, la taille et les hanches rondes, mais d'une laideur flagrante, la figure bouffie et toujours enflammée, le nez un peu camard, entre deux petits yeux noirs, enfoncés et soupçonneux. Elle occupe dans l'ancienne école une chambre qu'il n'est pas nécessaire de démolir tout de suite, et son adjointe de même, la jolie Aimée Lanthenay, qui me plaît autant que sa supérieure déplaît. Contre Mlle Sergent, l'intruse, je conserve ces jours-ci une attitude farouche et révoltée ; elle a déjà tenté de m'apprivoiser mais j'ai regimbé d'une façon presque insolente. Après quelques escarmouches vives, il me faut bien la reconnaître institutrice tout à fait supérieure, nette, cassante souvent, d'une volonté qui serait admirablement lucide si la colère ne l'aveuglait parfois. Avec plus d'empire sur elle-même, cette femme-là serait admirable ; mais qu'on lui résiste : les yeux flambent, les cheveux roux se trempent de sueur… je l'ai vue avant hier sortir pour ne pas me jeter un encrier à la tête.

Pendant les récréations, comme le froid humide de ce vilain automne ne m'engage guère à jouer, je cause avec Mlle Aimée. Notre intimité progresse très vite. Nature de chatte caressante, délicate et frileuse, incroyablement câline, j'aime à regarder sa frimousse rose de blondinette, ses yeux dorés aux cils retroussés. Les beaux yeux qui ne demandent qu'à sourire ! Ils font retourner les gars quand elle sort. Souvent, pendant que nous causons sur le seuil de la petite classe empressée, Mlle Sergent passe devant nous pour regagner sa chambre, sans rien dire, fixant sur nous ses regards jaloux et fouilleurs. Dans son silence nous sentons, ma nouvelle amie et moi, qu'elle enrage de nous voir « corder » si bien.

Cette petite Aimée — elle a 19 ans et me vient à l'oreille — bavarde comme une pensionnaire qu'elle était encore il y a trois mois, avec un besoin de tendresse, de gestes blottis, qui me touche. Des gestes blottis ! Elle les contient dans une peur instinctive de Mlle Sergent, ses petites mains froides serrées sous le collet de fausse fourrure (la pauvrette est sans argent comme des milliers de ses pareilles). Pour l'apprivoiser, je me fais douce, sans peine, et je la questionne, assez contente de la regarder. Elle parle, jolie en dépit, ou à cause, de sa frimousse irrégulière. Si les pommettes saillent un peu trop, si, sous le nez court, la bouche un peu trop renflée fait un drôle de petit coin à gauche quand elle rit, en revanche quels yeux merveilleux couleur d'or jaune, et quel teint, un de ces teints délicats à l'œil, si solides que le froid ne les bleuit même pas ! Elle parle, elle parle, — et son père qui est tailleur de pierres, et sa mère qui tapait souvent, et sa sœur et ses trois frères, et la dure École normale du chef-lieu où l'eau gelait dans les brocs, où elle tombait toujours de sommeil parce qu'on se lève à cinq heures (heureusement la maîtresse d'anglais était bien gentille pour elle) et les vacances dans sa famille où on la forçait à se remettre au ménage, en disant qu'elle serait mieux à tremper la soupe qu'à faire la demoiselle, — tout ça défile dans son bavardage, toute cette jeunesse de misère qu'elle supportait impatiemment et dont elle se souvient avec terreur.

Petite Mlle Lanthenay, votre corps souple cherche, et appelle, un bien-être inconnu ; si vous n'étiez pas institutrice-adjointe à Montigny, vous seriez peut-être... je ne veux pas dire quoi. Mais que j'aime vous entendre et vous voir, vous qui avez quatre ans de plus que moi, et de qui je me sens, à chaque instant, la sœur aînée !

Ma nouvelle confidente me dit un jour qu'elle sait pas mal d'anglais, et cela m'inspire un projet tout simplement merveilleux. Je demande à papa (puisqu'il me tient lieu de maman) s'il ne voudrait pas me faire donner par Mlle Aimée Lanthenay des leçons de grammaire anglaise. Papa trouve l'idée géniale, comme la plupart de mes idées, et, « pour boucler l'affaire », comme il dit, m'accompagne chez Mlle Sergent. Elle nous reçoit avec une politesse impassible, et, pendant que papa lui expose son projet, paraît l'approuver ; mais je sens une vague inquiétude de ne pas voir ses yeux pendant qu'elle parle. (Je me suis aperçue très vite que ses yeux disent toujours sa pensée, sans qu'elle puisse la dissimuler, et je suis anxieuse de constater qu'elle les tient obstinément baissés). On appelle Mlle Aimée qui descend empressée, rougissante, et répétant « Oui Monsieur », et « Certainement Monsieur », sans trop savoir ce qu'elle dit, pendant que je la regarde, toute contente de ma ruse, et réjouie à la pensée que je vais, désormais, l'avoir avec moi plus intimement que sur le seuil de la petite classe. Prix des leçons : quinze francs par mois, deux séances par semaine ;

pour cette pauvre petite adjointe qui gagne soixante-quinze francs par mois et paie sa pension là-dessus, c'est une aubaine inespérée. Je crois aussi qu'elle a du plaisir à se trouver plus souvent avec moi. Pendant cette visite-là, je n'échange guère que deux ou trois phrases avec elle.

Premier jour de leçon ! Je l'attends après la classe, pendant qu'elle réunit ses livres d'anglais, et en route pour la maison ! J'ai installé un coin confortable pour nous deux dans la bibliothèque de papa, une grande table, des cahiers et des plumes, avec une bonne lampe qui n'éclaire que la table. Mlle Aimée, très embarrassée (pourquoi ?) rougit, toussote :

— Allons, Claudine, vous savez votre alphabet, je pense ?

— Bien sûr, Mademoiselle, je sais aussi un peu de grammaire anglaise, je pourrais très bien faire cette petite version-là. On est bien, s'pas ici ?

— Oui, très bien.

Je demande, en baissant un peu la voix pour prendre le ton de nos bavardages :

— Est-ce que Mlle Sergent vous a reparlé de mes leçons avec vous ?

— Oh ! presque pas. Elle m'a dit que c'était une chance pour moi, que vous ne me donneriez pas de peine, si vous vouliez seulement travailler un peu, que vous appreniez avec une grande facilité quand vous vouliez bien.

— Rien que ça ? C'est pas beaucoup ! Elle pensait bien que vous me le répéteriez.

— Voyons, Claudine, nous ne travaillons pas. Il n'y a en anglais qu'un seul article... etc., etc.

Au bout de dix minutes d'anglais sérieux, j'interroge encore :

— Vous n'avez pas remarqué qu'elle n'avait pas l'air content quand je suis venue avec papa pour demander de prendre des leçons avec vous ?

— Non... Si... Peut-être, mais nous ne nous sommes presque pas parlé le soir.

— Ôtez donc votre jaquette, on étouffe toujours chez papa. Ah ! comme vous êtes mince, on vous casserait ! Vos yeux sont bien jolis à la lumière.

Je dis tout ça parce que je le pense, et que je prends plaisir à lui faire des compliments, plus de plaisir que si j'en recevais pour mon compte. Je demande :

— Vous couchez toujours dans la même chambre que Mlle Sergent ?

(Cette promiscuité me paraît odieuse, mais le moyen de faire autrement ! Toutes les autres chambres sont déjà démeublées, et on commence à enlever le toit. La pauvre petite soupire) :

— Il faut bien, mais c'est ennuyeux comme tout ! Le soir, à neuf heures, je me couche tout de suite, vite, vite, et elle vient se coucher après ; mais c'est tout de même désagréable, quand on est si peu à son aise ensemble.

— Oh ! ça me blesse pour vous, énormément ! Comme ça doit vous assommer de vous habiller devant elle, le matin ! Je détesterais me montrer en chemise à des gens que je n'aime pas !

Mlle Lanthenay sursaute en tirant sa montre :

— Mais enfin, Claudine, nous ne faisons rien ! Travaillons donc !

— Oui. Vous savez qu'on attend de nouveaux sous-maîtres ?

— Je sais, deux. Ils arrivent demain.

— Ça va être amusant ! Deux amoureux pour vous !

— Oh ! taisez-vous donc. D'abord tous ceux que j'ai vus étaient si bêtes que ça ne me tentait guère ; je sais déjà leurs noms, à ceux-ci, des noms ridicules : Antonin Rabastens et Armand Duplessis.

— Je parie que ces pierrots-là vont passer vingt fois par jour dans notre cour, sous prétexte que l'entrée des garçons est encombrée de démolitions…

— Claudine, écoutez, c'est honteux, nous n'avons rien fait aujourd'hui !

— Oh ! c'est toujours comme ça le premier jour. Nous travaillerons beaucoup mieux vendredi prochain ; il faut bien le temps de se mettre en train.

Malgré ce raisonnement remarquable, Mlle Lanthenay, impressionnée de sa propre paresse, me fait travailler sérieusement jusqu'à la fin de l'heure ; après quoi je la reconduis au bout de la rue. Il fait nuit, il gèle, ça me fait peine de voir cette petite ombre menue s'en aller dans ce froid et dans ce noir, pour rentrer chez la Rousse aux yeux jaloux.

Cette semaine nous avons goûté des heures de joie pure, parce qu'on nous employa, nous, les grandes, à déménager le grenier, pour en descendre les livres et les vieux objets qui l'encombraient. Il a fallu se presser ; les maçons attendaient pour démolir le premier étage. Ce furent des galopades insensées dans les greniers et les escaliers ; au risque d'être punies, nous nous aventurions, la grande Anaïs et moi, jusque dans l'escalier conduisant aux chambres des instituteurs, dans l'espoir d'entrevoir enfin les deux nouveaux sous-maîtres demeurés invisibles depuis leur arrivée...

Hier, devant un logis entre-bâillé, Anaïs me pousse, je trébuche et j'ouvre la porte avec ma tête. Alors nous pouffons et nous restons plantées sur le seuil de cette chambre, justement une chambre d'adjoint, vide, par bonheur, de son locataire ; nous l'inspectons rapidement. Au mur et sur la cheminée, de grandes chromolithographies banalement encadrées : une Italienne avec des cheveux foisonnants, des dents éclatantes et la bouche trois fois plus petite que les yeux ; comme pendant, une blonde pâmée qui serre un épagneul sur son corsage à rubans bleus. Au-dessus du lit d'Antonin Rabastens (il a fixé sa carte sur la porte avec quatre punaises) des banderolles s'entrecroisent, aux couleurs russes et françaises. Quoi encore ? une table avec une cuvette, deux chaises, des papillons piqués sur des bouchons de liège, des romances éparpillées sur la cheminée, et rien de plus. Nous regardons tout sans rien dire, et tout d'un coup nous nous sauvons vers le grenier en courant, oppressées de la crainte folle que le nommé Antonin (on ne s'appelle pas Antonin !) ne vienne à monter l'escalier ; notre piétinement, sur ces marches défendues, est si tapageur qu'une porte s'ouvre au rez-de-chaussée, la porte de la classe des garçons, et quelqu'un se montre, en demandant avec un drôle d'accent marseillais : « Qu'est-ce que c'est, pas moins ? Depuis demi-heure j'entends des chevox dans l'escalier ? » Nous avons encore le temps d'entrevoir un gros garçon brun avec des joues bien portantes... Là-haut, en sûreté ma complice me dit en soufflant :

— Hein, s'il savait que nous venons de sa chambre !

— Oui, il ne se consolerait pas de nous avoir ratées.

— Ratées ? reprend Anaïs avec un sérieux de glace, il a l'air d'un gars solide qui ne doit pas vous rater.

— Grande sale, va !

Et nous poursuivons le déménagement du grenier ; c'est un enchantement de farfouiller dans cet amas de livres et de journaux à emporter, qui appartiennent à Mlle Sergent. Bien entendu, nous feuilletons le tas avant de les descendre et je constate qu'il y a là l'*Aphrodite* de Pierre Louys avec de nombreux numéros du *Journal Amusant*. Nous nous régalons, Anaïs et moi, émoustillées d'un dessin de Gerbault : *Bruits de couloirs*, des messieurs en habit noir occupés à chatouiller de gentilles danseuses d'Opéra, en maillot et en jupe courte, qui gesticulent et criaillent. Les autres élèves sont descendues ; il fait sombre dans le grenier, et nous nous attardons à des images qui nous font rire, des Albert Guillaume, d'un raide !

Tout d'un coup nous sursautons, car quelqu'un ouvre la porte en demandant d'un ton à l'ail : « Hé ! qui peut faire cet infernal tapage dans l'escalier ? » Nous nous levons, graves, les bras chargés de livres, et nous disons posément : « Bonjour Monsieur » maîtrisant une envie de rire qui nous tord. C'est le gros sous-maître à figure réjouie de tout à l'heure. Alors, parce que nous sommes de grandes filles paraissant bien seize ans, il s'excuse et s'en va en disant : « Mille pardons, Mesdemoiselles ». Et derrière son dos nous dansons silencieusement, en lui faisant des grimaces comme des diables. Nous descendons en retard ; on nous gronde ; Mlle Sergent me demande : « Qu'est-ce que vous pouviez bien faire là-haut ? — Mademoiselle, nous mettions en tas des livres pour les descendre. » Et je pose devant elle, ostensiblement, la pile de livres, avec l'audacieuse *Aphrodite* et les numéros du *Journal Amusant* pliés dessus, l'image en dehors. Elle voit tout de suite ; ses joues rouges deviennent plus rouges, mais, vite raccrochée, elle explique : « Ah ! ce sont les livres de l'instituteur que vous avez descendus, tout est si mêlé dans ce grenier commun, je les lui rendrai. » Et la semonce s'arrête là ; pas la moindre punition pour nous deux. En sortant, je pousse le coude d'Anaïs dont les yeux minces sont plissés de rire :

— Hein, il a bon dos, l'instituteur !

— Tu penses, Claudine, comme il doit collectionner des « bêtises[2] » cet innocent ! S'il ne croit pas que les enfants naissent dans les choux, c'est tout juste.

Car l'instituteur est un veuf triste, incolore, on sait à peine s'il existe, il ne quitte sa classe que pour s'enfermer dans sa chambre.

Je prends le vendredi suivant, ma deuxième leçon avec Mlle Aimée Lanthenay. Je lui demande :

— Est-ce que les sous-maîtres vous font déjà la cour ?

— Oh ! justement, Claudine, ils sont venus hier nous « rendre leurs devoirs ». Le bon enfant et qui fait le beau, c'est Antonin Rabastens.

---

2. *Saletés* dans le patois d'ici. Exemple : Si l'on va au bois des Fredonnes, le soir, on peut y rencontrer les gars et les « gobettes » y faire leurs *bêtises*.

— Dit « la perle de la Canebière » ; et l'autre, comment est-il ?

— Maigre, beau, intéressant de figure, il s'appelle Armand Duplessis.

— Ce serait un péché de ne pas le surnommer « Richelieu ».

Elle rit :

— Un nom qui va lui rester parmi les élèves, méchante Claudine. Mais quel sauvage ! Il ne dit rien que oui et non.

Ma maîtresse d'anglais me semble adorable ce soir-là, sous la lampe de la bibliothèque ; ses yeux de chat brillent tout en or, malins, câlins, et je les admire, non sans me rendre compte qu'ils ne sont ni bons, ni francs, ni sûrs. Mais ils scintillent d'un tel éclat dans sa figure fraîche, et elle semble se trouver si bien dans cette chambre chaude et assourdie que je me sens déjà prête à l'aimer tant et tant, avec tout mon cœur déraisonnable. Oui, je sais très bien, depuis longtemps, que j'ai un cœur déraisonnable, mais, de le savoir, ça ne m'arrête pas du tout.

— Et *Elle*, la Rousse, elle ne vous dit rien, ces jours-ci ?

— Non, elle est même assez aimable, je ne la crois pas si fâchée que vous le pensez, de nous voir bien ensemble.

— Poûoûoûh ! Vous ne voyez pas ses yeux ! Ils sont moins beaux que les vôtres, mais plus méchants... Jolie petite Mademoiselle, que vous êtes mignonne !...

Elle rougit beaucoup, et me dit sans aucune conviction :

— Vous êtes un peu folle, Claudine, je commence à le croire, on me l'a tant dit !

— Oui, je sais bien que les autres le disent, mais qu'est-ce que ça fait ? Je suis contente d'être avec vous ; parlez-moi de vos amoureux.

— Je n'en ai pas ! Vous savez, je crois que nous verrons souvent les deux adjoints ; Rabastens me semble très « mondain », et traîne son collègue Duplessis avec lui. Vous savez aussi que je ferai sans doute venir ma petite sœur comme pensionnaire, ici ?

— Votre sœur, je m'en moque pas mal. Quel âge a-t-elle ?

— Votre âge, quelques mois de moins, quinze ans ces jours-ci.

— Elle est gentille ?

— Pas jolie, vous verrez ; un peu timide et sauvage.

— Zut pour votre sœur ! Dites donc, j'ai vu Rabastens dans le grenier, il est monté exprès. Il possède un solide accent de Marseille, ce gros Antonin !...

— Oui, mais il n'est pas trop laid... Voyons Claudine, travaillons donc, vous n'avez pas honte ? Lisez ça et traduisez.

Elle a beau s'indigner, le travail ne marche guère.

Je l'embrasse en lui disant au revoir.

Le lendemain, pendant la récréation, Anaïs était en train, pour m'abrutir, de danser devant moi une danse de possédée, tout en gardant sa figure fermée et froide, quand voici que Rabastens et Duplessis surgissent à la porte de la cour.

Comme nous sommes là, Marie Belhomme, la grande Anaïs et moi, ces messieurs saluent, et nous répondons avec une correction froide. Ils entrent dans la grande salle où Mesdemoiselles corrigent les cahiers, et nous les voyons causer et rire avec elles. Alors, je me découvre un besoin urgent et subit de prendre mon capuchon, resté sur mon pupitre, et je me précipite dans la classe, poussant la porte, comme si je n'avais jamais supposé que ces messieurs pussent s'y trouver ; puis je m'arrête, jouant la confusion, sur le seuil. Mlle Sergent ralentit ma course par un « Soyez plus calme, Claudine », à frapper une carafe, et je me retire à pas de chat ; mais j'ai eu le temps de voir que Mlle Aimée Lanthenay rit en bavardant avec Duplessis, et fait des grâces pour lui. Attends, beau ténébreux, demain ou après, il y aura une chanson sur toi, ou des calembours faciles, ou des sobriquets, ça t'apprendra à séduire Mlle Aimée. Mais... eh bien, quoi donc ? On me rappelle ? Quelle chance ! Je rentre, d'un air docile :

— Claudine, explique Mlle Sergent, venez déchiffrer ça ; Monsieur Rabastens est musicien, mais pas tant que vous.

Qu'elle est aimable ! Quel revirement ! *Ça*, c'est un air du *Châlet*, ennuyeux à pleurer. Moi, rien ne me coupe la voix comme de chanter devant des gens que je ne connais pas ; aussi je déchiffre proprement, mais avec une voix ridiculement tremblante qui se raffermit, Dieu merci, à la fin du morceau.

— Ah ! Mademoiselle, permettez-moi de vous féliciter, vous *ettes* d'une force !

Je proteste en lui tirant intérieurement la langue, la *lanngue*, dirait-il. Et je m'en vais retrouver les *otres* (ça se gagne) qui m'accueillent avec des compliments au vinaigre.

— Ma chère ! grince la grande Anaïs, j'espère que te voilà dans les bonnes grâces ! Tu as dû produire un effet foudroyant sur ces Messieurs, et nous les verrons souvent.

Les Jaubert ricanent en dessous, jalousement.

— Laissez-moi donc tranquille, il n'y a vraiment pas de quoi mousser parce que j'ai déchiffré quelque chose. Rabastens est du midi, du midi et demi, et c'est une race que j'exècre ; quant à Richelieu, s'il revient souvent, je sais bien qui l'attirera.

— Qui donc ?

— Mademoiselle Aimée, tiens ! Il la mange des yeux.

— Dis donc, chuchote Anaïs, ce n'est pas de lui que tu seras jalouse, alors, c'est d'elle...

(Peste d'Anaïs ! Ça voit tout, et ce que ça ne voit pas, ça l'invente !)

Les deux adjoints rentrent dans leur cour, Antonin Rabastens expansif et salueur, l'autre intimidé, presque farouche. Il est temps qu'ils s'en aillent, la rentrée va sonner et leurs gamins font autant de bruit, dans la cour voisine, que si on les avait plongés tous ensemble dans une chaudière d'huile bouillante. On sonne pour nous, et je dis à Anaïs :

— Dis donc, il y a longtemps que le délégué cantonal n'est venu ; ça m'étonne bien si nous ne le voyons pas cette semaine.

— Il est arrivé hier, il viendra sûrement fouiner un peu par ici.

Dutertre, délégué cantonal, est en outre médecin des enfants de l'hospice qui, pour la plupart, fréquentent l'école ; cette double qualité l'autorise à venir nous visiter, et Dieu sait s'il en use ! Des gens prétendent que Mlle Sergent est sa maîtresse, je n'en sais rien. Qu'il lui doive de l'argent, oui, je le parierais ; les campagnes électorales coûtent cher et Dutertre, ce sans-le-sou, s'obstine, avec un insuccès persistant, à vouloir remplacer le vieux crétin muet mais millionnaire qui représente à la Chambre les électeurs du Fresnois. Que cette rousse passionnée soit amoureuse de lui, j'en suis sûre ! Elle tremble de rage jalouse quand elle le voit nous frôler avec trop d'insistance.

Car, je le répète, il nous honore fréquemment de ses visites, s'assied sur les tables, se tient mal, s'attarde auprès des plus grandes, surtout de moi, lit nos devoirs, nous fourre ses moustaches dans les oreilles, nous caresse le cou et nous tutoie toutes (il nous a vues si gamines !) en faisant briller ses dents de loup et ses yeux noirs. Nous le trouvons fort aimable ; mais je le sais une telle canaille que je ne ressens devant lui aucune timidité, ce qui scandalise les camarades.

C'est jour de leçon de couture, on tire l'aiguille paresseusement en causant à voix insaisissable. Bon, voilà les flocons qui commencent à tomber. Quelle chance ! On fera des glissades, on tombera beaucoup, et on se battra à coups de boules de neige. Mlle Sergent nous regarde sans nous voir, l'esprit ailleurs.

Toc ! Toc ! aux vitres. À travers les plumes tournoyantes de la neige, on aperçoit Dutertre qui frappe, tout enveloppé et coiffé de fourrures, beau garçon là-dedans, avec ses yeux luisants et ses dents qu'on voit toujours. Le premier banc (moi, Marie Belhomme et la grande Anaïs), se remue ; j'arrange mes cheveux sur mes tempes, Anaïs se mord les lèvres pour les rendre rouges et Marie resserre sa ceinture d'un cran ; les sœurs Jaubert joignent les mains, comme deux images de première communion : « Je suis le temple du Saint Esprit ».

Mlle Sergent a bondi, si brusquement qu'elle a renversé sa chaise et son tabouret pour courir ouvrir la porte ; devant tant d'affolement je me roule, et Anaïs profite de cet émoi pour me pincer, pour me faire des grimaces démoniaques en croquant du fusain et de la gomme à effacer. (On a beau lui interdire ces nourritures extravagantes, tout le long du jour elle a les poches et la bouche pleines de bois de crayons, de gomme noire et infecte, de fusain et de papier buvard rose. La craie, la plombagine, tout ça bourre son estomac de façon bizarre ; c'est ces nourritures-là, sans doute, qui lui font un teint couleur de bois et de plâtre gris. Au moins, moi, je ne mange que du papier à cigarette, et encore d'une certaine marque. Mais la grande Anaïs ruine la commune qui nous donne la papeterie scolaire, en demandant des « fournitures » nouvelles toutes les semaines, si bien qu'au moment de la rentrée, le conseil municipal a fait une réclamation.)

Dutertre secoue ses fourrures poudrées de neige, on dirait que c'est son pelage naturel ; Mlle Sergent étincelle d'une telle joie à le voir qu'elle ne pense même pas à vérifier si je la surveille ; il plaisante avec elle, son accent de montagne sonore et rapide réchauffe la classe. J'inspecte mes ongles et je mets mes cheveux en évidence, car le visiteur regarde surtout de notre côté ; dame ! on est de grandes filles de quinze ans, et si ma figure est plus jeune que mon âge, ma taille a bien dix-huit ans. Et mes cheveux aussi valent d'être montrés, puisqu'ils me font une toison remuante de boucles dont la couleur change selon le temps entre le châtain obscur et l'or foncé, et qui contraste avec mes yeux brun-café, pas vilainement ; tout bouclés qu'ils sont, ils me descendent presque aux reins ; je n'ai jamais porté de nattes ni de chignon, les chignons me donnent la migraine et les nattes n'encadrent pas assez ma figure ; quand nous jouons aux barres, je ramasse le tas de mes cheveux, qui feraient de moi une proie trop facile, et je la noue en queue de cheval. Et puis, enfin, est-ce que ce n'est pas plus joli comme ça ?

Mlle Sergent interrompt enfin son dialogue ravi avec le délégué cantonal et lance un : « Mesdemoiselles, vous vous tenez fort mal ». Pour l'affirmer dans cette conviction, Anaïs trouve utile de laisser échapper le « Hpp... » des fous-rires contenus, sans qu'un trait bouge dans sa figure, et c'est à moi que Mademoiselle jette un regard de colère qui promet une punition.

Enfin M. Dutertre hausse la voix, et nous l'entendons demander : « On travaille bien, ici ? on se porte bien ? »

— On se porte fort bien, répond Mlle Sergent, mais on travaille assez peu. Ces grandes filles sont d'une paresse !

Aussitôt que nous avons vu le beau docteur se tourner vers nous, nous nous sommes penchées sur nos cahiers, avec un air appliqué, absorbé, comme si nous oubliions soudainement sa présence.

— Ah ! Ah ! fait-il en s'approchant de nos bancs, on ne travaille pas beaucoup ? Quelles idées a-t-on en tête ? Est-ce que Mlle Claudine ne serait plus la première en composition française ?

Ces compositions françaises, je les ai en horreur ! Des sujets stupides et abominables : « Imaginez les pensées et les actions d'une jeune fille aveugle » (Pourquoi pas sourde-muette en même temps ?) Ou encore : « Écrivez, pour faire votre portrait physique et moral, à un frère que vous n'avez pas vu depuis dix ans ». (Je n'ai pas la corde fraternelle, je suis fille unique.) Non, ce qu'il faut que je me retienne pour ne pas écrire des blagues et des conseils subversifs, on n'en saura jamais rien ! Mais quoi, mes camarades — sauf Anaïs — s'en tirent si mal, toutes, que je suis, malgré moi, « l'élève remarquable en composition littéraire ».

Dutertre en est venu là où il souhaitait en venir, et je lève la tête pendant que Mlle Sergent lui répond :

— Claudine ? oh, si ! Mais ce n'est pas sa faute, elle est douée pour cela et ne se fatigue pas.

Il est assis sur la table, une jambe pendante, et me tutoie, pour ne pas en perdre l'habitude :

— Alors, tu es paresseuse ?

— Dame, c'est mon seul plaisir sur la terre.

— Tu n'es pas sérieuse ! Tu aimes mieux lire, hein ? Qu'est-ce que tu lis ? Tout ce que tu trouves ? Toute la bibliothèque de ton père ?

— Non, Monsieur, pas les livres qui m'ennuient.

— Tu te fais une jolie instruction, je parie ! Donne-moi ton cahier.

Pour lire plus commodément, il appuie une main sur mon épaule et roule une boucle de mes cheveux. La grande Anaïs en jaunit plus que de raison ; il ne lui a pas demandé son cahier à elle ! Cette préférence me vaudra des coups d'épingle en dessous, des rapports sournois à Mlle Sergent, et des espionnages quand je causerai avec Mlle Lanthenay. Elle est près de la porte de la petite classe, cette gentille Aimée, et me sourit si tendrement, de ses yeux dorés, que je suis presque consolée de n'avoir pu, aujourd'hui ni hier, causer avec elle autrement que devant mes camarades. Dutertre pose mon cahier et me caresse les épaules d'un air distrait. Il ne pense pas du tout à ce qu'il fait, évidemment, é-vi-dem-ment.

— Quel âge as-tu ?

— Quinze ans.

— Drôle de petite fille ! Si tu n'avais pas l'air si toqué, tu paraîtrais davantage, tu sais. Tu te présenteras pour le brevet au mois d'octobre prochain ?

— Oui, Monsieur, pour faire plaisir à papa.

— À ton père ? Qu'est-ce que ça peut lui fiche ! Mais toi, ça ne te remue pas beaucoup, donc ?

— Si ; ça m'amuse de voir tous ces gens qui nous interrogeront ; et puis s'il y a des concerts au chef-lieu à ce moment-là, ça se trouvera bien.

— Tu n'entreras pas à l'École normale ?

Je bondis :

— Non, par exemple !

— Pourquoi cet emballement, jeune fille exubérante ?

— Je ne veux pas y aller, pas plus que je n'ai voulu aller en pension, parce qu'on est enfermé

— Oh ! oh ! tu tiens tant à ta liberté ? Ton mari ne fera pas ce qu'il voudra, diable ! Montre-moi cette figure. Tu te portes bien ? Un peu d'anémie, peut-être ?

Ce bon docteur me tourne vers la fenêtre, de son bras passé autour de moi, et plonge ses regards de loup dans les miens, que je fais candides et sans mystère. Mes yeux sont toujours cernés, et il me demande si j'ai des palpitations et des essoufflements.

— Non, pas du tout.

Je baisse les paupières parce que je sens que je rougis bêtement. Il me regarde trop, aussi ! Et je devine Mlle Sergent qui se crispe derrière nous.

— Dors-tu toute la nuit ?

J'enrage de rougir davantage en répondant :

— Mais oui, Monsieur, toute la nuit.

Il n'insiste pas et se redresse en me lâchant la taille.

— Bah ! tu es solide au fond.

Une petite caresse sur ma joue, puis il passe à la grande Anaïs qui sèche sur son banc.

— Montre-moi ton cahier.

Pendant qu'il le feuillette, assez vite, Mlle Sergent foudroie à voix basse la première division (des gamines de douze et quatorze ans qui commencent déjà à se serrer la taille et à porter des chignons) car la première division a profité de l'inattention directoriale pour se livrer à un sabbat de tous les diables ; on entend des tapes de règles sur des mains, des gloussements de gamines qu'on pince ; elles vont se faire orner d'une retenue générale, sûr !

Anaïs étrangle de joie en voyant son cahier dans de si augustes mains, mais Dutertre la trouve sans doute assez peu digne d'attention et passe, après quelques compliments et un pinçon à l'oreille. Il reste quelques minutes près de Marie Belhomme dont la fraîcheur brune et lisse lui plaît, mais, tout de suite affolée de timidité, elle baisse la tête comme un bélier, répond oui pour non et appelle Dutertre « Mademoiselle ». Quant aux deux sœurs Jaubert, il les complimente sur leur belle écriture, c'était prévu. Enfin, il sort. Bon vent !

Il nous reste une dizaine de minutes avant la fin de la classe ; comment les employer ? Je demande à sortir pour ramasser furtivement une poignée de la neige qui tombe toujours ; je roule une boule et je mords dedans : c'est bon et froid, ça sent un peu la poussière, cette première tombée. Je la cache dans ma poche et je rentre. On me fait signe autour de moi, et je passe la boule de neige, où chacune, à l'exception des jumelles impeccables, mord avec des mines ravies. Zut ! voilà cette niaise Marie Belhomme qui laisse tomber le dernier morceau, et Mlle Sergent le voit.

— Claudine ! vous avez encore apporté de la neige ? Ça passe les bornes, à la fin !

Elle roule des yeux si furieux que je retiens un « c'est la première fois depuis l'an dernier », car j'ai peur que Mlle Lanthenay ne pâtisse de mes insolences, et j'ouvre mon Histoire de France sans répondre.

Ce soir je prendrai ma leçon d'anglais, et ça me consolera de mon silence.

À quatre heures, Mlle Aimée vient, et nous filons, contentes.

Qu'il fait bon avec elle, dans la bibliothèque chaude ! Je serre ma chaise tout près de la sienne, et je pose ma tête sur son épaule ; elle passe son bras autour de moi ; je presse sa taille qui plie.

— Oh ! petite mademoiselle, il y a longtemps que je ne vous ai vue !

— Mais… il n'y a que trois jours…

— Ça ne fait rien… taisez-vous et embrassez-moi ! Vous êtes une méchante, et le temps vous semble court loin de moi… Ça vous ennuie donc bien, ces leçons ?

— Oh ! Claudine ! Au contraire, vous savez bien que je ne cause qu'avec vous, et que je ne me plais qu'ici.

Elle m'embrasse et je ronronne, et tout d'un coup je la serre si brusquement dans mes deux bras qu'elle en crie un peu.

— Claudine, il faut travailler.

Eh ! Que la grammaire anglaise soit au diable ! J'aime bien mieux me reposer la tête sur sa poitrine ; elle me caresse les cheveux et le cou, et j'entends sous mon oreille son cœur qui s'essouffle. Que je suis bien, avec elle ! Il faut pourtant prendre un porte-plume et faire semblant au moins de travailler !… Au fait, à quoi bon ? Qui pourrait entrer ? Papa ? Ah bien oui !

Dans la chambre la plus incommode du premier étage, celle où il gèle en hiver, où l'on rôtit en été, papa s'enferme farouchement, absorbé, aveugle et sourd aux bruits du monde, pour… Ah ! voilà… vous n'avez pas lu, parce qu'il ne sera jamais terminé, son grand travail sur la *Malacologie du Fresnois*, et vous ne saurez jamais que, des expériences compliquées, des attentions angoissées qui l'ont penché des heures et des heures sur d'innombrables limaces encloses dans de petites cloches de verre, dans des boîtes de treillages métalliques, papa a tiré cette certitude foudroyante : un *limax flacus* dévore en un jour jusqu'à 0 gr. 24 de nourriture, tandis que l'*helix ventricosa* n'en consomme que 0 gr. 19 dans le même temps ! Comment voulez-vous que l'espoir renaissant de pareilles constatations laisse à un passionné malacologiste le sentiment de la paternité, de sept heures du matin à neuf heures du soir ? C'est le meilleur homme, et le plus tendre, entre deux repas de limaces. Il me regarde vivre, quand il a le temps, avec admiration, d'ailleurs, et s'étonne de me voir exister, « comme une personne naturelle ». Il en rit de ses petits yeux embusqués, de son noble nez bourbon (où a-t-il été pêcher ce nez royal ?) dans sa belle barbe panachée de trois couleurs, roux, gris et blanc... n'y ai-je pas vu briller souvent de petites baves de limaces ?

Je demande à Aimée, avec indifférence, si elle a revu les deux copains, Rabastens et Richelieu. Elle s'anime, ce qui me surprend :

— Ah ! c'est vrai, je ne vous ai pas dit... vous savez, nous couchons maintenant à l'école maternelle, puisqu'on démolit tout ; eh bien, hier soir, je travaillais dans ma chambre vers dix heures, et en fermant les volets pour me coucher j'ai vu une grande ombre qui se promenait sous ma fenêtre, dans ce froid ; devinez qui c'était ?

— Un des deux, pardi.

— Oui ! mais c'était Armand ; l'auriez-vous cru, de ce sauvage ?

Je réponds que non ; mais je l'aurais très bien cru, au contraire, de ce grand être noir, aux yeux sérieux et sombres, qui me paraît beaucoup moins nul que le joyeux Marseillais. Cependant je vois la tête d'oiseau de Mlle Aimée déjà envornée[3] sur cette mince aventure et j'en suis un peu triste. Je lui demande :

— Comment ? Vous le trouvez déjà digne d'un si vif intérêt, ce corbeau solennel ?

— Mais non, voyons ! ça m'amuse seulement.

C'est égal, la leçon se termine sans autre expansion. En sortant, seulement, dans le corridor noir, je l'embrasse de toute ma force, sur son cou mignon et blanc, dans ses petits cheveux qui sentent bon. Elle est amusante à embrasser comme un petit animal chaud et joli, et me rend mon baiser tendrement. Ah ! je la garderais bien tout le temps près de moi, si je pouvais !

Demain, c'est dimanche, pas d'école, quelle scie ! je ne m'amuse que là.

Ce dimanche-là, je suis allée passer l'après-midi à la ferme qu'habite Claire, ma douce et gentille sœur de lait, qui ne vient plus en classe, elle, depuis un an déjà. Nous descendons le chemin des Matignons, qui donne sur la route de la gare, un chemin feuillu et sombre de verdure en été ; en ces mois d'hiver il n'a plus de feuilles, bien

---

3. *Envornement*, l'étourdissement.

entendu, mais on est encore assez caché, dedans, pour pouvoir guetter les gens qui s'asseyent sur les bancs de la route. Nous marchons dans la neige qui craque. Les petites mares gelées geignent musicalement sous le soleil, avec le joli son, pareil à nul autre, de la glace qui se fend. Claire me chuchote ses amourettes ébauchées avec les gars, au bal du dimanche chez Trouillard, de rudes et brusques gars ; et moi, je frétille à l'entendre :

— Tu comprends, Claudine, Montassuy était là aussi, et il a dansé la polka avec moi, en me serrant fort contre lui. À ce moment-là Eugène, mon frère, qui dansait avec Adèle Tricotot, lâche sa danseuse et saute en l'air pour donner un coup de tête dans une des deux lampes qui sont pendues ; le verre de la lampe, il chavire, et ça éteint la lampe. Pendant que tout le monde regardait, fait des « Ah ! » voilà t'y pas que le gros Fefed tourne le bouton de l'autre lampe, et que tout est noir, noir ; plus rien qu'une chandelle tout au fond de la petite buvette. Ma chère, le temps que la mère Trouillard apporte des allumettes, on n'entendait rien que des cris, des rires, des bruits de baisers. Mon frère tenait Adèle Tricotot à côté de moi et elle faisait des soupirs, des soupirs, en disant : « Lâche-moi, Eugène » d'une voix étouffée comme si elle avait eu ses jupes sur sa tête ; et le gros Fefed avec sa « cavalière » étaient tombés par terre ; ils riaient, ils riaient qu'ils n'en pouvaient plus se relever !

— Et toi avec Montassuy ?

Claire devint rouge d'une pudeur tardive :

— Ah ! justement voilà... Dans le premier moment, il a été si surpris de voir les lampes éteintes qu'il a gardé seulement ma main qu'il tenait ; et puis, il m'a reprise par la taille et m'a dit tout bas : « N'ayez pas peur. » Je n'ai rien dit et j'ai senti qu'il se penchait, qu'il m'embrassait les joues tout doucement, à tâtons, et même il faisait si noir qu'il s'est trompé (petite Tartufe !) et qu'il m'a embrassé la bouche ; ça m'a fait tant de plaisir, tant de bien et tant d'émotion que j'ai manqué tomber et qu'il m'a retenue en me serrant davantage. Oh ! Il est gentil, je l'aime.

— Et après, coureuse ?

— Après, la mère Trouillard a rallumé les lampes, en rechignant, et elle a juré que si une pareille chose recommençait jamais, elle porterait plainte, et on fermerait le bal.

— Le fait est que c'était tout de même un peu raide !... Houch ! tais-toi ; qui vient là ?

Nous sommes assises derrière la haie de ronces, tout près de la route qui passe à deux mètres au dessous de nous, avec un banc au bord du fossé. Une merveilleuse cachette pour écouter sans être vues.

— C'est les sous-maîtres !

Oui, c'est Rabastens et le sombre Armand Duplessis qui marchent en causant, veine inespérée ! L'avantageux Antonin veut s'asseoir sur ce banc, à cause du soleil pâlot qui le tiédit un peu. Nous allons entendre leur conversation et nous frétillons de joie dans notre champ, au-dessus de leurs têtes.

— Ah ! soupire le méridional avec satisfaction, on se *choffe* un peu, ici. Vous ne trouvez pas ?

Armand grogne quelque chose d'indécis. Le Marseillais repart ; il parlerait tout seul, j'en suis sûre !

— Moi, voyez-vous, je me trouve bien en ce pays : ces dames les institutrices sont très aimables. Mlle Sergent est laide, par exemple ! Mais la petite Mlle Aimée est si brave ! Je me sens plus fier quand elle me regarde.

Le faux Richelieu s'est redressé, sa langue se délie :

— Oui, elle est attrayante, et si mignonne ! Elle sourit toujours et bavarde comme une fauvette.

Mais il se repent tout de suite de son expansion et ajoute, d'un autre ton : « C'est une gentille demoiselle, vous allez bien sûr lui tourner la tête, don Juan ! »

J'ai failli éclater. Rabastens en Don Juan ! Je l'ai vu avec un feutre emplumé sur sa tête ronde et ses joues pleines. Là-haut, tendues vers la route, nous nous rions des yeux, toutes deux, sans bouger d'une ligne.

— Mais, ma foi, reprend le casse-cœurs de l'enseignement primaire, il y a d'autres jolies filles qu'elle ; on dirait que vous ne les avez pas vues ? L'autre jour, dans la classe, Mlle Claudine vint chanter d'une façon charmante (je peux dire que je m'y connais un peu, hé ?). Et elle n'est pas pour passer inaperçue, avec ses cheveux qui roulent sur ses épaules et partout autour d'elle ; et des yeux bruns d'une malice ! Mon cher, je crois que cette enfant sait plus de choses qu'elle devrait ignorer que de Géographie !

J'ai eu un petit tressaut d'étonnement, et nous avons bien failli nous faire surprendre, parce que Claire a lâché un rire en fuite de gaz qui aurait pu être entendu. Rabastens s'agite sur son banc, près de Duplessis absorbé, et lui chuchote quelque chose à l'oreille, en riant d'un air égrillard. L'autre sourit ; ils se lèvent ; ils s'en vont. Nous

deux, là-haut, nous sommes enchantées, et nous dansons la
« chieuvre » de joie, autant pour nous réchauffer que pour nous
congratuler de cet espionnage délicieux.

En rentrant, je rumine déjà des coquetteries pour allumer ce gros
Antonin ultra-combustible, de quoi faire passer le temps en récréation
quand il pleut. Moi qui le croyais en train de projeter la séduction de
Mlle Lanthenay ! Je suis bien contente qu'il ne cherche pas à lui plaire,
car cette petite Aimée me semble si aimeuse que même un Rabastens
aurait pu réussir, qui sait ? Il est vrai que Richelieu est encore plus
pincé par elle que je ne pensais.

Dès sept heures du matin, j'entre à l'école ; c'est mon tour d'allumer
le feu, zut ! Il va falloir casser du petit bois dans le hangar, et s'abîmer
les mains, et porter des bûches, et souffler, et recevoir dans les yeux de
la fumée piquante. Tiens, mais le premier bâtiment neuf s'élève déjà
haut, et sur celui des garçons, symétrique, le toit est presque achevé ;
notre pauvre vieille école à moitié démolie semble une minime masure
près de ces deux bâtiments qui sont si vite sortis de terre. La grande
Anaïs me rejoint et nous allons casser du bois ensemble.

— Tu sais, Claudine, il vient une seconde adjointe aujourd'hui, et
nous allons être forcées de déménager toutes ; on nous fera la classe
dans l'école maternelle.

— Fameuse idée ! On y attrapera des puces et des poux ; c'est d'une
saleté, là-dedans !

— Oui, mais on est plus près de la classe des garçons, ma vieille.

(Quelle dévergondée, Anaïs ! Au fait, elle a raison.)

— Ça, c'est vrai. Eh bien, feu de deux sous, prendras-tu ? Voilà un
quart d'heure que je m'époumone. Ah ! que Monsieur Rabastens doit
flamber plus facilement !

Peu à peu, le feu se décide, les élèves arrivent Mlle Sergent est en
retard (pourquoi ? c'est la première fois). Elle descend enfin, nous
répond « Bonjour » d'un air préoccupé, puis s'assied à son bureau en
nous disant « À vos places » sans nous regarder, et visiblement sans
penser à nous. Je copie mes problèmes en me demandant quelles
pensées la travaillent et je m'aperçois avec une surprise inquiète
qu'elle me lance de temps en temps des regards rapides, à la fois
furieux et vaguement satisfaits. Qu'est-ce qu'il y a donc ? Je ne suis pas
tranquille du tout, du tout. Voyons que je me rappelle... Je ne vois rien,

sinon qu'elle nous a regardées partir pour notre leçon d'anglais, Mlle Lanthenay et moi, avec une colère presque douloureuse, à peine dissimulée. Ah ! la, la, la, la, on ne nous laissera donc pas tranquilles, ma petite Aimée et moi ? Nous ne faisons rien de mal, pourtant ! Notre dernière leçon d'anglais a été si douce ! Nous n'avons pas même ouvert le dictionnaire, ni le « choix de phrases usuelles » ni le cahier...

Je songe et je rage en copiant mes problèmes, d'une écriture échevelée ; Anaïs me guette en dessous et devine qu'il y a « quelque chose ». Je regarde encore cette terrible rousse aux yeux jaloux, en ramassant le porte-plume que j'ai jeté à terre avec une heureuse maladresse. Mais, mais elle a pleuré, je ne me trompe pas ! Alors pourquoi ces regards encolérés et presque contents ? Ça ne va pas du tout, il faut absolument que je questionne Aimée aujourd'hui. Je ne pense guère au problème à transcrire :

« ... Un ouvrier plante des piquets pour faire une palissade. Il les enfonce à une distance telle les uns des autres que le seau de goudron dans lequel il trempe l'extrémité inférieure jusqu'à une hauteur de trente centimètres se trouve vide au bout de trois heures. Étant donné que la quantité de goudron qui reste attachée au piquet égale dix centimètres cubes, que le seau est un cylindre de 0 m. 15 de rayon à la base et de 0 m. 75 de hauteur, plein aux 3/4, que l'ouvrier trempe quarante piquets par heure et se repose huit minutes environ dans le même temps, quel est le nombre des piquets, et quelle est la surface de la propriété, qui a la forme d'un carré parfait ? Dire également quel serait le nombre de piquets nécessaire si on les plantait distants de dix centimètres de plus. Dire aussi le prix de revient de cette opération dans les deux cas, si les piquets valent 3 fr. le cent, et si l'ouvrier est payé 0,50 de l'heure. »

Faudrait-il pas, aussi, dire si l'ouvrier est heureux en ménage ? Oh ! quelle est l'imagination malsaine, le cerveau dépravé où germent ces problèmes révoltants dont on nous torture ? Je les exècre ! Et les ouvriers qui se coalisent pour compliquer la somme de travail dont ils sont capables, qui se divisent en deux escouades dont l'une dépense 1/3 de force de plus que l'autre, tandis que l'autre, en revanche, travaille deux heures de plus ! Et le nombre d'aiguilles qu'une couturière use en vingt-cinq ans, quand elle se sert d'aiguilles à 0 fr. 50 le paquet pendant onze ans, et d'aiguilles à 0 fr. 75 pendant le reste du temps, mais que celles de 0 fr. 75 sont... etc., etc., etc. Et les locomotives qui compliquent diaboliquement leurs vitesses, leurs heures de départ et l'état de santé de leurs chauffeurs ! Odieuses suppositions, hypothèses invraisemblables, qui m'ont rendue réfractaire à l'arithmétique pour toute ma vie !

— Anaïs, passez au tableau.

La grande perche se lève, et m'adresse en cachette une grimace de chat incommodé ; personne n'aime « passer au tableau » sous l'œil noir et guetteur de Mlle Sergent.

— *Faites* le problème.

Anaïs le « fait » et l'explique. J'en profite pour examiner l'institutrice tout à mon aise : ses regards brillent, ses cheveux roux flamboient. Si, au moins, j'avais pu voir Aimée Lanthenay avant la classe ! Bon, le problème est fini, Anaïs respire et revient à sa place.

— Claudine, venez au tableau. Écrivez les fractions 3525/ 5712, 806/925, 14/56, 302/1052. (Mon Dieu ! préservez-moi des fractions divisibles par 7 et par 11, de même que celles par 5, par 9, et par 4 et 6, et par 1127 !) et trouvez leur plus grand commun diviseur.

Voilà ce que je craignais ! Je commence mélancoliquement ; je lâche quelques bêtises parce que je n'ai pas la tête à ce que je fais. Qu'elles sont vite réprimandées d'un geste sec de la main ou d'un froncement de sourcils, les petites bourdes que je m'accorde ! Enfin je m'en tire et reviens à ma place, emportant un : « Pas de traits d'esprit ici, n'est-ce pas ? », parce qu'à son observation : « Vous oubliez d'abaisser les zéros », j'ai répondu :

— Il faut toujours abaisser les zéros, ils le méritent.

Après moi, Marie Belhomme vient au tableau et accumule des énormités de la meilleure foi du monde, selon son habitude ; volubile et sûre d'elle quand elle patauge, indécise et rouge quand elle se souvient à peu près de la leçon précédente.

La porte de la petite classe s'ouvre, Mlle Lanthenay entre. Je la regarde avidement : oh ! les pauvres yeux dorés qui ont pleuré et sont gonflés en dessous, les chers yeux qui me lancent un regard effaré et se détournent vite ! Je reste consternée ; mon Dieu qu'est-ce qu'Elle a bien pu lui faire. J'ai rougi de colère, de telle façon que la grande Anaïs le remarque et ricane tout bas. La dolente Aimée a demandé un livre à Mlle Sergent qui le lui a donné avec un empressement marqué et dont les joues sont devenues d'un carmin plus sombre. Qu'est-ce que tout ça veut dire ? Quand je pense que la leçon d'anglais n'a lieu que demain, je m'angoisse davantage. Mais quoi ? Je ne peux rien faire. Mlle Lanthenay rentre dans sa classe.

— Mesdemoiselles, annonce la mauvaise rousse, sortez vos livres et vos cahiers, nous allons être forcées de nous réfugier à l'école maternelle, provisoirement.

Aussitôt toutes les gamines s'agitent comme si le feu était à leurs bas ; on se pousse, on se pince, on remue les bancs, les livres tombent, nous les empilons dans nos grands tabliers. La grande Anaïs me regarde prendre ma charge, portant elle-même son bagage dans ses bras, puis elle tire lestement le coin de mon tablier et tout croule... Elle conserve son air absent et considère attentivement trois maçons qui se lancent des tuiles dans la cour. On me gronde, pour ma maladresse, et, deux minutes après, cette peste d'Anaïs recommence la même expérience sur Marie Belhomme qui, elle, s'exclame si bruyamment qu'elle reçoit quelques pages d'histoire ancienne à copier. Enfin notre meute bavardante et piétinante traverse la cour et entre à l'école maternelle. Je fronce le nez : c'est sale, nettoyé à la hâte pour nous, ça sent encore l'enfant mal tenu. Pourvu que ce « provisoire » ne dure pas trop longtemps !

Anaïs a posé ses livres et s'est assurée immédiatement que les fenêtres donnent sur le jardin de l'instituteur. Moi je n'ai pas le temps de contempler les sous-maîtres, trop inquiète des ennuis que je pressens.

Nous retournons à l'ancienne classe, avec le bruit d'un troupeau de bœufs échappés, et nous transportons les tables, si vieilles, si lourdes, que nous heurtons et accrochons un peu partout, dans l'espoir qu'une d'elles au moins se disloquera complètement et tombera en morceaux vermoulus. Vain espoir ! Elles arrivent entières ; ce n'est pas notre faute.

On n'a pas beaucoup travaillé ce matin, c'est autant de gagné. À onze heures, quand nous sortons, je rôde pour apercevoir Mlle Lanthenay, mais sans succès. *Elle* l'enferme donc ? Je m'en vais déjeuner, si grondante de colère rentrée, que papa lui-même s'en aperçoit et me demande si j'ai la fièvre... Puis je reviens très tôt, à midi un quart, et je m'énerve, parmi les rares élèves qui sont là, des gamines de la campagne déjeunant dans l'école avec des œufs durs, du lard, de la mélasse sur du pain, des fruits. Et j'attends inutilement et je me tourmente !

Antonin Rabastens entre (une diversion comme une autre) et me salue avec des grâces d'ours dansant.

— Mille pardons, Mademoiselle ; et autremint, ces dames ne sont pas encore descendues ?

— Non, Monsieur, je les attends ; puissent-elles ne pas tarder, car « l'absence est le plus grand des maux ! » Voilà déjà sept fois que je commente cet aphorisme d'après La Fontaine, en des compositions françaises qui furent remarquées.

J'ai parlé avec une gravité douce ; le beau Marseillais a écouté, de l'inquiétude sur sa bonne figure de lune. (Lui aussi il va penser que je suis un peu folle.) Il change de conversation :

— Mademoiselle, on m'a dit que vous lisez beaucoup. Monsieur votre père possède une nombreuse bibliothèque ?

— Oui, Monsieur, deux mille trois cent sept volumes, pas un de plus.

— Vous savez bien des choses intéressantes, sans doute, et j'ai vu tout de suite l'autre jour — quand vous avez si gracieusement chanté — que vous aviez des idées bien au-dessus de votre âge.

(Dieu, quel idiot ! est-ce qu'il ne va pas s'en aller ? Ah ! j'oubliais qu'il est un peu amoureux de moi. Soyons plus gentille.)

— Mais vous-même, Monsieur, vous possédez une belle voix de baryton, m'a-t-on dit. Nous vous entendons quelquefois chanter dans votre chambre quand les maçons ne font pas rage.

Il devient ponceau de joie et proteste avec une modestie enchantée. Il se tortille :

— Oh ! Mademoiselle !... D'ailleurs vous pourrez en juger bientôt, car Mlle Sergent m'a demandé de donner des leçons de solfège aux grandes élèves du brevet, le jeudi et le dimanche, et nous commencerons la semaine prochaine.

Quelle chance ! Si je n'étais pas aussi préoccupée, je serais enchantée d'apprendre la nouvelle aux autres qui ne savent encore rien. Ce qu'Anaïs va s'inonder d'eau de Cologne, et mordre ses lèvres, jeudi prochain, et serrer sa ceinture de cuir, et roucouler en chantant !

— Comment ? Mais je n'en savais rien du tout ! Mlle Sergent ne nous en a pas dit un mot.

— Oh ! je n'aurais pas dû le dire, peut-être ? Soyez assez bonne pour feindre de l'ignorer !

Il me supplie, avec des effets de torse, et moi je secoue la tête pour chasser des boucles qui ne me gênent pas du tout. (Ce semblant de secret entre nous deux le met en joie, et va lui servir de thème à des coups d'œil d'intelligence, d'intelligence très ordinaire). Il se retire, portant beau, avec un adieu déjà plus familier. « Adieu, Mademoiselle Claudine. — Adieu, Monsieur. »

Midi et demi, les élèves arrivent, et toujours pas d'Aimée ! Je refuse de jouer sous prétexte de migraine, et je me chauffe.

Oh ! oh ! Qu'est-ce que je vois ? Les voilà qui sont descendues, Aimée et sa redoutable supérieure ; elles sont descendues et traversent la cour, et la Rousse a passé le bras de Mlle Lanthenay sous le sien, événement inouï ! Mlle Sergent parle, et très doucement, à son adjointe, qui, encore un peu effarée, lève des yeux déjà rassurés et jolis vers l'autre bien plus grande qu'elle. Le spectacle de cette idylle tourne mon inquiétude en chagrin. Avant qu'elles soient tout près de la porte, je me précipite dehors au milieu d'une folle partie de loup, en criant : « Je joue ! » comme je crierais « au feu ! » Et jusqu'à l'heure où l'on sonne la rentrée, je m'essouffle et je galope, poursuivie et poursuivante, me retenant de penser le plus que je peux.

Pendant la partie, j'ai aperçu la tête de Rabastens ; il regarde par dessus le mur et prend plaisir à voir courir ces grandes filles qui montrent, inconsciemment les unes, comme Marie Belhomme, et très sciemment d'autres, comme la grande Anaïs, des mollets jolis ou ridicules. L'aimable Antonin me dédie un gracieux sourire, extrêmement gracieux ; je ne crois pas devoir y répondre à cause de mes camarades, mais je cambre ma taille et je secoue mes boucles. Il faut bien amuser ce garçon. (D'ailleurs, il me semble né gaffeur et metteur de pieds dans tous les plats.) Anaïs qui l'a, elle aussi, aperçu, court en donnant des coups de genoux dans ses jupes pour faire voir des jambes, pourtant sans attraits, et rit, et pousse des cris d'oiseau. Elle ferait de la coquetterie devant un bœuf de labour.

Nous rentrons et nous ouvrons nos cahiers, encore essoufflées. Mais, au bout d'un quart d'heure, la mère Sergent vient prévenir sa fille, en un patois sauvage, que deux pensionnaires arrivent. La classe ébullitionne ; deux « nouvelles » à taquiner ! Et Mademoiselle sort en priant, à voix douce, Mlle Lanthenay de garder la classe. Aimée arrive, je cherche ses yeux pour lui sourire de toute ma tendresse anxieuse, mais elle me rend un regard assez mal assuré, et mon cœur se gonfle stupidement pendant que je me penche sur mon tricot diamant... Je n'ai jamais laissé tomber tant de mailles !... J'en laisse tomber un nombre si considérable que je suis obligée d'aller demander secours à Mlle Aimée. Pendant qu'elle cherche un remède à mes maladresses, je lui chuchote « Bonjour, chère petite demoiselle mignonne, qu'est-ce qu'il y a donc, mon Dieu ? Je me ronge de ne pas pouvoir vous parler ». Elle jette des yeux inquiets autour d'elle, et me répond très bas :

— Je ne peux rien vous dire maintenant ; demain à la leçon.

— Je ne pourrai jamais attendre jusqu'à demain ! Si je prétendais que papa a affaire dans sa bibliothèque demain, et si je demandais que vous me donniez ma leçon ce soir ?

— Non... oui... demandez-le. Mais retournez vite à votre place, les grandes nous regardent.

Je lui dis « Merci » tout haut, et me rassieds. Elle a raison : la grande Anaïs nous guette, cherchant à deviner ce qui se passe depuis deux ou trois jours.

Mlle Sergent rentre enfin, accompagnée de deux jeunesses insignifiantes dont la venue provoque une petite rumeur sur les bancs.

Elle installe ces nouvelles à leurs places. Les minutes s'écoulent lentement.

Quand sonnent quatre heures, enfin, je vais tout de suite trouver Mlle Sergent, et lui demande d'un trait :

— Mademoiselle, vous seriez bien bonne de permettre à Mlle Lanthenay de me donner ma leçon ce soir au lieu de demain, parce que, demain, papa reçoit quelqu'un pour affaires, dans sa bibliothèque, et nous ne pourrions pas y rester.

Ouf ! J'ai débité ma phrase sans respirer. Mademoiselle fronce ses sourcils, me dévisage une seconde et se décide : « Oui, allez prévenir Mlle Lanthenay ».

J'y cours, elle met son chapeau, son manteau, et je l'emmène, trépignante de l'anxiété de savoir.

— Ah ! que je suis contente de vous avoir un peu ! Dites, vite, qu'est-ce qu'il y a de cassé ?

Elle hésite, tergiverse :

— Pas ici, attendez, c'est difficile de raconter ça dans la rue ; dans une minute nous serons chez vous.

En attendant, je serre son bras sous le mien, mais elle n'a pas son sourire gentil des autres fois. La porte de la bibliothèque tirée sur nous, je la prends dans mes bras et je l'embrasse ; il me semble qu'on l'a enfermée un mois loin de moi, cette pauvre petite Aimée aux yeux cernés, aux joues pâlies ! Elle a donc eu bien du chagrin ? Pourtant, ses regards me paraissent surtout embarrassés et elle est plus fébrile que triste. Et puis elle me rend mes baisers vite ; … je n'aime pas du tout qu'on m'embrasse à la six-quatre-deux !

— Allons, parlez, racontez depuis le commencement.

— Mais ce n'est pas bien long ; il n'y a pas eu grand-chose, en somme. C'est Mlle Sergent, oui, qui voudrait… enfin elle aime mieux… elle trouve que ces leçons d'anglais m'empêchent de corriger les cahiers, et que je suis forcée de me coucher trop tard…

— Allons, voyons, ne perdez donc pas de temps, et soyez franche : elle ne veut plus que vous veniez ?

J'en tremble d'angoisse, je serre mes mains entre mes genoux pour les faire tenir tranquilles. Aimée tourmente la couverture de la grammaire et la décolle, en levant sur moi ses yeux qui redeviennent effarés.

— Oui, c'est cela, mais elle ne l'a pas dit comme vous le dites, Claudine ; écoutez-moi un peu…

Je n'écoute rien du tout, je me sens fondue de chagrin ; je suis assise sur un petit tabouret par terre, et, sa taille mince entourée de mon bras, je la supplie :

— Ma chérie, ne vous en allez pas ; si vous saviez, j'aurais trop de chagrin ! Oh ! trouvez des prétextes, inventez quelque chose, revenez, ne me laissez pas ! Vous m'inondez de plaisir, rien qu'à être près de moi ! Ça ne vous fait donc pas de plaisir à vous ? Je suis donc comme une Anaïs ou une Marie Belhomme pour vous ? Ma chérie, revenez, revenez encore me donner des leçons d'anglais ! Je vous aime tant… je ne vous le disais pas, mais maintenant vous le voyez bien !… Revenez, je vous en prie. Elle ne peut pourtant pas vous battre, cette rousse de malheur !

La fièvre me brûle, et je m'énerve plus encore de sentir qu'Aimée ne vibre pas à l'unisson. Elle caresse ma tête qui repose sur ses genoux, et ne m'interrompt guère que par des tremblants « ma petite Claudine ! »… À la fin ses yeux se trempent et elle se met à pleurer en disant :

— Je vais tout vous raconter, c'est trop malheureux ; vous me faites trop de chagrin ! Voilà : samedi dernier, j'ai bien remarqué qu'*elle* me faisait plus de gentillesses que de coutume, et, moi, croyant qu'elle s'habituait à moi et qu'elle nous laisserait tranquilles toutes deux, j'étais contente et toute gaie. Et puis, vers la fin de la soirée, comme nous corrigions des cahiers sur la même table, tout d'un coup, en relevant la tête, je vois qu'elle pleurait, en me regardant avec des yeux si bizarres que j'en suis restée interdite ; elle a tout de suite quitté sa chaise et est allée se coucher. Le lendemain, après une journée remplie de prévenances pour moi, voilà que, le soir, seule avec elle, je me préparais à lui dire bonsoir, quand elle me demande : « Vous aimez donc bien Claudine ? Elle vous le rend sans doute ? » Et avant que j'aie eu le temps de répondre elle était tombée assise près de moi en sanglotant. Et puis elle m'a pris les mains, et m'a dit toutes sortes de choses dont j'étais ébahie...

— Quelles choses ?

— Eh bien ! Elle me disait : « Ma chère petite, vous ne voyez donc pas que vous me crevez le cœur avec votre indifférence ? Oh ! ma chère mignonne, comment ne vous êtes-vous pas aperçue de la grande affection que j'ai pour vous ? Ma petite Aimée, je suis jalouse de la tendresse que vous témoignez à cette Claudine sans cervelle qui est sûrement un peu détraquée... Si vous vouliez seulement ne pas me détester, oh ! si vous vouliez seulement m'aimer un peu, je serais pour vous une amie plus tendre que vous ne pouvez l'imaginer... » Et elle me regardait jusqu'au fond de l'âme avec des yeux comme des tisons.

— Vous ne lui répondiez rien ?

— Bien sûr ! Je n'avais pas le temps ! Elle disait encore : « Croyez-vous que ce soit bien utile pour elle et bien gentil pour moi, ces leçons d'anglais que vous lui donnez ? Je sais trop que vous ne faites guère d'anglais pendant les leçons, et ça me déchire de vous voir partir chaque fois ! N'y allez pas, n'y allez plus ! Claudine n'y pensera plus au bout d'une semaine, et je vous donnerai plus d'affection qu'elle n'est capable d'en éprouver ! » Je vous assure, Claudine, je ne savais plus ce que je faisais, elle me magnétisait avec ses yeux fous et tout à coup, la chambre tourne autour de moi, et ma tête chavire, et je n'ai plus rien vu pendant deux ou trois secondes, pas plus ; j'entendais seulement qu'elle répétait tout effrayée. « Mon Dieu ! Ma pauvre petite ! Je l'épouvante, elle est pâle, ma petite Aimée, ma chérie ! » Et tout de suite après elle m'a aidée à me déshabiller, avec des manières caressantes, et j'ai dormi comme si j'avais marché toute la journée... Ma pauvre Claudine, vous voyez si j'y puis quelque chose !

Je suis abasourdie. Elle a des amitiés plutôt violentes, cette rousse volcanique ! Au fond, je ne m'en étonne pas énormément ; ça devait finir ainsi. En attendant, je reste là, atterrée, et devant Aimée, petite créature fragile ensorcelée par cette furie, je ne sais que dire. Elle s'essuie les yeux. Il me semble que son chagrin finit avec ses larmes. Je la questionne :

— Mais vous, vous ne l'aimez pas du tout ?

Elle répond sans me regarder :

— Non, bien sûr ; mais, réellement, elle semble m'aimer beaucoup, et je ne m'en doutais pas.

Elle me glace, sa réponse, parce qu'enfin je ne suis pas encore idiote, et je comprends ce qu'on veut me dire. Je lâche ses mains que je tenais et je me relève. Il y a quelque chose de cassé. Puisqu'elle ne veut pas m'avouer franchement qu'elle n'est plus avec moi contre l'autre, puisqu'elle cache le fond de sa pensée, je crois que c'est fini. J'ai les mains gelées et les joues qui me brûlent. Après un silence désagréable, c'est moi qui reprends :

— Ma chère Aimée aux beaux yeux, je vous supplie de revenir encore une fois pour finir le mois ; pensez-vous qu'Elle veuille bien ?

— Oh ! oui, je le lui demanderai.

Elle a dit ça vite, spontanément, déjà sûre d'obtenir de Mlle Sergent, maintenant, tout ce qu'elle voudra. Comme elle s'éloigne vite de moi, et comme l'autre a vite réussi ! Lâche petite Lanthenay ! Elle aime le bien-être comme une chatte qui a froid, et comprend que l'amitié de sa supérieure lui sera plus profitable que la mienne ! Mais je ne veux pas le lui dire, car elle ne reviendrait pas pour la dernière leçon, et je garde encore un vague espoir... L'heure est passée, je reconduis Aimée, et, dans le corridor, je l'embrasse violemment, avec un petit désespoir.

Une fois seule, je m'étonne de ne pas me sentir aussi triste que je le croyais. Je m'attendais à une grosse explosion ridicule ; non, c'est plutôt un froid qui me gèle...

À table, je coupe le rêve de papa :

— Tu sais, papa mes leçons d'anglais ?

— Oui, je sais, tu as raison d'en prendre.

— Écoute-moi donc, je n'en prendrai plus

— Ah ! ça te fatigue ?

— Oui, ça m'énerve.

— Tu as raison.

Et sa pensée revole vers les limaces ; les a-t-elle quittées ?

Nuit traversée de rêves stupides. Mlle Sergent, en Furie, des serpents dans ses cheveux roux, voulait embrasser Aimée Lanthenay qui se sauvait en criant. Je cherchais à la secourir, mais Antonin Rabastens me retenait, vêtu de rose tendre, et m'arrêtait par le bras en disant : « Écoutez, écoutez donc, voici une romance que je chante, et j'en suis vraiment ravi ». Alors il barytonnait :

> *Mes chers amis quand je mourrai,*
> *Plantez un sole au cimetière...*

sur l'air « Ah ! qu'on est fier d'être Français, quand on regarde la colonne ! » Une nuit absurde et qui ne me repose guère !

J'arrive en retard à l'école et je considère Mlle Sergent avec une surprise secrète de penser que cette audacieuse rousse a réussi. Elle me lance des regards malicieux, presque moqueurs ; mais fatiguée, abattue, je n'ai pas le cœur à lui répondre.

À la sortie de la classe, je vois Mlle Aimée qui aligne en rang les petites (il me semble que j'ai rêvé la soirée d'hier). Je lui dis bonjour en passant ; elle a l'air lasse, elle aussi. Mlle Sergent n'est pas là ; je m'arrête :

— Vous allez bien, ce matin ?

— Mais, oui, merci. Vous avez les yeux battus, Claudine ?

— Possible. Quoi de nouveau ? La scène n'a pas recommencé ? On est toujours aussi aimable avec vous ?

Elle rougit et perd contenance :

— Oui, oui, il n'y a rien de nouveau et elle est très aimable. Je... je crois que vous la connaissez mal, elle n'est pas du tout comme vous pensez...

Écœurée, un peu, je la laisse bafouiller ; quand elle a bien emmêlé sa phrase, je l'arrête :

— Peut-être est-ce vous qui avez raison. Vous viendrez mercredi, pour la dernière fois ?

— Oh ! certainement, je l'ai demandé, c'est une chose assurée.

Comme les choses changent vite ! Depuis la scène d'hier soir nous ne nous parlons déjà plus de la même façon, et je n'oserais pas aujourd'hui lui montrer le chagrin bruyant que j'ai laissé voir hier soir. Allons ! Il faut la faire rire un peu :

— Et vos amours ? Il va bien le beau Richelieu ?

— Qui donc ? Armand Duplessis ? Mais oui, il va bien ; il reste quelquefois deux heures dans l'ombre, sous ma fenêtre ; mais hier soir je lui ai fait comprendre que je m'en apercevais, et il est parti vite, sur ses jambes en compas. Et quand M. Rabastens a voulu l'amener avant-hier, il a refusé.

— Vous savez, Armand est sérieusement emballé sur vous, croyez-moi ; j'ai entendu une conversation entre les deux adjoints, dimanche dernier, par hasard, sur une route, et... je ne vous dis que ça ! Armand est très pincé ; seulement, tâchez de l'apprivoiser, c'est un oiseau sauvage.

Tout animée, elle voudrait des détails, mais je me sauve.

Tâchons de penser aux leçons de solfège du séduisant Antonin Rabastens. Elles commencent jeudi ; je mettrai ma jupe bleue, avec la blouse à plis qui dessine ma taille, et mon tablier, pas le grand tablier noir de tous les jours à corsage ajusté (qui me va pourtant bien), mais le joli petit bleu clair, brodé, celui des dimanches à la maison. Et c'est tout ; pas trop de frais pour ce monsieur, mes bonnes petites camarades s'en apercevraient.

Aimée, Aimée ! C'est vraiment dommage qu'elle se soit enfuie si vite, cette jolie oiselle qui m'aurait consolée de toutes ces oies ! Maintenant je sens bien que la dernière leçon ne servira à rien du tout. Avec une petite nature comme la sienne, délicate, égoïste, et qui aime son plaisir en ménageant son intérêt, inutile de lutter contre Mlle Sergent. J'espère seulement que cette grosse déception ne m'attristera pas longtemps.

Aujourd'hui en récréation, je joue éperdument pour me secouer et me réchauffer. Anaïs et moi, tenant solidement Marie Belhomme par ses « mains de sage-femme », nous la faisons courir à perdre haleine jusqu'à ce qu'elle demande grâce ; ensuite, sous peine d'être enfermée dans les cabinets, je la condamne à réciter, à haute et intelligible voix, le récit de Théramène.

Elle clame ses alexandrins d'une voix de martyre, et se sauve après, les bras en l'air. Les sœurs Jaubert me semblent impressionnées. C'est bon, si elles n'aiment pas le classique, on leur servira du moderne à la prochaine occasion !

La prochaine occasion ne tarde guère ; à peine rentrées, on nous attelle à des exercices de ronde et de bâtarde en vue des examens proches. Car nous avons des écritures en général détestables.

— Claudine, vous allez dicter les modèles pendant que je donne les places de la petite classe.

Elle s'en va chez les « seconde classe » qui, délogées à leur tour, vont être installées, je ne sais où. Ça nous promet une bonne demi-heure de solitude. Je commence :

— Mes enfants, aujourd'hui je vous dicte quelque chose de très amusant.

Chœur : « Ah ! »

— Oui, des chansons guillerettes, extraites des *Palais nomades*.

— Ça a l'air tout à fait gentil, rien que ce titre là, remarque avec conviction Marie Belhomme.

— Tu as raison. Vous y êtes ? Allez

> *Sur la même couche lente,*
> *Implacablement lente,*
> *S'extasie, vacille et sombre*
> *Le présent complexe des courbes lentes.*

Je me repose. La grande Anaïs ne rit pas parce qu'elle ne comprend pas. (Moi non plus.) Et Marie Bellhomme, toujours de bonne foi, s'exclame : « Mais tu sais bien qu'on a déjà fait de la géométrie ce matin ! Et puis celui-là a l'air trop difficile, je n'ai pas écrit la moitié de ce que tu as dit. »

Les jumelles roulent quatre yeux défiants. Je continue, impassible :

> *À l'identique automne les courbes s'homologuent,*
> *Analogue ta douleur aux longs soirs d'automne,*
> *Et détonne la longue courbe des choses et les brefs*
> *sautillements.*

Elles suivent péniblement, sans plus chercher à comprendre, et j'éprouve une satisfaction bien douce à entendre Marie Belhomme se plaindre encore et m'arrêter : « Attends donc, attends donc, tu vas trop vite... La lente courbe des quoi ? »

Je répète : « *La lente courbe des choses et les brefs sautillements...* Maintenant recopiez-moi ça en ronde d'abord, et en bâtarde après. »

C'est ma joie, ces leçons d'écriture supplémentaires, à dessein de satisfaire aux examens de la fin de juillet. Je dicte des choses extravagantes, et j'ai un grand plaisir à entendre ces filles d'épiciers, de cordonniers et de gendarmes réciter et écrire docilement des pastiches de l'École romane, ou des berceuses bredouillées par M. Francis

Jammes, tout ça recueilli à l'intention de ces chères petites camarades, dans les revues et les bouquins que reçoit papa, et il en reçoit ! Depuis la *Revue des Deux-Mondes* jusqu'au *Mercure de France* tous les périodiques s'accumulent à la maison. Papa me confie le soin de les couper, je m'octroie celui de les lire. Il faut bien que quelqu'un les lise ! Papa y jette un œil superficiel et distrait, le *Mercure de France* ne traitant que bien rarement de malacologie. Moi, je m'y instruis, sans comprendre toujours, et j'avertis papa quand les abonnements touchent à leur fin. « Renouvelle, papa, pour garder la considération du facteur. »

La grande Anaïs qui manque de littérature — ce n'est pas sa faute — murmure avec scepticisme :

— Ces choses que tu nous dictes aux leçons d'écriture, je suis sûre que tu les inventes exprès.

— Si on peut dire ! C'est des vers dédiés à notre allié le tzar Nicolas, ainsi !...

Elle ne peut pas me blaguer et garde des yeux incrédules.

Rentrée de Mlle Sergent qui jette un coup d'œil sur nos écritures. Elle se récrie : « Claudine, vous n'avez pas honte de leur dicter des absurdités semblables ? Vous feriez mieux de retenir par cœur des théorèmes d'arithmétique, ça vaudrait mieux pour tout le monde !! » Mais elle gronde sans conviction, car, tout au fond, ces fumisteries ne lui déplaisent pas. Pourtant je l'écoute sans rire, et ma rancune revient, de sentir si près de moi celle qui a forcé la tendresse de cette petite Aimée si peu sûre... Mon Dieu ! Voilà qu'il est trois heures et demie, et dans une demi-heure elle viendra chez nous pour la dernière fois.

Mlle Sergent se lève et dit :

« Fermez vos cahiers. Les grandes du brevet, restez, j'ai à vous parler. »

Les autres s'en vont, s'affublent de leurs capuchons et de leurs fichus avec lenteur, vexées de ne pas rester pour entendre le discours, évidemment formidable d'intérêt, qu'on va nous adresser. La rousse Directrice nous interpelle, et malgré moi j'admire, comme toujours, la netteté de sa voix, la décision et la précision de ses phrases.

— Mesdemoiselles je pense que vous ne vous faites pas d'illusions sur votre nullité en musique, toutes, sauf Mlle Claudine qui joue du piano et déchiffre couramment ; je vous ferais bien donner des leçons par elle, mais vous êtes trop indisciplinées pour obéir à une de vos compagnes. À partir de demain, vous viendrez le dimanche et le jeudi à neuf heures, vous exercer au solfège et au déchiffrage sous la direction de monsieur Rabastens, l'instituteur adjoint, puisque je ne suis pas, non plus que Mlle Lanthenay, en état de vous donner des leçons. Monsieur Rabastens sera assisté de Mlle Claudine. Tâchez de ne pas vous tenir trop mal. Et soyez ici à neuf heures, demain. »

J'ajoute à voix basse, un « Rompez ! » saisi par son oreille redoutable ; elle fronce les sourcils, pour sourire malgré elle, après. Son petit discours a été débité d'un ton si péremptoire qu'un salut militaire s'impose presque, elle s'en est aperçue. Mais vrai ! on dirait que je ne peux plus la fâcher ; c'est enrageant ; faut-il qu'elle soit sûre de son triomphe pour se montrer si bonne !

Elle part, et toutes éclatent en rumeurs. Marie Belhomme n'en revient pas :

— C'est égal, vrai, nous faire donner des leçons par un jeune homme, c'est un peu fort ! Mais ça sera amusant tout de même, crois-tu, Claudine ?

— Oui. Faut bien se distraire un peu.

— Ça ne va pas t'intimider, toi, de nous donner des leçons de chant avec le sous-maître ?

— Tu n'imagines pas ce que ça m'est égal.

Je n'écoute pas beaucoup et j'attends, en trépignant à l'intérieur, parce que Mlle Aimée Lanthenay ne vient pas tout de suite. La grande Anaïs, ravie, ricane, et serre les côtes comme si le rire la tordait, et houspille Marie Belhomme, qui gémit sans savoir se défendre : « Hein ! tu vas faire la conquête du bel Antonin Rabastens : il ne résistera pas longtemps à tes mains fines et longues, à tes mains de sage-femme, à ta taille mince, à tes yeux éloquents ; hein ! ma chère, voilà une histoire qui finira par un mariage ! » Elle s'excite et danse devant Marie qu'elle a acculée dans un coin et qui cache ses malheureuses mains en criant à l'inconvenance.

Aimée n'arrive toujours pas ! Énervée, je ne tiens pas en place et vais rôder jusqu'à la porte de l'escalier qui conduit aux chambres « provisoires » (toujours !) des institutrices. Ah ! j'ai bien fait de venir voir ! En haut, sur le palier, Mlle Lanthenay est toute prête à partir. Mlle Sergent la tient par la taille et lui parle bas, avec l'air d'insister tendrement. Puis elle embrasse longuement la petite Aimée voilée, qui se laisse faire et se prête, gentiment, et même, s'attarde et se retourne en descendant l'escalier. Je me sauve sans qu'elles m'aperçoivent, mais j'ai, encore une fois, un gros chagrin. Méchante, méchante petite, qui s'est vite détachée de moi, pour donner ses tendresses et ses yeux dorés à celle qui était notre ennemie !... Je ne sais plus que penser... Elle me rejoint dans la classe où je suis restée, figée dans mes songeries.

— Vous venez, Claudine ?

— Oui, Mademoiselle, je suis prête.

Dans la rue je n'ose plus la questionner ; qu'est ce qu'elle me répondrait ? J'aime mieux attendre d'être installée à la maison, et, dehors, lui parler banalement du froid, prédire qu'il va neiger encore, que les leçons de chant du dimanche et du jeudi nous amuseront ;... mais je parle sans conviction et elle sent bien, elle aussi, que tout ce bavardage ne compte pas.

Chez nous, sous la lampe, j'ouvre mes cahiers et je la regarde : elle est aussi jolie que l'autre soir, un peu plus pâle, avec des yeux cernés qui paraissent plus grands :

— Vous êtes fatiguée, on dirait ?

Elle s'embarrasse de toutes mes questions, pourquoi donc ? La voilà qui devient rose, qui regarde autour d'elle. Je parie qu'elle se sent vaguement coupable envers moi. Continuons :

— Dites, elle vous témoigne toujours autant d'amitié, l'horrible rousse ? Est-ce que les rages et les caresses de l'autre soir ont recommencé ?

— Mais non... elle est très bonne pour moi... Je vous assure qu'elle me soigne beaucoup.

— Elle ne vous a pas « magnétisée » de nouveau ?

— Oh ! non, il n'est pas question de ça. Je crois que j'ai exagéré un peu, l'autre soir, parce que j'étais énervée.

Eh là ! la voilà tout près de perdre contenance ! Tant pis, je veux savoir. Je me rapproche d'elle et lui prends ses mains, ses toutes petites mains.

— Oh ! chérie, racontez moi ce qu'il y a encore ! Vous ne voulez donc plus rien dire à votre pauvre Claudine qui a eu tant de peine avant-hier ?

Mais on dirait qu'elle vient de se ressaisir, brusquement décidée à se taire ; elle prend par degré un petit air calme, faussement naturel, et me regarde de ses yeux de chat, menteurs et clairs.

— Non, Claudine, voyons, puisque je vous assure qu'elle me laisse tout à fait tranquille, et que même elle se montre très bonne. Nous la faisions plus mauvaise qu'elle ne l'est, vous savez.

Qu'est-ce que c'est que cette voix froide, et ces yeux fermés, tout larges ouverts qu'ils sont ? C'est sa voix de classe, ça, je n'en veux pas !

Je renfonce mon envie de pleurer pour ne pas paraître ridicule. Alors, quoi, c'est fini nous deux ? Et si je la tourmente de questions, nous nous quitterons brouillées ?... Je prends ma grammaire anglaise, il n'y a rien d'autre à faire ; elle a un geste empressé pour ouvrir mon cahier.

C'est la première fois, et la seule, que j'ai pris avec elle une leçon sérieuse ; le cœur tout gonflé et prêt à crever, j'ai traduit des pages entières de :

> « Vous aviez des plumes, mais il n'avait pas de cheval.
> » Nous aurions les pommes de votre cousin s'il avait beaucoup de canifs.
> » Avez-vous de l'encre dans votre encrier ? Non, mais j'ai une table dans ma chambre à coucher, etc., etc. »

Vers la fin de la leçon, cette singulière Aimée me demande à brûle-pourpoint :
— Ma petite Claudine, vous n'êtes pas fâchée contre moi ?
Je ne mens pas tout à fait :
— Non, je ne suis pas *fâchée* contre vous.

C'est presque vrai, je ne me sens pas de colère, rien que du chagrin et de la fatigue. Je la reconduis, et je l'embrasse, mais elle me tend sa joue en tournant si fort la tête que mes lèvres touchent presque son oreille. La petite sans cœur ! Je la regarde s'en aller sous le réverbère avec une vague envie de courir après elle ; mais à quoi bon ?

J'ai dormi assez mal, mes yeux le prouvent, cernés jusqu'au milieu des joues ; heureusement, ça me va plutôt bien, je le constate dans la glace en brossant rudement mes boucles (toutes dorées ce matin) avant de partir pour la leçon de chant.

J'arrive une demi-heure trop tôt, et je ne peux m'empêcher de rire en trouvant deux de mes camarades, sur quatre, déjà installées à l'école ! Nous nous inspectons mutuellement, et Anaïs a un sifflement approbateur pour ma robe bleue et mon tablier mignon. Elle a sorti pour la circonstance son tablier du jeudi et du dimanche, rouge, brodé de blanc (il la fait paraître encore plus pâle) ; coiffée en « casque » avec un soin méticuleux, la coque très avant, presque sur le front, elle se serre à étouffer dans une ceinture neuve. Charitablement, elle remarque tout haut que j'ai mauvaise mine ; mais je réponds que l'air fatigué m'avantage. Marie Belhomme accourt, écervelée et éparse, à son ordinaire. Elle a fait des frais, elle aussi, quoique en deuil ; sa fraise de crêpe ruché lui donne un air de pierrot noir, ahuri ; avec ses longs yeux veloutés, son air naïf et éperdu : elle est toute gentille. Les deux Jaubert arrivent ensemble, comme toujours, pas coquettes, ou du moins pas tant que nous autres, prêtes à se tenir irréprochablement, à ne pas lever les yeux, et à dire du mal de chacune de nous, après la leçon.

Nous nous chauffons, serrées autour du poêle, en blaguant par avance le bel Antonin. Attention, le voici... Un bruit de voix et de rires s'approche, Mlle Sergent ouvre la porte, précédant l'irrésistible adjoint.

Splendide, le Rabastens ! Casquetté de fourrures, vêtu de bleu foncé sous son pardessus, et il se décoiffe et se dévêt en entrant, après un profond « Mesdemoiselles ! » Il a décoré son veston d'un chrysanthème rouge rouillé du meilleur goût et sa cravate impressionne, vert-de-gris avec semis d'anneaux blancs entrelacés. Une régate travaillée au miroir ! Tout de suite nous sommes rangées et convenables, avec des mains qui tirent sournoisement les corsages pour défaire jusqu'aux velléités de plis disgracieux. Marie Belhomme s'amuse déjà de si bon cœur qu'elle pouffe bruyamment, et s'arrête effrayée d'elle-même. Mlle Sergent fronce ses terribles sourcils et s'agace. Elle m'a regardée en entrant : je parie que sa petite lui raconte tout, déjà ! Je me répète obstinément qu'Aimée ne vaut pas tant de chagrin, mais je ne me persuade guère.

— Mesdemoiselles, grasseye Rabastens, l'une de vous voudra-t-elle me passer son livre ?

La grande Anaïs tend vite son Marmontel pour se mettre en valeur, et reçoit un « merci » d'amabilité exagérée. Ce gros garçon-là doit se faire des politesses devant son armoire à glace. Il est vrai qu'il n'a pas d'armoire à glace.

— Mademoiselle Claudine, me dit-il avec une œillade enchanteresse (enchanteresse pour lui, s'entend) je suis charmé et très honoré de devenir votre collègue ; car vous donnez des leçons de chant à ces demoiselles, n'est-ce pas ?

— Oui, mais elles n'obéissent pas du tout à une de leurs compagnes, coupe brièvement Mlle Sergent, que ce bavardage impatiente. Aidée par vous, Monsieur, elle obtiendra de meilleurs résultats, ou elles échoueront au brevet ; car elles sont nulles en musique.

Bien fait ! ça lui apprendra à filer des phrases inutiles, au Monsieur. Mes camarades écoutent, avec un étonnement non dissimulé ; jamais on n'avait encore employé pour elles tant de galanterie ; surtout, elles restent stupéfaites des compliments que me prodigue le louangeur Antonin.

Mlle Sergent prend le « Marmontel » et indique à Rabastens l'endroit que ses nouvelles élèves refusent de franchir, par défaut d'attention les unes, par incompréhension les autres (sauf Anaïs à qui sa mémoire permet d'apprendre par cœur tous les exercices de solfège sans les « battre » et sans les décomposer). Comme c'est vrai, qu'elles sont « nulles en musique », ces petites cruches, et comme elles mettent une sorte de point d'honneur à ne pas m'obéir, elles se feraient sûrement octroyer des zéros au prochain examen. Cette perspective enrage Mlle Sergent qui chante faux et qui ne peut leur servir de professeur de chant, non plus que Mlle Aimée Lanthenay mal guérie d'une laryngite ancienne.

— Faites-les d'abord chanter séparément, dis-je au méridional (tout épanoui de paonner au milieu de nous), elles font des fautes de mesure, toutes, mais pas les mêmes fautes et je n'ai pas pu les empêcher jusqu'à présent.

— Voyons, Mlle... ?

— Marie Belhomme.

— Mlle Marie Belhomme, veuillez me solfier cet exercice.

C'est une petite polka en *sol*, totalement dépourvue de méchanceté, mais la pauvre Marie, anti-musicienne au possible, n'a jamais pu la solfier correctement. Sous cette attaque directe, elle a tressailli, elle est devenue pourpre, et ses yeux tournent.

— Je bats une mesure à vide, et vous commencerez sur le premier temps : *Ré si si, la sol fa fa*.... Pas bien difficile, n'est-ce pas ?

— Oui, Monsieur, répond Marie qui perd la tête à force de timidité.

— Bon, je commence. Un, deux, un...

— *Ré si si, la sol fa fa*, piaille Marie d'une voix de poule enrouée.

Elle n'a pas manqué l'occasion de commencer sur le second temps ! Je l'arrête :

— Non, écoute donc : Un, deux, *Ré si si*... comprends tu ? Monsieur bat une mesure vide. Recommence.

— Un, deux, un...

— *Ré si si*... elle recommence avec ardeur, en faisant la même faute ! Dire que, depuis trois mois, elle chante sa polka à contre-mesure ! Rabastens s'interpose, patient et discret.

— Permettez, mademoiselle Belhomme, veuillez battre la mesure en même temps que moi.

Il lui a pris le poignet et lui conduit la main.

— Vous allez mieux comprendre ainsi : Un, deux, deux, un... Eh bien ! chantez donc !

Elle n'a pas commencé du tout, cette fois ! Cramoisie à cause de ce geste inattendu, elle a complètement perdu contenance. Je m'amuse beaucoup. Mais le beau baryton, très flatté du trouble de la pauvre linotte se ferait scrupule d'insister. La grande Anaïs a les joues gonflées de rires retenus.

— Mademoiselle Anaïs, je vous prie de chanter cet exercice, pour montrer à Mlle Belhomme comment il doit être interprété.

Elle ne se fait pas prier celle-là ! Elle roucoule son petit machin « avec âme » en portant la voix aux notes élevées, et pas trop en mesure. Mais quoi, elle le sait par cœur, et sa façon un peu ridicule de solfier comme si elle chantait une romance plaît au méridional qui la complimente. Elle essaie de rougir, ne peut pas, et se borne, faute de mieux à baisser les yeux, se mordre les lèvres et pencher la tête.

Je dis à Rabastens : « Monsieur, voulez-vous faire répéter quelques exercices à deux voix ? Quoi que j'aie pu faire, elles ne les savent pas du tout. »

Je suis sérieuse, ce matin, d'abord parce que je n'ai pas grande envie de rire, ensuite parce que si je batifolais trop pendant cette première leçon, Mlle Sergent supprimerait les autres. Et puis, je pense à Aimée. Elle ne descend donc pas ce matin ? Il y a seulement huit jours, elle n'aurait pas osé faire aussi tard la grasse matinée !

En songeant à tout cela, je distribue les deux parties, la première à Anaïs, aggravée de Marie Belhomme, l'autre aux pensionnaires. Pour moi, je viendrai au secours de celle qui faiblira le plus. Rabastens soutient la seconde.

Et nous exécutons le petit morceau à deux voix, moi à côté du bel Antonin qui barytonne des « ah ! ah ! » pleins d'expression en se penchant de mon côté. Nous devons former un petit groupe extrêmement risible. Ce Marseillais indécrottable est si préoccupé des grâces qu'il déploie qu'il commet fautes sur fautes, sans que, d'ailleurs, personne s'en aperçoive. Le chrysanthème distingué qu'il porte à son veston se détache et tombe ; — son morceau fini, il le ramasse et le jette sur la table, en disant, comme s'il réclamait des compliments pour lui-même : « Eh bien, ça n'a pas trop mal marché, il me semble ? »

Mlle Sergent souffle sur son emballement en répondant :

— Oui, mais laissez-les chanter seules, sans vous, sans Claudine, et vous verrez.

(Je parierais, à sa mine déconfite, qu'il avait oublié pourquoi il est ici. Ça va être encore quelque chose de soigné comme professeur, ce Rabastens ! Tant mieux ! Quand la Directrice n'assistera pas aux leçons, on pourra tout se permettre avec lui.)

— Oui, évidemment, Mademoiselle, mais si ces demoiselles veulent se donner un peu de peine, vous verrez qu'elles arriveront vite à en savoir assez pour répondre aux examens. On demande si peu de musique ! Vous le savez bien, n'est-ce pas ?

Tiens, tiens, il se rebiffe maintenant ? Impossible de mieux servir à la rousse qu'elle n'est pas capable de chanter une gamme. Elle comprend la rosserie et ses sombres yeux se détournent. Antonin remonte un peu dans mon estime, mais il vient de mal disposer Mlle Sergent qui lui dit, sèchement :

— Si vous voulez bien faire étudier encore un peu ces enfants ? J'aimerais assez qu'elles chantassent séparément, pour prendre un peu d'aplomb et de sûreté.

C'est au tour des jumelles, qui possèdent des voix inexistantes, incertaines, sans trop de sens du rythme, mais ces deux bêcheuses-là s'en tireront toujours, ça travaille d'une façon si exemplaire ! Je ne peux souffrir ces Jaubert, sages et modestes. Et je les vois d'ici travaillant chez elles, répétant soixante fois chaque exercice, avant de venir aux leçons du jeudi, irréprochables et sournoises.

Pour finir, Rabastens se « donne le plaisir » dit-il, de m'entendre et me prie de déchiffrer des choses fortement embêtantes, romances néfastes, ou airs à gargouillades dont les vocalises démodées lui paraissent le dernier mot de l'art. Par amour-propre, parce que Mlle Sergent est là, et Anaïs aussi, je chante de mon mieux : *Di-amants de la Courônne, Fille du Régimint*, etc. Et l'ineffable Antonin s'extasie ; il s'emberlificote dans des compliments tortueux, dans des phrases pleines d'embûches, dont je n'aurais garde de l'aider à se dépêtrer, trop heureuse de l'écouter, au contraire, avec des yeux attentifs et rivés aux siens. Je ne sais pas comment il aurait trouvé la fin d'une phrase bourrée d'incidentes, si Mlle Sergent ne se fût approchée : « Vous avez donné à ces demoiselles des morceaux d'étude pour la semaine ? »

Non, il n'a rien donné du tout. Il ne peut pas se mettre dans la tête qu'on ne l'a pas convoqué ici pour chanter à deux voix avec moi !

Mais que devient donc la petite Aimée ? Il faut que je sache. Donc, je renverse avec adresse un encrier sur la table en prenant soin de me tacher les doigts abondamment. Et je pousse un « ah ! » de désolation, avec tous mes doigts écartés en araignées. Mlle Sergent prend le temps de remarquer que je n'en fais jamais d'autres, et m'envoie me laver les mains à la pompe.

Une fois dehors, je m'essuie les mains à l'éponge du tableau noir pour ôter le plus gros, et je fouine, et je regarde dans tous les coins. Rien dans la maison ; je ressors et m'avance jusqu'au petit mur qui nous sépare du jardin de l'instituteur. Rien toujours. Mais, mais, on cause, là-dedans ! Qui ? Je me penche par dessus le petit mur pour regarder en bas dans le jardin, qui est plus bas de deux mètres, et là, sous des noisetiers défeuillés, dans le petit soleil pâlot qu'on sent à peine, je vois le sombre Richelieu qui cause avec Mlle Aimée Lanthenay. Il y a trois ou quatre jours, je me serais mise sur la tête pour m'étonner avec les pieds, devant ce spectacle, mais ma grosse déception de cette semaine m'a un peu cuirassée.

Ce sauvage de Duplessis ! Il trouve sa langue, à présent, et ne baisse plus les yeux. Il a donc brûlé ses vaisseaux ?

— Dites, Mademoiselle, vous ne vous en doutiez pas ? Oh ! dites que si !

Aimée, toute rose, frémit de joie, et ses yeux sont plus en or que jamais, ses yeux qui guettent et écoutent alertement, pendant qu'il parle, tout autour. Elle rit gentiment en faisant signe qu'elle ne se doutait de rien, la menteuse !

— Si, vous vous en doutiez bien, quand je passais des soirées sous vos fenêtres. Mais je vous aime de toutes mes forces, non pas pour coqueter pendant une saison et m'en aller aux vacances ensuite. Voulez-vous m'écouter sérieusement, comme je vous parle maintenant ?

— C'est si sérieux que cela ?

— Oui, je vous l'affirme. M'autorisez-vous à aller ce soir vous parler devant Mlle Sergent ?

Ah ! la la ! J'entends la porte de la classe qui s'ouvre ; on vient voir ce que je deviens. En deux bonds je suis loin du mur, et presque tout près de la pompe ; je me jette à genoux par terre, et quand la Directrice, accompagnée de Rabastens qui part, arrive près de moi, elle me voit en train de frotter énergiquement l'encre de mes mains avec du sable, « puisque ça ne s'en va pas avec de l'eau. »

Ça prend très bien.

— Laissez donc ça, dit Mlle Sergent, vous l'enlèverez chez vous à la pierre ponce.

Le bel Antonin m'adresse un « au revoir » à la fois joyeux et mélancolique. Je me suis relevée et lui envoie mon signe de tête le plus onduleux, qui fait rouler des boucles de cheveux mollement le long de mes joues. Derrière son dos, je ris ; gros hanneton marseillais, il croit déjà que c'est arrivé ! Je rentre dans la classe pour prendre mon capuchon, et je reviens chez nous, rêvassant à la conversation surprise derrière le petit mur.

Quel dommage que je n'aie pas pu entendre la fin de leur amoureux dialogue ! Aimée aura consenti, sans se faire prier, à recevoir ce Richelieu inflammable mais honnête, et il est capable de la demander en mariage. Qu'est-ce qu'elle a donc dans la peau, cette petite femme pas même régulièrement jolie ? Fraîche, c'est vrai, avec des yeux magnifiques ; mais enfin, il ne manque pas de beaux yeux dans de plus jolies figures, et celle-ci tous les hommes la regardent ! Les maçons cessent de gâcher quand elle passe, en se faisant l'un à l'autre des yeux clignés et des claquements de langue (hier, j'en ai entendu un dire à son camarade en la désignant : « Vrai, je m'abonnerais bien à être puce dans son lit ! ») Les gars, dans les rues, font les farauds pour elle, et les vieux habitués du café de la Perle, ceux qui prennent le vermouth tous les soirs, causent entre eux avec intérêt, « d'une petite fille, institutrice à l'école, qui fait *regipper* comme une tarte aux fruits pas assez sucrée ». Maçons, petits rentiers, directrice, instituteur, tous alors ? Moi, elle m'intéresse un peu moins depuis que je la découvre si traîtresse, et je me sens toute vide, vide de ma tendresse, vide de mon gros chagrin du premier soir.

On démolit, on finit de démolir l'ancienne école ; pauvre vieille école ! On jette à bas le rez-de-chaussée, et nous assistons, curieusement, à la découverte que font les maçons, de murs doubles, des murs qu'on croyait pleins et épais, et qui sont creux comme des armoires, avec une espèce de corridor noir, où on ne trouve rien que de la poussière et une affreuse odeur, vieille et répugnante. Je me plais à terrifier Marie Belhomme en lui racontant que ces cachettes mystérieuses ont été ménagées au temps jadis pour y murer des femmes qui trompaient leurs maris, et que j'ai vu des os blancs traîner dans les gravats ; elle ouvre des yeux effarés, demande : « C'est vrai ? » et s'approche vite pour « voir les os ». Elle revient près de moi tout de suite.

— Je n'ai rien vu, c'est encore une menterie que tu me fais !

— Que l'usage de la langue me soit ôté à l'instant si ces cachettes dans les murs n'ont pas été creusées dans un but criminel ! Et puis d'abord, tu sais, ça te va bien de dire que je mens, toi qui caches un chrysanthème dans ton Marmontel, celui que monsieur Antonin Rabastens portait à sa boutonnière !

J'ai crié ça bien haut, parce que je viens d'apercevoir Mlle Sergent qui entre dans la cour, précédant Dutertre. Oh ! on le voit souvent, celui-là, c'est une justice à lui rendre ! Et c'est un beau dévouement qu'il a, ce docteur, de quitter sa clientèle à chaque instant pour venir constater l'état satisfaisant de notre école, — qui s'en va par morceaux en ce moment, la première classe à l'École maternelle, la deuxième, là-bas dans la mairie. Il a peur, sans doute, que notre instruction ne souffre de ces déplacements successifs, le digne délégué cantonal !

Ils ont entendu, elle et lui, ce que je disais — pardi, je l'ai fait exprès ! — et Dutertre saisit cette occasion de s'approcher. Marie voudrait rentrer sous terre, et gémit en se voilant la figure de ses mains. Bon prince, il s'approche tout riant, et frappe sur l'épaule de la nigaude qui tressaille et s'effare : « Petite, qu'est-ce que te dit cette Claudine endiablée ? Tu conserves les fleurs que porte notre bel adjoint ? Dites donc, mademoiselle Sergent, vos élèves ont le cœur très éveillé, savez-vous ! Marie, veux-tu que j'en informe ta mère pour lui faire comprendre que sa fille n'est plus une gamine ? »

Pauvre Marie Belhomme ! Hors d'état de répondre un mot, elle regarde Dutertre, elle me regarde, elle regarde la Directrice, avec des yeux de biche ahurie, et va pleurer. Mlle Sergent, qui n'est pas absolument enchantée de l'occasion qu'a trouvée le délégué cantonal de bavarder avec nous, le contemple avec des yeux jaloux et admiratifs ; elle n'ose pas l'emmener (je le connais assez pour croire qu'il lui refuserait avec aisance). Moi, je jubile de la confusion de Marie, du mécontentement impatient de Mlle Sergent (et sa petite Aimée, (elle ne lui suffit donc plus ?) et aussi de voir le plaisir qu'éprouve notre bon docteur à rester près de nous. Il faut croire que mes yeux disent l'état de rage et de contentement où je suis, car il rit en montrant ses dents pointues :

— Claudine, qu'as-tu à pétiller ainsi ? C'est la méchanceté qui t'agite ?

Je réponds « oui » de la tête, en secouant mes cheveux, sans parler, irrévérence qui fait froncer les sourcils touffus de Mlle Sergent. Ça m'est bien égal. Elle ne peut pas tout avoir, cette mauvaise rousse, son délégué cantonal et sa petite adjointe, non, non. Plus sans-gêne que jamais, Dutertre vient à moi et passe son bras autour de mes épaules. La grande Anaïs, curieuse, nous regarde en rapetissant ses yeux.

— Tu vas bien ?

— Oui, Docteur, je vous remercie beaucoup.

— Sois sérieuse. (Avec ça qu'il l'est, lui, sérieux !) Pourquoi as-tu toujours les yeux cernés ?

— Parce que le bon Dieu me les a faits comme ça.

— Tu ne devrais pas lire autant. Tu lis dans ton lit, je parie ?

— Un petit peu, pas beaucoup. Est-ce qu'il ne faut pas ?

— Heu... si, tu peux bien lire. Qu'est-ce que tu lis ? Voyons, dis-moi ça.

Il s'excite et m'a serré les épaules d'un geste brusque. Mais je ne suis pas si sotte que l'autre jour, et je ne rougis pas, pas encore. La Directrice a pris le parti d'aller gronder des petites qui jouent avec la pompe et s'inondent. Ce qu'elle doit bouillir à l'intérieur ! J'en danse !

— Hier, j'ai fini *Aphrodite*, ce soir, je commencerai *La Femme et le Pantin*.

— Oui ? Tu vas bien, toi ! Pierre Louys ? Peste ! Pas étonnant que tu... Je voudrais bien savoir ce que tu comprends, là-dedans ? Tout ?

(Je ne suis pas poltronne, je crois, mais je n'aimerais pas continuer cette conversation, seule avec lui le long d'un bois, ou sur un canapé, ses yeux brillent tellement ! Et puis, s'il se figure que je m'en vais lui faire des confidences polissonnes...)

— Non, je ne comprends pas tout, malheureusement, mais assez de choses tout de même. Et j'ai aussi lu, l'autre semaine, la *Suzanne*, de Léon Daudet. Je termine l'*Année de Clarisse*, un Paul Adam qui me ravit !

— Oui, et tu dors, après ?... Mais tu te fatigueras, avec ce régime-là ; ménage-toi un peu, ce serait dommage de t'abîmer, tu sais.

Qu'est-ce qu'il croit donc ? Il me regarde de si près, avec une si visible envie de me caresser et de m'embrasser, que voici le fâcheux fard brûlant qui m'envahit, et je perds mon assurance. Il craint peut-être aussi de perdre son sang-froid, lui, car il me laisse aller, en respirant profondément, et me quitte après une caresse sur mes cheveux, de la tête jusqu'à l'extrémité des boucles, comme sur le dos des chats,

Mlle Sergent se rapproche, ses mains frémissent de jalousie, et ils s'éloignent tous deux ; je les vois se parler très vivement, elle avec un air d'imploration anxieuse ; lui, hausse légèrement l'épaule, et rit.

Ils croisent Mlle Aimée, et Dutertre s'arrête, séduit par ses yeux câlins ; il plaisante familièrement avec elle, toute rose, un peu embarrassée, contente ; et Mlle Sergent ne témoigne pas de jalousie cette fois, au contraire... Moi, le cœur me saute toujours un peu quand cette petite arrive. Ah ! tout ça c'est mal arrangé !

Je m'enfonce si loin dans mes pensées que je ne vois pas la grande Anaïs qui exécute une danse sauvage autour de moi :

— Veux-tu me laisser tranquille, sale monstre ! Je n'ai pas envie de jouer aujourd'hui.

— Voui, je sais, c'est le délégué cantonal qui te trotte. Ah ! dame, tu ne sais plus auquel entendre, Rabastens, Dutertre, qui encore ? As-tu fait ton choix ? et Mlle Lanthenay ?

Elle tourbillonne, avec des yeux démoniaques dans sa figure immobile, furieuse au fond. Pour avoir la paix, je me jette sur elle et lui meurtris les bras de coups de poing ; elle crie tout de suite, lâchement, et se sauve ; je la poursuis, et la bloque dans le coin de la pompe, où je lui verse un peu d'eau sur la tête, pas beaucoup, le fond du gobelet commun. Elle se fâche tout à fait :

— Tu sais, c'est stupide, c'est pas des choses à faire, justement je suis enrhumée, je tousse !

— Tousse ! Le docteur Dutertre te donnera une consultation gratuite, et encore quelque chose avec !

La venue de l'amoureux Duplessis coupe notre querelle ; il est transfiguré, depuis deux jours, cet Armand, et ses yeux rayonnants disent assez qu'Aimée lui a accordé sa main, avec son cœur et sa foi, tout ça dans le même sac. Mais il voit sa douce fiancée qui bavarde et rit, entre Dutertre et la Directrice, lutinée par le délégué cantonal, encouragée par Mlle Sergent, et ses yeux noircissent. Ah ! Ah ! il n'est pas jaloux, non, c'est moi ! Je crois bien qu'il retournerait sur ses pas si la rousse, elle-même, ne l'appelait. Il accourt à grandes enjambées et salue profondément Dutertre qui lui serre la main familièrement, avec un geste de félicitations. Le pâle Armand rougit, s'illumine, et regarde sa petite fiancée avec un tendre orgueil. Pauvre Richelieu, il me fait de la peine ! Je ne sais pas pourquoi, mais j'ai idée que cette Aimée qui joue à demi l'inconscience et s'engage si vite ne lui donnera guère de bonheur. La grande Anaïs ne perd pas un geste du groupe, et en oublie de m'injurier.

— Dis donc, me souffle-t-elle tout bas, qu'est-ce qu'ils font comme ça ensemble ? Qu'est-ce qu'il y a ?

J'éclate : « Il y a que M. Armand, le compas, Richelieu, oui, a demandé la main de Mlle Lanthenay, qu'elle la lui a accordée, qu'ils sont fiancés, et que Dutertre les félicite, à l'heure qu'il est ! C'est ça qu'il y a !

— Ah !... Bien vrai, alors ! Comment, il lui a demandé sa main, *pour se marier ?*

Je ne peux pas m'empêcher de rire ; elle a lâché le mot si naturellement, avec une naïveté qui ne lui est pas habituelle ! Mais je ne la laisse pas moisir dans sa stupéfaction : « Cours, cours, va chercher n'importe quoi dans la classe, entends ce qu'ils disent ; de moi ils se méfieraient trop vite ! »

Elle s'élance ; passant près du groupe, elle perd adroitement son sabot (nous portons toutes des sabots, l'hiver), et tend ses oreilles en s'attardant à le remettre. Puis elle disparaît et revient, portant ostensiblement ses mitaines qu'elle glisse sur ses mains en revenant près de moi.

— Qu'est-ce que tu as entendu ?

— M. Dutertre disait à Armand Duplessis : « Je ne forme pas pour vous de vœux de bonheur, Monsieur, ils sont inutiles quand on épouse une pareille jeune fille. » Et Mlle Aimée Lanthenay baissait les yeux, comme ça. Mais vrai, je n'aurais jamais cru que ça y était, aussi sûr que ça !

Moi aussi je m'étonne, mais pour une autre raison. Comment ! Aimée se marie, et ça ne produit pas plus d'effet à Mlle Sergent ? Sûrement il y a là-dessous quelque chose que j'ignore ! Pourquoi aurait-elle fait ces frais de conquête, et pourquoi ces scènes de larmes à Aimée, si elle la donne maintenant, sans plus de regrets, à un Armand Duplessis qu'elle connaît à peine ? Que le diable les emporte toutes ! Il va falloir encore que je *m'arale*[4] à découvrir le fin mot de l'histoire. Après tout, elle n'est sans doute jalouse que des femmes.

Pour me dégourdir les idées, j'organise une grande partie de « grue » avec mes camarades, et les « gobettes » de la deuxième division, qui deviennent assez grandes personnes pour que nous les

---

4. *Je me tourmente*

admettions à jouer avec nous. Je trace deux raies distantes de trois mètres, je me place au milieu pour faire la grue, et la partie commence, semée de cris pointus et de quelques chutes que je favorise.

On sonne ; nous rentrons pour l'assommante leçon de travail à l'aiguille. Je prends ma tapisserie, avec dégoût. Au bout de dix minutes, Mlle Sergent s'en va, sous prétexte d'aller distribuer des fournitures à la « petite classe » qui, de nouveau déménagée, se tient, provisoirement (bien entendu !) dans une salle vide de l'école maternelle, tout près de nous. Je parie qu'en fait de fournitures, la rousse va surtout s'occuper de sa petite Aimée.

Après une vingtaine de points de tapisserie, je suis prise d'un accès soudain de stupidité qui m'empêche de savoir si je dois changer de nuance pour remplir une feuille de chêne, ou bien conserver la même laine avec laquelle j'ai terminé une feuille de saule. Et je sors, mon ouvrage à la main, pour demander conseil à l'omnisciente Directrice. Je traverse le corridor, j'entre dans la petite classe : les cinquante gamines enfermées là-dedans piaillent, se tirent les cheveux, rient, dansent, dessinent des bonshommes au tableau noir, et pas la moindre Mlle Sergent, pas la moindre Mlle Lanthenay. Ça devient curieux ! Je ressors, je pousse la porte de l'escalier ; rien dans l'escalier ! Si je montais ? Oui, mais qu'est-ce que je répondrai, si on me trouve là ? Bah ? je dirai que je viens chercher Mlle Sergent, parce que j'ai entendu sa vieille paysanne de mère qui l'appelait.

Houche ! Je monte sur mes chaussons, doucement, doucement, en laissant mes sabots en bas. Rien en haut de l'escalier. Mais voici la porte d'une chambre qui bâille un peu, et je ne songe plus à rien autre qu'à regarder par l'ouverture. Mlle Sergent, assise dans son grand fauteuil, me tourne le dos, heureusement, et tient son adjointe sur ses genoux, comme un bébé ; Aimée soupire doucement et embrasse de tout son cœur la rousse qui la serre. À la bonne heure ! On ne dira pas que cette directrice rudoie ses subordonnées ! Je ne vois pas leurs figures parce que le fauteuil a un grand dossier assez haut, mais je n'ai pas besoin de les voir. Mon cœur me bat dans les oreilles, et tout d'un coup je bondis dans l'escalier sur mes chaussons muets.

Trois secondes après je suis réinstallée à ma place, près de la grande Anaïs qui se délecte à la lecture et aux images du *Supplément*. Pour qu'on ne s'aperçoive pas de mon trouble, je demande à voir aussi, comme si ça m'intéressait ! Il y a un conte de Catulle Mendès, tout câlin, qui me plairait, mais je n'ai pas bien la tête à ce que je lis, encore toute pleine de ce que j'ai guetté là-haut ! Je n'en demandais pas tant, et je ne croyais certes pas leurs tendresses si vives...

Anaïs me montre un dessin de Gil Baër représentant un petit jeune homme sans moustaches, l'air d'une femme déguisée, et, entraînée par la lecture du *Carnet de Lyonnette* et des folichonneries d'Armand Silvestre, elle me dit avec des yeux troublés : « J'ai un cousin qui ressemble à ça, il s'appelle Raoul, il est au collège, et je vais le voir aux vacances tous les étés. » Cette révélation m'explique sa sagesse relative et nouvelle ; elle écrit très peu aux gars en ce moment. Les sœurs Jaubert jouent les scandalisées à cause de ce journal polisson, Marie Belhomme renverse son encrier pour venir voir : quand elle a regardé les images et lu un peu, elle s'enfuit, ses longues mains en l'air, criant : « C'est abominable ! je ne veux pas lire le reste avant la récréation ! » Elle est à peine assise, en train d'éponger son encre renversée, que Mlle Sergent rentre, sérieuse mais avec des yeux enchantés, scintillants ; je regarde cette rousse comme si je n'étais pas sûre que ce fût la même que l'embrasseuse de là-haut...

— Marie, vous me ferez une narration sur la maladresse, et vous me l'apporterez ce soir à cinq heures. Mesdemoiselles, demain arrive une nouvelle adjointe, Mlle Griset, vous n'aurez pas affaire à elle, elle s'occupera de la petite classe seulement.

J'ai failli demander : « Et Mlle Aimée, elle s'en va donc ? » Mais la réponse arrive toute seule :

— Mlle Lanthenay emploie trop peu son intelligence dans la seconde classe ; désormais elle vous donnera ici des leçons d'histoire, de travail à l'aiguille et de dessin, sous ma surveillance.

Je la regarde en souriant, et je hoche la tête comme pour la complimenter de cet arrangement vraiment assez réussi. Elle fronce les sourcils, tout de suite encolérée :

— Claudine, qu'avez-vous fait à votre tapisserie ? Tout ça ? Oh ! vous ne vous êtes vraiment pas fatiguée !

Je prends mon air le plus idiot pour répondre :

— Mais, Mademoiselle, je suis allée tout à l'heure à la petite classe pour vous demander s'il fallait prendre le vert n° 2 pour la feuille de chêne et il n'y avait personne ; je vous ai appelée dans l'escalier, il n'y avait personne non plus.

Je parle lentement, à haute voix, afin que tous les nez penchés sur les tricots et les coutures se lèvent ; on m'écoute avidement ; les plus grandes se demandent ce que la Directrice pouvait faire au loin, laissant ainsi les élèves à l'abandon. Mlle Sergent devient d'un cramoisi noircissant, et répond vivement : « J'étais allée voir où il serait possible de loger la nouvelle adjointe ; le bâtiment scolaire est presque achevé, on le sèche avec de grands feux, et nous pourrons sans doute nous y installer bientôt. »

Je fais un geste de protestation et d'excuse qui veut dire. « Oh ! je n'ai pas à savoir où vous étiez, vous ne pouviez qu'être où vous appelait votre devoir. » Mais j'éprouve un contentement rageur à penser que je pourrais lui répliquer : « Non, zélée éducatrice, vous vous souciez aussi peu que possible de la nouvelle adjointe ; c'est l'autre, c'est Mlle Lanthenay qui vous occupe, et vous étiez dans votre chambre avec elle, en train de l'embrasser à pleine bouche. »

Pendant que je roule des pensées de révolte, la rousse s'est ressaisie : très calme, à présent, elle parle d'une voix nette.

— Prenez vos cahiers. En titre : *Composition française*. Expliquez et commentez cette pensée : « Le temps ne respecte pas ce qu'on a fait sans lui. » Vous avez une heure et demie.

Ô désespoir et navrement ! Quelles inepties va-t-il falloir sortir encore ! Ça m'est si égal que le temps respecte ou non ce qu'on fait sans l'inviter ! Toujours des sujets pareils ou pires ! Oui, pires, car nous voici à la veille du jour de l'an, presque, et nous n'échapperons pas à l'inévitable petit morceau de style sur les étrennes, coutume vénérable, joie des enfants, attendrissement des parents, bonbons, joujoux (avec un *x* au pluriel, comme bijou, caillou, chou, genou, hibou et pou) — sans oublier la note touchante sur les petits pauvres qui ne reçoivent pas d'étrennes, et qu'il faut soulager en ce jour de fête, pour qu'ils aient leur part de joie ! — Horreur ! Horreur !

Pendant que je rage, les autres « brouillonnent » déjà ; la grande Anaïs attend que je commence pour copier son début sur le mien ; les deux Jaubert ruminent et réfléchissent sagement, et Marie Belhomme a déjà rempli une page d'inepties, de phrases contradictoires et de réflexions à côté du sujet. Après avoir bâillé un quart d'heure, je me décide, et j'écris tout de suite sur le « cahier journal » sans brouillon, ce qui indigne les autres.

À quatre heures, en sortant, je constate sans douleur que c'est mon tour de balayage, avec Anaïs. D'habitude, cette corvée me dégoûte, mais aujourd'hui, ça m'est égal, j'aime mieux ça même. En allant chercher l'arrosoir, je rencontre enfin Mlle Aimée qui a les pommettes rouges et les yeux brillants.

— Bonjour, Mademoiselle. À quand la noce ?

— Comment ! mais... ces gamines savent toujours tout ! Mais ce n'est pas encore décidé... la date, du moins. Ce sera pour les grandes vacances, sans doute... Vous ne le trouvez pas laid, dites, Monsieur Duplessis ?

— Laid, Richelieu ? Non, par exemple ! Il est tellement mieux que l'autre, tellement ! Vous l'aimez ?

— Mais, dame, puisque je l'accepte pour mari !

— En voilà une raison ! Ne me faites donc pas des réponses semblables, croyez-vous parler à Marie Belhomme ? Vous ne l'aimez guère, vous le trouvez gentil et vous avez envie de vous marier, pour voir ce que c'est, et par vanité, pour embêter vos camarades de l'École Normale qui resteront vieilles filles, voilà tout ! Ne lui faites pas trop de farces, c'est tout ce que je peux lui souhaiter, car il mérite sans doute d'être aimé mieux que vous ne l'aimez.

Vlan ! Là-dessus je tourne les talons, et je cours chercher de l'eau pour arroser. Elle est restée là plantée, décontenancée. Enfin elle s'en va surveiller le balayage de la petite classe, ou bien raconter ce que je viens de dire à sa chère Mlle Sergent. Qu'elle y aille ! Je ne veux plus me soucier de ces deux folles, dont une ne l'est pas. Et toute excitée, j'arrose, j'arrose trop, j'arrose les pieds d'Anaïs, les cartes géographiques, puis je balaye à tour de bras. Ça me repose, de me fatiguer ainsi.

Leçon de chant. Entrée d'Antonin Rabastens, cravaté de bleu ciel « Té, bel astre », comme disaient les Provençales à Roumestan. Tiens, Mlle Aimée Lanthenay est là aussi, suivie d'une petite créature, plus petite qu'elle encore, à démarche singulièrement souple, et qui paraît treize ans, avec une figure un peu plate, des yeux verts, le teint frais, les cheveux soyeux et foncés. Cette gamine s'est arrêtée, toute sauvage, sur le seuil ; Mlle Aimée se tourne vers elle en riant : « Allons, viens, n'aie pas peur ; Luce, entends-tu ? »

Mais, c'est sa sœur ! J'avais complètement oublié ce détail. Elle m'avait parlé de cette sœur probable, au temps où nous étions amies... Je trouve ça si drôle, cette petite sœur qu'elle amène, que je pince Anaïs qui glousse, je chatouille Marie Belhomme qui miaule, et j'esquisse un petit pas à deux temps derrière Mlle Sergent. Rabastens trouve ces folies charmantes ; la petite sœur Luce me regarde de ses yeux bridés.

Mlle Aimée se met à rire (elle rit de tout, maintenant, elle est si heureuse !) et me dit :

— Je vous en prie, Claudine, ne la rendez pas folle pour commencer ; elle est bien assez timide naturellement.

— Mademoiselle, je veillerai sur elle comme sur ma personnelle vertu. Quel âge a-t-elle ?

— Quinze ans le mois dernier.

— Quinze ? Eh bien, maintenant, je n'ai plus confiance en personne ! Je lui en donnais treize, bien payés.

La petite, devenue toute rouge, regarde ses pieds, jolis d'ailleurs. Elle se tient contre sa sœur et lui serre le bras pour se rassurer. Attends, je vais lui donner du courage, moi !

— Viens, petite, viens ici avec moi. N'aie pas peur. Ce monsieur, qui arbore en notre honneur des cravates enivrantes, c'est notre bon professeur de chant, tu ne le verras que les jeudis et les dimanches, malheureusement. Ces grandes filles-là, c'est des camarades, tu les connaîtras assez tôt. Moi, je suis l'élève irréprochable, l'oiseau rare, on ne me gronde jamais (s'pas, Mademoiselle ?) et je suis toujours sage comme aujourd'hui. Je serai pour toi une seconde mère !

Mlle Sergent s'amuse sans vouloir en avoir l'air, Rabastens admire, et les yeux de la nouvelle expriment des doutes sur mon état mental. Mais je la laisse, j'ai assez joué avec cette Luce ; elle reste près de sa sœur qui l'appelle « petite bête » ; elle ne m'intéresse plus. Je demande sans me gêner :

— Où allez-vous la coucher, cette enfant, puisque rien n'est fini encore ?

— Avec moi, répond Aimée.

Je pince les lèvres, je regarde la Directrice bien en face et je dis nettement :

— Bien z'ennuyeux, ça !

Rabastens rit dans sa main (est-ce qu'il saurait quelque chose ?) et émet cette opinion qu'on pourrait peut-être commencer à chanter. Oui, on pourrait ; et même on chante. La petite nouvelle ne veut rien savoir, et reste muette obstinément.

— Vous ne savez pas bien la musique, Mademoiselle Lanthenay junior ? demande l'exquis Antonin, avec des sourires de placier en vins :

— Si, Monsieur, un peu, répond la petite Luce d'une faible voix chantante, qui doit être douce à l'oreille quand la frayeur ne l'étrangle pas.

— Eh bien, alors ?

Eh bien, alors, rien du tout. Laisse donc cette enfant tranquille, galantin de Marseille !

Dans le même instant, Rabastens me souffle : « Et autremint, je crois que si ces demoiselles sont fatiguées, les leçons de chant n'y seront pour rien ! »

Je jette les yeux autour de moi, toute surprise de son audace à me parler bas ; mais il a raison, mes camarades sont occupées de la nouvelle, la cajolent et lui parlent doucement ; elle répond gentiment, toute rassurée de se voir bien accueillie ; quant à la chatte Lanthenay et à son tyran aimé, blotties dans l'embrasure de la fenêtre qui donne sur le jardin, elles nous oublient profondément ; Mlle Sergent a entouré de son bras la taille d'Aimée, elles parlent tout bas, ou ne parlent pas du tout, ça revient au même. Antonin, qui a suivi mon regard, ne se retient pas de rire :

— Elles sont rudement bien ensemble !

— Plutôt, oui. C'est touchant, cette amitié, n'est-ce pas, Monsieur ?

Ce gros naïf ne sait pas cacher ses sentiments et s'exclame tout bas :

— Touchant ? dites que c'est embarrassant pour les otres ! Dimanche soir, je suis allé reporter des cahiers de musique, ces demoiselles étaient dans la classe, ici, sans lumière. J'entre — n'est-ce pas, c'est un endroit public, cette classe — et, dans le crépuscule, j'entrevois Mademoiselle Sergent avé Mademoiselle Aimée, l'une près de l'otre, s'embrassant comme du pain. Vous croyez qu'elles se sont dérangées, peut-être ? Non, Mlle Sergent s'est retournée languissammint, en demandant « Qui est là ? » Moi, je ne suis pas trop timide, pourtant, eh bien, je suis resté toute bette devant elles.

(Cause toujours, tu ne m'apprends rien, candide sous-maître ! Mais j'oubliais le plus important).

— Et votre collègue, Monsieur, je le crois fort heureux, depuis que le voilà fiancé avec Mlle Lanthenay ?

— Oui, le povre garçon ; mais il me semble qu'il n'y a pas de quoi être si heureux.

— Oh ! pourquoi donc ?

— Hé ! la Directrice fait tout ce qu'elle veut de Mlle Aimée, ce n'est pas bien agréable pour un futur mari. Moi, ça m'annuierait que ma femme fût dominée de cette façon par un otre que par moi.

Je suis de son avis. Mais les otres ont fini d'interviewer la nouvelle venue, il est prudent de nous taire. Chantons… Non, inutile : voici Armand qui ose entrer, dérangeant le chuchotage tendre des deux femmes. Il reste en extase devant Aimée qui coquette avec lui, et joue de ses paupières aux cils frisés, tandis que Mlle Sergent le contemple avec des yeux attendris de belle-mère qui a casé sa fille. Les conversations de nos camarades recommencent, jusqu'à ce que l'heure sonne. Rabastens a raison, quelle drolles, pardon, quelles drôles de leçons de chant !

Je trouve ce matin à l'entrée de l'école une jeune fille pâle — des cheveux ternes, des yeux gris, la peau déveloutée, — qui serre un fichu de laine sur ses épaules étroites avec l'aspect navrant d'un chat maigre qui a froid et peur. Anaïs me la désigne d'un geste de menton avec une moue mécontente. Je secoue la tête avec pitié, et je lui dis tout bas : « En voilà une qui sera malheureuse ici, ça se voit tout de suite ; les deux autres sont trop bien ensemble pour ne pas la faire souffrir. »

Les élèves arrivent peu à peu. Avant d'entrer, je remarque que les deux bâtiments scolaires s'achèvent avec une rapidité prodigieuse ; il paraît que Dutertre a promis une forte prime à l'entrepreneur si tout était prêt à une date qu'il a fixée. Il doit en manigancer des tripotages, cet être-là !

Leçon de dessin, sous la direction de Mlle Aimée Lanthenay. « Reproduction linéaire d'un objet usuel ». Cette fois, c'est une carafe taillée que nous devons dessiner, posée sur le bureau de Mademoiselle. Toujours gaies, ces séances de dessin parce qu'elles fournissent mille prétextes pour se lever ; on trouve des « impossibilités », on fait des taches d'encre de chine partout où le besoin ne s'en fait pas sentir. Tout de suite, les réclamations commencent, j'ouvre le feu :

— Mademoiselle Aimée, je ne *peux* pas dessiner la carafe d'où je suis, le tuyau du poêle me la cache !

Mademoiselle Aimée, fort occupée à chatouiller la nuque rousse de la Directrice qui écrit une lettre, se tourne vers moi :

— Penchez la tête en avant, vous la verrez, je pense.

— Mademoiselle, continue Anaïs, je ne peux pas du tout voir le modèle, parce que la tête de Claudine est devant !

— Oh ! que vous êtes agaçantes ; tournez un peu votre table, alors vous verrez toutes les deux.

À Marie Belhomme, maintenant. Elle gémit :

— Mademoiselle, je n'ai plus de fusain, et puis la feuille que vous m'avez donnée a un défaut au milieu, et alors je ne *peux* pas dessiner la carafe...

— Oh ! grince Mlle Sergent, énervée, avez-vous fini, toutes, de nous ennuyer ? Voilà une feuille, voilà du fusain, et maintenant que je n'entende plus personne, ou je vous fais dessiner tout un service de table !

Silence épouvanté. On entendrait respirer une mouche... pendant cinq minutes. À la sixième minute, un bourdonnement léger renaît, un sabot tombe, Marie Belhomme tousse, je me lève pour aller mesurer, à bras tendu, la hauteur et la largeur de la carafe. La grande Anaïs en fait autant, après moi, et profite de ce qu'on doit fermer un œil pour plisser sa figure en horribles grimaces qui font rire Marie. Je finis par esquisser la carafe au fusain, et je me lève pour aller prendre l'encre de chine dans le placard derrière le bureau des deux institutrices. Elles nous ont oubliées, elles se parlent bas, elles rient, et parfois Mlle Aimée se recule avec une moue effarouchée qui lui va très bien. Vrai, elles se gênent si peu devant nous, maintenant, que ce n'est pas la peine de nous gêner non plus. Attendez, mes enfants !

Je lance un « Psst » d'appel qui fait se lever toutes les figures, et désignant à la classe le tendre couple Sergent-Lanthenay, j'étends au-dessus des deux têtes, par derrière, mes mains bénissantes. Marie Belhomme éclate de joie, les Jaubert baissent des nez réprobateurs, et, sans avoir été vue des intéressées, je me replonge dans le placard, d'où je rapporte la bouteille d'encre de chine.

En passant, je regarde le dessin d'Anaïs : sa carafe lui ressemble, trop haute, avec un goulot trop mince et trop long. Je veux l'en prévenir, mais elle ne m'entend pas, toute occupée à préparer sur ses genoux du « gougnigougna » pour l'envoyer à la nouvelle dans une boîte à plumes, la grande chenille ! (Du gougnigougna, c'est du fusain pilé dans l'encre de chine, de manière à faire un mortier presque sec, qui tache les doigts sans défiance, intensément, et les robes et les cahiers.) Cette pauvre petite Luce va noircir ses mains, salir son dessin en ouvrant la boîte, et sera grondée. Pour la venger, je m'empare du dessin d'Anaïs vivement, je dessine à l'encre une ceinture avec une boucle, qui enserre la taille de la carafe, et j'écris au-dessous *Portrait de la grande Anaïs*. Elle relève la tête à l'instant où je finis d'écrire, et passe son gougnigougna en boîte à Luce, avec un gracieux sourire. La petite devient rouge et remercie. Anaïs se repenche sur son dessin et pousse un « oh ! » retentissant d'indignation qui rappelle nos roucoulantes institutrices à la réalité :

— Eh bien ! Anaïs, vous devenez folle, je pense ?

— Mademoiselle, regardez ce que Claudine a fait sur mon dessin !

Elle le porte, gonflée de colère, sur le bureau ; Mlle Sergent y jette des yeux sévères et, brusquement, éclate de rire. Désespoir et rage d'Anaïs qui pleurerait de dépit si elle n'avait la larme si difficile. Reprenant son sérieux, la directrice prononce : « Ce n'est pas ce genre de plaisanteries qui vous aidera à passer un examen satisfaisant, Claudine ; mais vous avez fait là une critique assez juste du dessin d'Anaïs qui était en effet trop étroit et trop long. » La grande bringue revient à sa place, déçue, ulcérée. Je lui dis :

— Ça t'apprendra à envoyer du gougnigougna à cette petite qui ne t'a rien fait !

— Oh ! Oh ! tu voudrais donc te rattraper sur la petite de ton peu de succès auprès de sa sœur aînée, que tu la défends avec tant de zèle ?

Pan !

Ça, c'est une gifle énorme qui sonne sur sa joue. Je la lui ai lancée à toute volée, avec un « Mêle-toi de ce qui te regarde » supplémentaire. La classe, en désordre, bourdonne comme une ruche ; Mlle Sergent descend de son bureau pour une si grave affaire. Il y avait longtemps que je n'avais battu une camarade, on commençait à croire que j'étais devenue raisonnable. (Jadis j'avais la fâcheuse habitude de régler mes petites querelles toute seule, avec des calottes et des coups de poing, sans juger utile de rapporter comme les autres.) Ma dernière bataille date de plus d'un an.

Anaïs pleure sur la table.

— Mlle Claudine, dit sévèrement la Directrice, je vous engage à vous contenir. Si vous recommencez à battre vos compagnes, je me verrai forcée de ne plus vous recevoir à l'école.

Elle tombe mal, je suis lancée ; je lui souris avec tant d'insolence qu'elle s'emballe tout de suite :

— Claudine, baissez les yeux !

Je ne baisse rien du tout.

— Claudine, sortez !

— Avec plaisir, Mademoiselle !

Je sors, mais, dehors, je m'aperçois que je suis tête nue. Je rentre aussitôt pour prendre mon chapeau. La classe est consternée et muette. Je remarque qu'Aimée, accourue près de Mlle Sergent, lui parle rapidement, tout bas. Je ne suis pas encore sur le seuil que la Directrice me rappelle :

— Claudine, venez ici ; asseyez-vous à votre place. Je ne veux pas vous renvoyer, puisque vous quittez la classe après le brevet... Et puis enfin, vous n'êtes pas une élève médiocre, quoique vous soyez souvent une mauvaise élève, et je ne voudrais me priver de vous qu'à la dernière extrémité. Remettez votre chapeau à sa place.

Ce que ça a dû lui coûter ! Encore toute émue, les battements de son cœur font trembler les feuilles du cahier qu'elle tient. Je dis : « Merci, Mademoiselle », très sage. Et, rassise à ma place, à côté de la grande Anaïs silencieuse et un peu effrayée de la scène qu'elle a provoquée, je songe avec stupeur aux raisons qui ont pu décider cette rousse rancunière à me rappeler. A-t-elle eu peur de l'effet produit dans le chef-lieu de canton ? A-t-elle pensé que je bavarderais à tue-tête, que je raconterais tout ce que je sais (au moins), tout le désordre de cette École, le tripotage des grandes filles par le délégué cantonal et ses visites prolongées à nos institutrices, l'abandon fréquent des classes par ces deux demoiselles, tout occupées à échanger des câlineries à huis clos, les lectures plutôt libres de Mlle Sergent (*Journal Amusant*, Zolas malpropres et pis encore encore), le beau sous-maître galant et barytonneur qui flirte avec les élèves du brevet, — un tas de choses suspectes et ignorées des parents parce que les grandes qui s'amusent à l'École ne les leur raconteront jamais, et que les petites ne voient pas clair ? A-t-elle redouté un demi-scandale qui endommagerait singulièrement sa réputation et l'avenir de la belle École qu'on bâtit à grands frais ? Je le crois. Et puis, maintenant que mon emballement est tombé, comme le sien, j'aime mieux rester dans cette boîte où je m'amuse mieux que partout ailleurs. Assagie, je regarde la joue marbrée d'Anaïs, et je lui murmure gaiement :

— Eh ben ! ma vieille, ça te tient chaud ?

Elle a eu si peur de mon renvoi dont j'aurais pu l'accuser d'être la cause, qu'elle ne me tient pas rancune :

— Sûr, que ça tient chaud ! Mais, tu sais, tu as la main lourde ! T'es pas folle de te mettre en colère comme ça ?

— Allons, va, n'en parlons plus. Je crois que j'ai eu un mouvement nerveux un peu violent dans le bras droit.

Tant bien que mal, elle a effacé la « ceinture » de sa carafe ; j'ai achevé la mienne, et Mlle Aimée, les doigts fébriles, corrige nos dessins.

Aujourd'hui, je trouve la cour vide ou presque. Dans l'escalier de l'école maternelle, on cause beaucoup, des voix s'appellent et crient des « Fais donc attention ! — C'est lourd, bon sang ! » Je m'élance :

— Qu'est-ce qu'on fait ?

— Tu vois bien, explique Anaïs, nous aidons ces demoiselles à déménager d'ici pour aller dans le bâtiment neuf.

— Vite, donnez-moi quelque chose à porter !

— Y en a là-haut, vas-y.

Je grimpe dans la chambre de la Directrice, la chambre où j'ai guetté à la porte... enfin ! Sa paysanne de mère, son bonnet de travers, me confie à porter, aidée de Marie Belhomme, une grande manne contenant les objets de toilette de sa fille. Elle se met bien, la rousse ! Toilette fort minutieusement garnie, petits et grands flacons de cristal taillé, ongliers, vaporisateurs, brosses, pinces et houppettes, cuvette immense et « petit cheval », ce n'est pas là, pas du tout, la garniture de toilette d'une institutrice de campagne. Il n'y a qu'à regarder, pour en être sûre, la toilette de Mlle Aimée, celle aussi de cette pâle et silencieuse Griset, que nous transportons ensuite : une cuvette, un pot à eau de dimensions restreintes, une petite glace ronde, une brosse à dents, du savon, et c'est tout. Pourtant, cette petite Aimée est très coquette, surtout depuis quelques semaines, toute pomponnée et parfumée. Comment s'y prend-elle ? Cinq minutes après, je m'aperçois que le fond de son pot à eau est poussiéreux. C'est bon ; on comprend.

Le bâtiment neuf, qui contient trois salles de classe, un dortoir au premier étage, et des petites chambres de sous-maîtresses, est encore trop frais pour mon goût, et sent désagréablement le plâtre. Entre les deux, on construit la maison principale, qui contiendra la mairie au rez-de-chaussée, les appartements privés au premier et reliera les deux ailes déjà achevées.

En redescendant, il me pousse l'idée merveilleuse de grimper dans les échafaudages, puisque les maçons sont encore à déjeuner. Et me voilà tout de suite en haut d'une échelle, puis vagabondant sur les « châfauds » où je m'amuse beaucoup. Aïe ! voilà des ouvriers qui reviennent ! Je me cache derrière un pan de maçonnerie, attendant de pouvoir redescendre ; ils sont déjà sur l'échelle. Bah ! ils ne me dénonceront pas s'ils m'aperçoivent. C'est Houette-le-Rouge et Houette-le-Noir, je les connais bien de vue.

Leurs pipes allumées, ils causent :

— Ben sûr, c'est pas celle-là qui me rendra fou[5].
— Laquelle donc ?
— C'te nouvelle sous-maîtresse qu'est arrivée hier.

— Ah ! dame, elle a pas l'air heureuse, pas si tant que les deux autres.

— Les deux autres, m'en parle pas, j'en suis saoul ; c'est pus rien à mon idée, on dirait l'homme et la femme. Tous les jours je les vois d'ici, tous les jours c'est pareil : ça se liche, ça ferme la fenêtre et on voit pus rien. M'en parle pus ! La petite est pourtant bien plaisante, arriée[6] ; mais c'est fini. Et l'autre sous-maître qui va l'épouser ! Encore un qu'a rudement de la fiente dans les yeux, pour faire un coup pareil !

Je m'amuse follement, mais, comme on sonne la rentrée, je n'ai que le temps de descendre à l'intérieur (il y a des échelles un peu partout), et j'arrive blanchie de mortier et de plâtre, heureuse d'en être quitte pour un sec : « D'où sortez-vous ? Si vous vous salissez tant, on ne vous permettra plus d'aider aux emménagements. » Je jubile d'avoir entendu les maçons parler d'elles avec tant de bon sens.

Lecture à haute voix. Morceaux choisis. Zut ! Pour me distraire, je déplie sur mes genoux un numéro de l'*Écho de Paris* apporté en cas de leçon ennuyeuse, et je savoure le chic *Mauvais Désir* de Lucien Muhlfeld, quand Mlle Sergent m'interpelle : « Claudine, continuez ! » Je ne sais pas du tout où on en est, mais je me dresse avec brusquerie, décidée à « faire un malheur » plutôt qu'à laisser pincer mon journal. Au moment où je songe à renverser un encrier, à déchirer la page de mon livre, à crier « Vive l'Anarchie ! » on frappe à la porte. Mlle Lanthenay se lève, ouvre, s'efface, et Dutertre paraît.

Il a donc enterré tous ses malades, ce médecin, qu'il a tant de loisirs ? Mlle Sergent court au devant de lui, il lui serre la main en regardant la petite Aimée qui, devenue rose foncé, rit avec embarras. Pourquoi donc ? Elle n'est pas si timide ! Tous ces gens-là me fatiguent, en m'obligeant sans cesse à chercher ce qu'ils peuvent penser ou faire...

Dutertre m'a bien vue, puisque je suis debout ; mais il se contente de me sourire de loin, et reste près de ces demoiselles. Ils causent tous les trois à demi-voix ; je me suis assise sagement, je regarde. Soudain

---

5. *Envornement*, l'étourdissement.
6. *Envornement*, l'étourdissement.

Mlle Sergent, — qui ne cesse de contempler amoureusement son beau délégué cantonal — élève la voix et dit : « Vous pouvez vous en rendre compte maintenant, Monsieur ; je vais continuer la leçon de ces enfants, et Mlle Lanthenay vous conduira. Vous constaterez facilement la lézarde dont je vous parlais ; elle sillonne le mur neuf, à gauche du lit, du haut en bas. C'est assez inquiétant dans une maison neuve, et je ne dors pas tranquille. » Mlle Aimée ne répond rien, esquisse un geste d'objection, puis se ravise et disparaît, précédant Dutertre qui tend la main à la Directrice et la serre vigoureusement, comme pour remercier.

Je ne regrette certes pas d'être revenue à l'École, mais, si habituée que je sois à leurs manières étonnantes et à ces mœurs inusitées, je reste abasourdie et je me demande ce qu'elle espère, en envoyant ce coureur de jupons et cette jeune fille, ensemble, constater dans sa chambre une lézarde qui, j'en jurerais, n'existe pas.

« En voilà une histoire de fissure ! » Je glisse cette réflexion tout bas dans l'oreille de la grande Anaïs qui se serre les flancs et mange de la gomme frénétiquement, pour montrer sa joie de ces aventures douteuses. Entraînée par l'exemple, je tire de ma poche un cahier de papier à cigarette (*je ne mange que le Nil !*) et je mâche avec enthousiasme.

— Ma vieille, dit Anaïs, j'ai trouvé quelque chose d'épatant à manger.

— Quoi ? des vieux journaux ?

— Non ; la mine des crayons rouges d'un côté et bleus de l'autre, tu sais bien. Le côté bleu est un peu meilleur. J'en ai déjà chipé cinq dans le placard aux fournitures. C'est délicieux !

— Fais voir que j'essaie. Non, pas fameux. Je m'en tiendrai à mon Nil.

— T'es bête, tu sais pas ce qui est bon !

Pendant que nous bavardons tout bas, Mlle Sergent, absorbée, fait lire la petite Luce sans l'écouter. Une idée ! Qu'est-ce que je pourrais bien inventer pour qu'on la place à côté de moi, cette gamine ? J'essaierais de lui faire dire ce qu'elle sait de sa sœur Aimée, elle parlerait peut-être... d'autant plus qu'elle me suit, quand je traverse la classe, avec des yeux étonnés et curieux, un peu souriants, des yeux verts, d'un vert étrange, qui brunit dans l'ombre, et bordés de cils noirs, longs...

Ce qu'ils restent longtemps, là-bas ! Est-ce qu'elle ne va pas venir nous faire réciter la géographie, cette petite dévergondée ?

— Dis donc, Anaïs, il est deux heures.

— Ben quoi, te plains pas ! Si on pouvait ne pas réciter la leçon aujourd'hui, ça serait pas si bête. Ta carte de France est faite, ma vieille ?

— Comme ça... les canaux ne sont pas finis. Tu sais, il ne faudrait pas que l'inspecteur passe aujourd'hui, il trouverait vraiment du désordre. Regarde si Mlle Sergent s'occupe de nous, avec sa figure collée à la fenêtre !

La grande Anaïs se tord subitement de rire :

— Qu'est-ce qu'ils peuvent faire ? Je vois d'ici M. Dutertre qui mesure la largeur de la fissure.

— Tu crois qu'elle est large, la fissure ? demande naïvement Marie Belhomme qui fignole ses chaînes de montagnes en roulant sur la carte un crayon à dessin taillé inégalement.

Tant de candeur m'arrache un éclat de rire. N'ai-je pas pouffé trop haut ? Non, la grande Anaïs me rassure.

— Tu peux être tranquille, va ; Mademoiselle est tellement absorbée que nous pourrions danser dans la classe sans nous faire punir.

— Danser ? Veux-tu parier que je le fais ? dis-je en me levant doucement.

— Oh ! je te parie deux caiens[7] que tu ne danses pas sans attraper un verbe !

J'ôte mes sabots, délicatement, et je me place au milieu de la classe, entre les deux rangées de tables. Tout le monde lève la tête ; évidemment le tour de force annoncé excite un vif intérêt. Allons-y ! Je jette en arrière mes cheveux qui me gênent, je pince ma jupe entre deux doigts, et je commence une « polka piquée » qui pour être muette n'en soulève pas moins l'admiration générale. Marie Belhomme exulte et ne peut retenir un glapissement d'allégresse ; que le bon Dieu la patafiole ! Mlle Sergent tressaille et se retourne, mais je me suis déjà jetée sur mon banc à corps perdu, et j'entends la Directrice annoncer à la nigaude, d'une voix lointaine et ennuyée :

— Marie Belhomme, vous me copierez le verbe *rire*, en ronde moyenne. Il est vraiment fâcheux que de grandes filles de quinze ans ne puissent se bien conduire que lorsqu'on a les yeux sur elles.

La pauvre Marie a bonne envie de pleurer. Tiens, aussi, on n'est pas

---

7. Biscaiens, grosses billes.

si bête ! Et je réclame immédiatement les deux « caiens » à la grande Anaïs, qui me les passe d'assez mauvaise grâce.

Que peuvent faire ces deux observateurs de fissure ? Mlle Sergent regarde toujours à la fenêtre ; deux heures et demie sonnent, ça ne peut pas durer plus longtemps. Il faut qu'elle sache au moins que nous avons constaté l'absence indue de sa petite favorite. Je tousse, sans succès ; je retousse, et je demande d'une voix sage, la voix des Jaubert :

— Mademoiselle, nous avons des cartes à faire examiner par Mlle Lanthenay ; est-ce qu'il y a une leçon de géographie aujourd'hui ?

La rousse se retourne vivement et jette les yeux sur la pendule. Puis elle fronce les sourcils, contrariée et impatientée :

— Mademoiselle Aimée va rentrer à l'instant, vous savez bien que je l'ai envoyée à la nouvelle école ; repassez votre leçon en attendant, vous ne la saurez jamais trop bien.

Bon, ça ! On est capable de ne pas réciter aujourd'hui. Grande joie et bourdonnement d'activité, sitôt que nous savons qu'il n'y a rien à faire. Et la comédie « du repassage des leçons » commence : à chaque table, une élève prend son livre, sa voisine ferme le sien et doit réciter la leçon ou répondre aux questions que lui pose sa camarade. Sur douze élèves, il n'y a guère que ces jumelles de Jaubert qui repassent réellement. Les autres se posent des questions fantaisistes, ou causent simplement de leurs petites affaires, en conservant la figure de leçon et la bouche qui semble réciter tout bas. La grande Anaïs a ouvert son atlas, et elle m'interroge :

— Qu'est-ce qu'une écluse ?

Je réponds comme si je récitais :

— Zut ! tu ne vas pas m'ennuyer avec tes canaux ; regarde donc la tête de Mademoiselle, c'est plus drôle.

— Que pensez-vous de la conduite de mademoiselle Aimée Lanthenay ?

— Je pense qu'elle court le guilledou avec le délégué cantonal, constateur de fissures.

— Qu'appelle-t-on une « fissure ? »

— C'est une lézarde qui, régulièrement, devrait se trouver dans un mur, mais qu'on rencontre parfois ailleurs, et même dans les endroits les plus abrités du soleil.

— Qu'appelle-t-on une « fiancée ? »

— C'est une hypocrite petite coureuse qui fait des farces à un sous-maître amoureux d'elle.

— Que feriez-vous à la place dudit sous-maître ?

— Je lancerais mon pied dans la partie postérieure du délégué cantonal et une paire de gifles à la petite rosse qui le mène constater des fissures.

— Qu'arriverait-il ensuite ?

— Il arriverait un autre sous-maître et une nouvelle adjointe.

La grande Anaïs hausse son atlas de temps à autre pour pouffer derrière. Mais j'en ai assez. Je veux aller dehors, tâcher de *les* voir revenir. Employons le vulgaire moyen :

— Mmmselle ?...

Pas de réponse.

— Mmmselle, s'iou plaît, permett' sortir ?

— Oui ; allez, et ne soyez pas longtemps.

Elle a dit ça sans accent, sans pensée ; visiblement toute son âme est là-bas, dans la chambre où le mur neuf pourrait se lézarder. Je sors vivement, je cours du côté des cabinets « provisoires » : (eux aussi), et je reste tout près de la porte trouée d'un losange, prête à me réfugier dans l'infect petit kiosque si quelqu'un survenait. Au moment où je vais rentrer dans la classe, désolée, — car le temps moral est écoulé, hélas ! — je vois Dutertre qui sort (tout seul), de l'école neuve, en remettant ses gants d'un air satisfait. Il ne vient pas ici, et s'en va directement en ville. Aimée n'est pas avec lui, mais ça m'est égal, j'en ai assez vu. Je me retourne pour rentrer en classe, mais je recule effrayée : à vingt pas de moi — derrière un mur neuf haut de six pieds qui protège le petit « édicule » des garçons (semblable au nôtre et également provisoire) — apparaît la tête d'Armand. Le pauvre Duplessis, pâle et ravagé, regarde dans la direction de notre école neuve ; je le vois pendant cinq secondes, et puis il disparaît, enfilant à toutes jambes le chemin qui mène aux bois. Je ne ris plus. Qu'est—ce que tout ça va devenir ? Rentrons vite, sans flâner davantage.

La classe bouillonne toujours : Marie Belhomme a tracé sur la table un carré traversé de deux diagonales et de deux droites qui se coupent au centre du carré, la « Caillotte », et joue gravement à ce jeu délicieux avec la nouvelle petite Lanthenay — pauvre petite Luce ! — qui doit trouver cette école fantastique. Et Mlle Sergent regarde toujours à la fenêtre.

Anaïs, en train de colorier aux crayons Conté les portraits des grands hommes les plus hideux de l'Histoire de France, m'accueille par un « quoi que t'as vu ? »

— Ma vieille, ne blague plus ! Duplessis les guettait au-dessus du mur des cabinets ; Dutertre est rentré en ville, et le Richelieu est parti en courant comme un fou !

— Ça, je parie que c'est des mensonges que tu me colles !

— Non là, je te dis, c'est pas le jour, je l'ai vu, ma pure parole ! J'en ai le cœur qui me bat !

L'espoir du drame possible nous rend silencieuses un instant. Anaïs demande :

— Tu vas le raconter aux autres ?

— Non, ma foi, ces cruches le répéteraient. Rien qu'à Marie Belhomme, tiens.

Je narre tout à Marie, dont les yeux s'arrondissent encore, et qui pronostique : « Tout ça finira mal ! »

La porte s'ouvre, nous nous retournons d'un seul mouvement : c'est Mlle Aimée, le teint animé, un peu essoufflée. Mlle Sergent court à elle, et retient juste à temps, le geste d'étreinte qu'elle ébauchait. Elle renaît, la Directrice, elle respire, elle entraîne la petite coureuse près de la fenêtre et la questionne avidement. (Et notre leçon de géographie ?)

L'enfant prodigue, sans émoi excessif, débite de petites phrases qui ne paraissent pas satisfaire la curiosité de sa digne supérieure. À une question plus anxieuse, elle répond « Non », en secouant la tête, avec un sourire malicieux ; la rousse, alors pousse un soupir de soulagement. Nous trois, à la première table, nous observons, tendues d'attention. J'ai un peu de crainte pour cette immorale petite, et je l'avertirais bien de se méfier d'Armand, mais l'autre, sa despote, prétendrait tout de suite que je suis allée dénoncer sa conduite à Richelieu, au moyen de lettres anonymes, peut-être. Je m'abstiens.

Elles m'irritent avec leurs chuchotements ! Finissons-en... Je lance un « Houche ! » à demi-voix pour attirer l'attention des camarades, et nous commençons le bourdon. Le bourdon n'est d'abord qu'un murmure d'abeille, continu ; il s'enfle, grossit, et finit par entrer de force dans les oreilles de nos toquées d'institutrices, qui échangent un regard inquiet ; mais Mlle Sergent, brave, prend l'offensive :

— Silence ! Si j'entends bourdonner, je mets la classe en retenue jusqu'à six heures ! Croyez-vous que nous puissions vous donner régulièrement les leçons tant que l'École neuve ne sera pas achevée ? Vous êtes assez grandes pour savoir que vous devez travailler seules, quand l'une de nous est empêchée de vous servir de professeur. Donnez-moi un atlas. L'élève qui ne saura pas sa leçon sans faute me fera des devoirs supplémentaires pendant huit jours !

Elle a de l'allure, tout de même, cette femme laide, passionnée et jalouse, et toutes deviennent muettes aussitôt qu'elle élève la voix. La leçon est récitée tambour battant, et personne n'a envie de se « dissiper » parce qu'on sent souffler un vent menaçant de retenues et de pensums. Pendant ce temps, je songe que je ne me consolerai pas, si je n'assiste pas à la rencontre d'Armand et d'Aimée ; j'aime mieux me faire renvoyer (pour ce que ça me coûte) et voir ce qui se passera.

À quatre heures cinq, quand résonne à nos oreilles le quotidien : « Fermez les cahiers et mettez-vous en rangs », je m'en vais, bien à regret. Allons, ce n'est pas encore pour aujourd'hui la tragédie inespérée ! J'arriverai demain à l'école de bonne heure pour ne rien manquer de ce qui se passera.

Le lendemain matin, arrivée bien avant l'heure réglementaire, j'entame, pour tuer le temps, une conversation quelconque avec la timide et triste Mlle Griset, toujours pâle et craintive.

— Vous vous plaisez ici, Mademoiselle ?

Elle regarde autour d'elle avant de répondre :

— Oh ! pas beaucoup, je ne connais personne, je m'ennuie un peu.

— Mais votre collègue est aimable avec vous, ainsi que Mlle Sergent ?

— Je… je ne sais pas ; non, vraiment, je ne sais pas si elles sont aimables ; elles ne s'occupent jamais de moi.

— Par exemple !

— Oui,… à table elles me parlent un peu, mais une fois les cahiers corrigés, elles s'en vont et je reste toute seule avec la mère de Mlle Sergent, qui dessert et se renferme dans la cuisine.

— Et où vont-elles, toutes deux ?

— Dame, dans leurs chambres.

A-t-elle voulu dire *leur chambre*, ou *leurs chambres* ? Malheureuse, va ! Elles les gagne, ses soixante quinze francs par mois !

— Voulez-vous que je vous prête des livres, Mademoiselle, si vous vous ennuyez le soir ?

(Quelle joie ! Elle en devient presque rose !)

— Oh ! je veux bien… Oh ! vous êtes bien aimable ; est-ce que vous croyez que cela ne fâchera pas la Directrice ?

— Mlle Sergent ? Si vous croyez qu'elle le saura seulement, vous avez encore des illusions sur l'intérêt que vous porte cette rousse !

Elle sourit, presque avec confiance, et me demande si je veux lui prêter le *Roman d'un Jeune Homme Pauvre*, qu'elle a tant envie de lire ! Certes, elle l'aura demain, son Feuillet romanesque ; elle me fait pitié, cette abandonnée ! Je l'élèverais bien au rang d'alliée, mais comment compter sur cette pauvre fille chlorotique, et trop peureuse ?

À pas silencieux, la sœur de la favorite s'avance, la petite Luce Lanthenay, contente et effarouchée de causer avec moi.

— Bonjour, petit singe ; dis-moi « bonjour, Votre Altesse », dis-le tout de suite. Tu as bien dormi ?

Je lui caresse rudement les cheveux, ce qui ne paraît pas lui déplaire, et elle me rit de ses yeux verts pareils, pareils tout à fait, aux yeux de Fanchette, ma belle chatte.

— Oui, Votre Altesse, j'ai bien dormi.

— Où couches-tu ?

— Là-haut.

— Avec ta sœur Aimée, bien entendu ?

— Non, elle a un lit dans la chambre de Mlle Sergent.

— Un lit ? tu l'as vu ?

— Non... oui... c'est un divan ; il paraît qu'il se déplie en forme de lit, elle me l'a dit.

— Elle te l'a dit ? Gourde ! cruche obscure ! objet sans nom ! ramassis infect ! rebut du genre humain !

Elle fuit épouvantée, car je scande mes insultes de coups de courroie à livres (oh ! pas des coups bien forts), et, quand elle disparaît dans l'escalier, je lui jette cette suprême injure : « Graine de femme ! tu mérites de ressembler à ta sœur ! »

Un divan qui se déplie ! Je déplierais plutôt ce mur ! Ça ne voit rien, ces êtres-là, ma parole ! Elle a pourtant l'air assez vicieuse, celle-là, avec ses yeux retroussés vers les tempes. La grande Anaïs arrive pendant que je souffle encore, et me demande ce que j'ai.

— Rien du tout, j'ai seulement battu la petite Luce pour la dégourdir un peu.

— Y a rien de nouveau ?

— Rien, personne n'est descendu encore. Veux-tu jouer aux billes ?

— À quel jeu ? j'ai pas de « neuf billes[8]. »

---

8. Il faut neuf billes pour jouer au « carré ».

— Mais moi, j'ai les caiens que je t'ai gagnés. Viens, on va faire une poursuite.

Poursuite très animée ; les caiens reçoivent des chocs à les faire éclater. Pendant que je vise longuement pour un coup difficile : « Houche ! » fait Anaïs, « regarde ! »

C'est Rabastens qui entre dans la cour. Si tôt, nous pouvons nous en étonner. D'ailleurs, le plus beau des Antonin est déjà pomponné et luisant ; — trop luisant. Sa figure s'éclaire à ma vue, et il vient droit à nous.

— Mesdemoiselles !... Que l'animation du jeu vous élumine de belles couleurs, mademoiselle Claudine !

Ce pataud est-il assez ridicule ! Toutefois, pour vexer la grande Anaïs, je le regarde avec complaisance, et je cambre ma taille en faisant battre mes cils.

— Monsieur, qui vous amène si tôt chez nous ? Ces demoiselles sont encore dans leurs appartements.

— Justement, je ne sais pas bien ce que je viens dire, sinon que le fiancé de Mlle Aimée, n'a pas dîné hier soir avé nous ; des gens affirment l'avoir rencontré l'air souffrant, en tous cas il n'est pas encore rentré ; je le crois en mauvaise passe, et je voudrais avertir Mlle Lanthenay de l'état maladif de son fiancé.

« L'état maladif de son fiancé... » Il s'exprime bien, ce Marseillais ! Il devrait s'établir « annonceur de morts et d'accidents graves. » Allons, la crise approche. Mais moi, qui songeais, hier, à mettre en garde la coupable Aimée, je ne veux plus, maintenant, qu'il aille la prévenir. Tant pis pour elle ! Je me sens méchante et avide d'émotions, ce matin, et je m'arrange de façon à retenir Antonin près de moi. Bien simple il suffit d'ouvrir des yeux naïfs et de pencher la tête pour que mes cheveux tombent librement le long de ma figure. Il mord tout de suite à l'hameçon.

— Monsieur, dites-moi un peu si c'est vrai que vous faites des vers charmants ? Je l'ai entendu dire en ville.

C'est un mensonge, bien entendu. Mais j'inventerais n'importe quoi pour l'empêcher de monter chez les institutrices. Il rougit et bégaie, éperdu de joie et de surprise :

— Qui a pu vous dire ?... Mais non, mais je ne mérite pas, certes. C'est singulier, je ne croyais pas en avoir parlé à qui que ce soit !

— Vous voyez, la renommée trahit votre modestie ! (je vais parler comme lui, tout à l'heure) Serait-il indiscret de vous demander...

— Je vous en prie, Mademoiselle... vous me voyez confus. Je ne pourrai vous faire lire que de povres vers... amoureux... mais chastes ! (il bafouille) je n'aurais jamais, naturellement... osé me permettre...

— Monsieur, est-ce que la cloche ne sonne pas la rentrée chez vous ?

Qu'il s'en aille, qu'il s'en aille donc ! tout à l'heure Aimée va descendre, il la préviendra, elle se défiera et nous ne verrons rien !

— Oui,... mais il n'est pas l'heure, ce sont ces diables de gamins qui se pendent à la chaîne, on ne peut pas les laisser une seconde. Et mon collègue n'est pas toujours là ! Ah ! c'est peunible d'être seul pour veiller à tout !

Il est candide, tout de même ! Cette façon de « veiller à tout, » qui consiste à venir conter fleurette aux grandes filles, ne doit pas l'éreinter outre mesure.

— Vous voyez, Mademoiselle, il faut que j'aille sévir ! Mais Mlle Lanthenay...

— Oh ! vous pourrez toujours prévenir à onze heures, si votre collègue est encore absent, — ce qui m'étonnerait. Peut-être va-t-il rentrer d'une minute à l'autre ?

Va sévir, va donc sévir, gros muid de gaffes. Tu as assez salué, assez souri ; file, disparais ! Enfin !

La grande Anaïs, un peu vexée de l'inattention du sous-maître pour elle, me révèle qu'il est amoureux de moi. Je hausse les épaules : « Finissons donc notre partie, ça vaudra mieux que de dire des insanités. »

La partie finit pendant que les autres arrivent, et que les institutrices descendent au dernier moment. Elles ne se quittent pas d'une semelle ! Cette petite horreur d'Aimée prodigue à la rousse des malices de gamine.

On rentre et Mlle Sergent nous laisse aux mains de sa favorite qui nous demande les résultats de nos problèmes de la veille.

— Anaïs, au tableau. Lisez l'énoncé.

C'est un problème assez compliqué, mais la grande Anaïs, qui a le don de l'arithmétique, se meut parmi les courriers, les aiguilles de montres, et les partages proportionnels avec une remarquable aisance. Aïe, c'est à mon tour.

— Claudine, au tableau. Extrayez la racine carrée de deux millions soixante-treize mille six cent vingt.

Je professe une insurmontable horreur pour ces petites choses qu'il faut extraire. Et puis, Mlle Sergent n'étant pas là, je me décide brusquement à jouer un tour à mon ex-amie ; tu l'as voulu, lâcheuse ! Arborons l'étendard de la révolte ! Devant le tableau noir, je fais doucement : « Non » en secouant la tête.

— Comment, non ?

— Non ! Je ne veux pas extraire de racines aujourd'hui. Ça ne me dit pas.

— Claudine, vous devenez folle ?

— Je ne sais pas, Mademoiselle. Mais je sens que je tomberai malade si j'extrais cette racine, ou toute autre analogue.

— Voulez-vous une punition, Claudine ?

— Je veux bien n'importe quoi, mais pas de racines. Ce n'est pas par désobéissance ; c'est parce que je ne peux pas extraire de racines. Je regrette beaucoup, je vous assure.

La classe trépigne de joie ; Mlle Aimée s'impatiente et rage.

— Enfin, m'obéirez-vous ? Je ferai mon rapport à Mlle Sergent et nous verrons.

— Je vous répète que je suis au désespoir.

Intérieurement, je lui crie : « Mauvaise petite rosse, je n'ai pas d'égards à montrer pour toi, et je te causerai plutôt tous les embêtements possibles. »

Elle descend les deux marches du bureau et s'avance sur moi, dans le vague espoir de m'intimider. Je m'empêche de rire à grand'peine, et je garde mon air respectueusement désolé... Cette toute petite ! Elle me vient au menton, ma parole ! La classe s'amuse follement ; Anaïs mange un crayon, bois et mine, à grandes bouchées.

— Mademoiselle Claudine, obéirez-vous, oui ou non ?

Avec une douceur têtue, je recommence ; elle est tout près de moi, et je baisse un peu le ton :

— Encore une fois, Mademoiselle, faites-moi ce que vous voudrez, donnez-moi des fractions à réduire au même dénominateur, des triangles semblables à construire,... *des fissures à constater,...* tout, quoi, tout : mais pas ça, oh non, pas de racines carrées !

Les camarades, à l'exception d'Anaïs, n'ont pas compris, car j'ai lâché mon insolence vite, et sans appuyer ; elles s'amusent seulement de ma résistance ; mais Mlle Lanthenay a reçu une commotion. Toute rouge, la tête perdue, elle crie :

— C'est... c'est trop fort ! Je vais appeler Mlle Sergent... ah ! c'est trop fort !

Elle se jette vers la porte. Je cours après elle et je la rattrape dans le corridor, pendant que les élèves rient à pleine gorge, crient de joie et grimpent debout sur leurs bancs. Je retiens Aimée par le bras, pendant qu'elle essaie, de toutes ses petites forces, de se défaire de mes mains, sans rien dire, sans me regarder, les dents serrées.

— Écoutez-moi donc quand je vous parle ! Nous n'en sommes plus à dire des *passe-temps*, entre nous ; je vous jure que si vous me dénoncez à Mlle Sergent, je cours raconter à votre fiancé l'histoire de la fissure. Monterez-vous encore chez la Directrice, maintenant ?

Elle s'est arrêtée net, toujours sans rien dire, les yeux obstinément baissés, la bouche pincée.

— Allons, parlez ! Revenez-vous dans la classe avec moi ? Si vous n'y rentrez pas tout de suite, je n'y rentre pas non plus, moi ; je vais prévenir votre Richelieu. Dépêchez-vous de choisir.

Elle ouvre enfin les lèvres pour murmurer, sans me regarder : « Je ne dirai rien. Lâchez-moi, je ne dirai rien. »

— C'est sérieux ? Vous savez que si vous le racontez à la rousse, elle ne sera pas capable de s'en cacher plus de cinq minutes, et je le saurai vite. C'est sérieux ? c'est... promis ?

— Je ne dirai rien, lâchez-moi. Je rentrerai tout de suite dans la classe.

Je lui lâche le bras, et nous rentrons sans rien dire. Le bruit de la ruche tombe brusquement. Ma victime, au bureau, nous ordonne brièvement de transcrire au net les problèmes. Anaïs me demande tout bas : « Est-ce qu'elle est montée le dire ? »

— Non, je lui ai fait de modestes excuses. Tu comprends, je ne voudrais pas pousser trop loin une blague pareille.

Mlle Sergent ne revient pas. Sa petite adjointe garde jusqu'à la fin de la classe sa figure fermée et ses yeux durs. À dix heures et demie on songe déjà à la sortie proche ; je prends quelques petites braises dans le poêle pour les fourrer dans mes sabots, excellent moyen de les chauffer, défendu formellement, cela va de soi ; mais Mlle Lanthenay songe bien à la braise et aux sabots ! Elle rumine sourdement sa colère, et ses yeux dorés sont deux topazes froides. Ça m'est bien égal. Et même ça m'enchante.

Qu'est-ce que c'est que ça ? Nous dressons l'oreille : des cris, une voix d'homme qui injurie, mêlée à une autre voix qui cherche à la dominer... des maçons qui se battent ? Je ne crois pas, je flaire autre chose. La petite Aimée est debout, toute pâle, elle aussi sent venir autre chose. Soudain Mlle Sergent se jette dans la classe, le cramoisi de ses joues s'est enfui :

— Mesdemoiselles, sortez tout de suite, il n'est pas l'heure, mais ça ne fait rien. Sortez, sortez, ne vous mettez pas en rang, entendez-vous, allez-vous en !

— Qu'est-ce qu'il y a ? crie Mlle Lanthenay !

— Rien, rien,... mais faites-les donc sortir et ne bougez pas d'ici, il faut plutôt fermer la porte à clef... Vous n'êtes pas encore parties, petites emplâtres !

Il n'y a plus de ménagements à garder, décidément. Plutôt que de quitter l'École en un pareil moment je me laisserais écorcher ! Je sors dans la bousculade des camarades abasourdies. Dehors, on entend clairement la voix qui vocifère. Bon Dieu ! c'est Armand, plus livide qu'un noyé, les yeux creux et égarés, tout verdi de mousse, avec des brindilles dans les cheveux — il a couché dans le bois, sûr... Fou de rage, après cette nuit passée à remâcher sa douleur, il veut se ruer dans la classe, hurlant, les poings tendus ; Rabastens le retient à pleins bras et roule des yeux effarés. Quelle affaire ! Quelle affaire !

Marie Belhomme se sauve, terrifiée, la seconde division derrière elle ; Luce disparaît et j'ai le temps de surprendre son méchant petit sourire ; les Jaubert ont couru à la porte de la cour sans tourner la tête. Je ne vois pas Anaïs, mais je jurerais que, blottie dans un coin, elle ne perd rien du spectacle !

Le premier mot que j'entends distinctement c'est « Garces ! » Armand a traîné son collègue essoufflé jusque dans la classe où nos institutrices muettes se serrent l'une contre l'autre, il crie : « Traînées ! Je ne veux pas m'en aller sans vous le dire, ce que vous êtes, quand j'y perdrais ma place ! Espèce de petite rosse ! Ah ! tu vas te faire tripoter pour de l'argent par ce cochon de délégué cantonal ! Tu es pire qu'une fille de trottoir, mais celle-ci vaut encore moins que toi, cette sacrée rousse qui te rend pareille à elle. Deux rosses, deux rosses, vous êtes deux rosse, cette maison est... » Je n'ai pas entendu quoi. Rabastens, qui doit avoir doubles muscles comme Tartarin, réussit à entraîner le malheureux qui s'étrangle d'injures. Mlle Griset, perdant la tête, refoule dans la petite classe les gamines qui en sortaient, et je me sauve, le cœur un peu secoué. Mais je suis contente que Duplessis ait éclaté sans plus attendre, car Aimée ne pourra pas m'accuser de l'avoir averti.

En revenant l'après-midi, nous trouvons en tout et pour tout, Mlle Griset qui répète la même phrase à chaque nouvelle arrivante : « Mlle Sergent est malade, et Mlle Lanthenay va partir dans sa famille ; il ne faudra pas revenir avant une semaine. »

C'est bon, on s'en va ; mais, vrai, cette École n'est pas banale !

Dans la semaine de vacances imprévues que nous valut cette bagarre, je pris la rougeole, ce qui me contraignit à trois semaines de lit, puis à quinze jours de convalescence, et l'on m'a tenue en quarantaine pendant quinze jours de plus, sous prétexte de « sécurité scolaire ». Sans les livres et sans Fanchette, que serais-je devenue ! Ce que je dis là n'est pas gentil pour papa et pourtant il m'a soignée comme une limace rare ; persuadé qu'il faut donner à une petite malade tout ce qu'elle demande, il m'apportait des marrons glacés pour faire baisser ma température ! Fanchette s'est léchée de l'oreille à la queue, pendant une semaine, sur mon lit, jouant avec mes pieds à travers la couverture, et nichée dans le creux de mon épaule dès que je n'ai plus senti la fièvre. Je retourne à l'école, un peu fondue et pâlie, très curieuse de retrouver cet extraordinaire « personnel enseignant ». J'ai eu si peu de nouvelles pendant ma maladie ! Personne ne venait me voir, pas plus Anaïs que Marie Belhomme, à cause de la contagion possible.

Sept heures et demie sonnent quand j'entre dans la cour de récréation, par cette fin de février douce comme un printemps. On accourt, on me fait fête ; les deux Jaubert me demandent soigneusement si je suis bien guérie avant de m'approcher. Je suis un peu étourdie de ce bruit. Enfin on me laisse respirer et je demande vite à la grande Anaïs les dernières nouvelles.

— Voilà ; Armand Duplessis est parti, d'abord.

— Révoqué ou déplacé, le pauvre Richelieu ?

— Déplacé seulement. Dutertre s'est employé à lui trouver un autre poste.

— Dutertre ?

— Dame oui ; si Richelieu avait bavardé, ça aurait empêché le délégué cantonal de passer jamais député. Dutertre a dit sérieusement dans la ville que le malheureux jeune homme avait eu un accès de fièvre chaude très dangereux, et qu'on l'avait appelé à temps, lui, médecin des écoles.

— Ah ! on l'a appelé à temps ? La Providence avait mis le remède à côté du mal... Et Mlle Aimée, déplacée aussi ?

— Mais non ! Ah ! pas de danger ! Au bout de huit jours, il n'y paraissait plus ; elle riait avec Mlle Sergent comme avant.

C'est trop fort ! L'étrange petite créature, qui n'a ni cœur ni cervelle, qui vit sans mémoire, sans remords et qui recommencera à enjôler un sous-maître, à batifoler avec le délégué cantonal, jusqu'à ce que ça casse encore une fois, et qui vivra contente avec cette femme jalouse et violente qui se détraque, elle, dans ces aventures. J'entends à peine Anaïs m'informer que Rabastens est toujours ici et qu'il demande souvent de mes nouvelles. Je l'avais oublié, ce pauvre gros Antonin !

On sonne, mais c'est dans la nouvelle école que nous rentrons maintenant, et l'édifice du milieu, qui relie les deux ailes, est bientôt achevé.

Mlle Sergent s'installe au bureau, tout luisant. Adieu les vieilles tables branlantes, tailladées, incommodes ; nous nous asseyons devant de belles tables inclinées, munies de bancs à dossier, de pupitres à charnières ; et l'on n'est plus que deux sur chaque banc : au lieu de la grande Anaïs, j'ai maintenant pour voisine... la petite Luce Lanthenay. Heureusement les tables sont extrêmement rapprochées et Anaïs se trouve près de moi sur une table parallèle à la mienne, de sorte que nous pourrons bavarder ensemble aussi commodément que jadis ; on a logé Marie Belhomme à côté d'elle ; car Mlle Sergent a placé intentionnellement deux « dégourdies » (Anaïs et moi), à côté de deux « engourdies » (Luce et Marie), pour que nous les secouions un peu. Sûr, que nous les secouerons ! Moi du moins, car je sens bouillir en moi des indisciplines comprimées pendant ma maladie. Je reconnais les lieux nouveaux, j'installe mes livres et mes cahiers, pendant que Luce s'assied et me regarde en coulisse, timidement. Mais je ne daigne pas lui parler encore ; j'échange seulement des réflexions sur la nouvelle école, avec Anaïs qui croque avidement je ne sais quoi, des bourgeons verts, il me semble.

— Qu'est-c'tu manges là, des vieilles pommes de crocs[1] ?

— Des bourgeons de tilleul, ma vieille. Rien de si bon que ça, c'est le moment, vers le mois de mars.

— Donne z'en un peu ?... Vrai, c'est très bon, c'est gommé comme du « coucou »[2]. J'en prendrai aux tilleuls de la cour. Et qu'est-ce que tu dévores encore d'inédit ?

— Heu ! rien d'étonnant, Je ne peux même plus manger de crayons Conté, ceux de cette année sont sableux, mauvais, de la camelote. En revanche le papier buvard est excellent. Y a aussi une chose bonne à

---

1. Fruits du pommier non greffé, effroyablement âcres.
2. Gomme des arbres fruitiers.

mâcher, mais pas à avaler ; les échantillons de toile à mouchoirs, qu'envoient le Bon Marché et le Louvre.

— Pouah ! ça ne me dit rien... Écoute, jeune Luce, tu vas tâcher d'être sage et obéissante, à côté de moi ? Sinon, je te promets des taraudées et des pinçons, gare !

— Oui, Mademoiselle, répond la petite, pas trop rassurée, avec ses cils baissés sur ses joues.

— Tu peux me tutoyer. Regarde-moi, que je voie tes yeux ? C'est bien. Et puis, tu sais que je suis folle, on te l'a sûrement dit ; eh bien, quand on me contrarie, je deviens furieuse et je mords et je griffe, surtout depuis ma maladie. Donne ta main : tiens, voilà comment je fais.

Je lui enfonce mes ongles dans la main, elle ne crie pas et serre les lèvres.

— Tu n'as pas hurlé, c'est bien. Je t'interrogerai à la récréation.

Dans la seconde classe dont la porte reste ouverte, je viens de voir entrer Mlle Aimée, fraîche, frisée et rose, les yeux plus veloutés et plus dorés que jamais, avec son air malicieux et câlin. Petite gueuse ! Elle envoie un radieux sourire à Mlle Sergent qui s'oublie une minute à la contempler, et sort de son extase pour nous dire brusquement :

— Vos cahiers. Devoir d'histoire : *La guerre de 70*. Claudine, ajoute-t-elle plus doucement, pourrez-vous faire cette rédaction, quoique n'ayant pas suivi les cours de ces deux derniers mois ?

— Je vais essayer, Mademoiselle ; je ferai le devoir avec moins de développement, voilà tout.

J'expédie en effet un petit devoir, bref à l'excès, et, quand je suis arrivée vers la fin, je m'attarde et m'applique, faisant durer les quinze dernières lignes, pour pouvoir à mon aise guetter et fureter autour de moi. La Directrice, toujours la même, garde son air de passion concentrée et de bravoure jalouse. Son Aimée, qui dicte nonchalamment des problèmes dans l'autre classe, rôde et se rapproche tout en parlant. Tout de même, elle n'avait pas cette allure assurée et coquette de chatte gâtée, l'autre hiver ! Elle est maintenant le petit animal adoré, choyé, et qui devient tyrannique, car je surprends des regards de Mlle Sergent, l'implorant de trouver un prétexte pour venir près d'elle, et auxquels l'écervelée répond par des mouvements de tête capricieux et des yeux amusés qui disent non. La rousse, décidément devenue son esclave, n'y tient plus et va la trouver en demandant très haut : « Mlle Lanthenay, vous n'avez pas chez vous le registre des présences ? » Ça y est, elle est partie ; elles jacassent tout bas. Je profite de cette solitude où on nous laisse pour interviewer rudement la petite Luce.

— Ah ! ah ! laisse un peu ce cahier et réponds-moi. Y a-t-il un dortoir, là-haut ?

— Bien sûr, nous y couchons maintenant, les pensionnaires et moi.

— C'est bien, tu es une cruche ?

— Pourquoi ?

— Ça ne te regarde pas. Vous prenez toujours des leçons de chant le jeudi et le dimanche ?

— Oh ! on a essayé d'en prendre une sans vous... sans toi, je veux dire, mais ça n'allait pas du tout ; Monsieur Rabastens ne sait pas nous apprendre.

— Bien. Le peloteur est-il venu, pendant que j'étais malade ?

— Qui ça ?

— Dutertre.

— Je ne me rappelle plus... Si, il est venu une fois, mais pas dans les classes, et il n'est resté que quelques minutes à causer dans la cour avec ma sœur et Mademoiselle Sergent.

— Elle est gentille avec toi, la rousse ?

Ses yeux obliques noircissent :

— Non... elle me dit que je n'ai pas d'intelligence, que je suis paresseuse... que ma sœur a donc pris toute l'intelligence de la famille, comme elle en a pris la beauté... D'ailleurs, ça a toujours été la même chanson partout où j'étais avec Aimée ; on ne faisait attention qu'à elle, et moi on me rebutait...

Luce est près de pleurer, furieuse contre cette sœur plus « gente », comme on dit ici, qui la relègue et l'efface. Je ne la crois pas, du reste, meilleure qu'Aimée ; plus craintive et plus sauvage seulement, parce qu'habituée à rester seule et silencieuse.

— Pauvre gosse ! Tu as laissé des amies, là-bas où tu étais ?

— Non, je n'avais pas d'amies ; elles étaient trop brutales et riaient de moi.

— Trop brutales ? Alors, ça t'embête, quand je te bats, quand je te bouscule ?

Elle rit sans lever les yeux :

« Non, parce que je vois bien que vous... que tu ne fais pas ça méchamment, par brutalité... enfin que c'est quelque chose comme des farces, pas pour de vrai ; c'est comme quand tu m'appelles « cruche » je sais que c'est pour rire. Au contraire, j'aime bien avoir un peu peur, quand il n'y a pas de danger du tout.

Tralala ! Pareilles toutes deux ces petites Lanthenay, lâches, naturellement perverses, égoïstes et si dénuées de tout sens moral, que c'en est amusant à regarder. C'est égal, celle-ci déteste sa sœur, et je crois que je pourrai lui extirper une foule de révélations sur Aimée, en m'occupant d'elle, en la gavant de bonbons, et en la battant.

— Tu as fini ton devoir ?

— Oui, j'ai fini... mais je ne savais pas tout, j'aurai bien sûr une note pas fameuse.

— Donne ton cahier.

Je lis son devoir, très quelconque, et je lui dicte des choses oubliées ; je lui retape un peu ses phrases ; elle baigne dans la joie et la surprise, et me considère sournoisement, avec des yeux étonnés et ravis.

— Là, tu vois, c'est mieux comme ça... Dis donc, les garçons pensionnaires ont leur dortoir en face du vôtre ?

Ses yeux s'allument de malice :

— Oui, et le soir ils vont se coucher à la même heure que nous, exprès, et tu sais qu'il n'y a pas de volets aux fenêtres : alors les garçons cherchent à nous voir en chemise ; nous levons les coins des rideaux pour les regarder, et Mlle Griset a beau nous surveiller jusqu'à ce que la lumière soit éteinte, nous trouvons toujours moyen de lever un rideau tout grand, tout d'un coup, et ça fait que les garçons reviennent tout les soirs guetter.

— Eh bien ! vous avez le déshabillage gai, là-haut !

— Dame !

Elle s'anime et se familiarise. Mlle Sergent et Mlle Lanthenay sont toujours ensemble dans la seconde classe, Aimée montre une lettre à la rousse, et elles rient aux éclats, mais tout bas.

— Sais-tu où l'ex-Armand de ta sœur est allé cuver son chagrin, petite Luce ?

— Je ne sais pas. Aimée ne me parle guère des choses qui la regardent.

— Je m'en doutais. Elle a sa chambre aussi là-haut ?

— Oui ; la plus commode et la plus gentille des chambres de sous-maîtresses, bien plus jolie et plus chaude que celle de Mlle Griset. Mademoiselle y a fait mettre des rideaux à fleurs roses et du linoleum par terre, ma chère, et une peau de chèvre, et on a ripoliné le lit en blanc, Aimée a même voulu me faire croire qu'elle avait acheté ces belles choses sur ses économies. Je lui ai répondu : « Je demanderai à maman si c'est vrai ». Alors elle m'a dit : « Si tu en parles à maman, je te ferai renvoyer chez nous sous prétexte que tu ne travailles pas. » Alors, tu penses, je n'ai plus eu qu'à me taire.

— Houche ! Mademoiselle revient.

Effectivement, Mlle Sergent s'approche de nous, quittant son air tendre et riant pour sa figure d'institutrice :

— Vous avez fini, Mesdemoiselles ? Je vais vous dicter un problème de géométrie.

Des protestations douloureuses s'élèvent, demandant encore cinq minutes de grâce. Mais Mlle Sergent ne s'émeut pas de cette supplication, qui se renouvelle trois fois par jour, et commence tranquillement à dicter le problème. Le ciel confonde les triangles semblables !

J'ai soin d'apporter souvent des bonbons à dessein de séduire complètement la jeune Luce. Elle les prend sans presque dire merci, en remplit ses petites mains et les cache dans un ancien œuf à chapelet, en nacre. Pour dix sous de pastilles de menthe anglaise, trop poivrées, elle vendrait sa grande sœur et encore un de ses frères par-dessus le marché. Elle ouvre la bouche, aspire l'air pour sentir le froid de la menthe et dit : « Ma langue gèle, ma langue gèle » avec des yeux pâmés. Anaïs me mendie effrontément des pastilles, s'en gonfle les joues, et redemande précipitamment avec une irrésistible grimace de prétendue répugnance :

— « Vite, vite donne d'autres, pour ôter le goût, celles-là étaient flogres[3] ! »

Comme par hasard, tandis que nous jouons à la grue, Rabastens entre dans la cour, porteur de je ne sais quels cahiers-prétextes. Il feint une aimable surprise en me revoyant et profite de l'occasion pour me mettre sous les yeux une romance dont il lit les amoureuses paroles d'une voix roucoulante. Pauvre nigaud d'Antonin, tu ne peux plus me servir à rien, maintenant, et tu ne m'as jamais servi à grand'chose. C'est tout au plus si tu seras encore bon à m'amuser pendant quelque temps, et surtout à exciter la jalousie de mes camarades. Si tu t'en allais...

— Monsieur, vous trouverez ces demoiselles dans la classe du fond ; je crois les avoir aperçues qui descendaient, n'est-ce pas Anaïs ?

---

3. Blettes, — ne se dit que des fruits pourris.

Il pense que je le renvoie à cause des yeux malins de mes compagnes, me lance un regard éloquent et s'éloigne. Je hausse les épaules aux « Hum ! » entendus de la grande Anaïs et de Marie Belhomme, et nous reprenons une émouvante partie de « tourne-couteau » au cours de laquelle la débutante Luce commet fautes sur fautes. C'est jeune, ça ne sait pas ! On sonne la rentrée.

Leçon de couture, épreuve d'examen ; c'est à dire qu'on nous fait exécuter les échantillons de couture demandés à l'examen, en une heure. On nous distribue de petits carrés de toile, et Mlle Sergent écrit au tableau, de son écriture nette, pleine de petits traits en forme de massue :

Boutonnière. — Dix centimètres de surjet. Initiale G. au point de marque. Dix centimètres d'ourlet à points devant. Je grogne devant cet énoncé, parce que la boutonnière, le surjet, je m'en tire encore, mais l'ourlet à points devant et l'initiale au point de marque, je ne les « perle » pas, comme le constate avec regret Mlle Aimée. Heureusement, je recours à un procédé ingénieux et simple : je donne des pastilles à la petite Luce qui coud divinement, et elle m'exécute un G mirifique. « Il se faut entr'aider ». (Justement nous avons commenté pas plus tard qu'hier cet aphorisme charitable).

Marie Belhomme confectionne une lettre G qui ressemble à un singe accroupi, et, bonne toquée, s'esclaffe devant son œuvre. Les pensionnaires, têtes penchées et coudes serrés, cousent en causant imperceptiblement, et échangent avec Luce de temps à autre, des regards éveillés du côté de l'école des garçons. Je soupçonne que, le soir, elles épient des spectacles amusants, du haut de leur blanc dortoir paisible.

Mlle Lanthenay et Mlle Sergent ont changé de bureau ; ici c'est Aimée qui surveille la leçon de couture, pendant que la Directrice fait lire les élèves de la seconde classe. La favorite est occupée à écrire, en belle ronde, le titre d'un registre de présences, quand sa rousse l'interpelle de loin :

— Mlle Lanthenay !

— *Qu'est-ce que tu veux ?* crie étourdiment Aimée.

Silence de stupeur. Nous nous regardons toutes : la grande Anaïs commence à se serrer les côtes pour rire davantage ; les deux Jaubert penchent la tête sur leur couture ; les pensionnaires se donnent des coups de coude, sournoisement ; Marie Belhomme éclate d'un rire comprimé qui sonne en éternuement ; et moi, devant la figure consternée d'Aimée, je m'exclame tout haut :

— Ah ! elle est bien bonne !

La petite Luce rit à peine ; on voit qu'elle a déjà dû entendre de pareils tutoiements ; mais elle considère sa sœur avec des yeux narquois.

Mlle Aimée se retourne furieuse sur moi :

— Il peut arriver à tout le monde de se tromper, Mlle Claudine ! Et je fais mes excuses de mon inadvertance à Mlle Sergent.

Mais celle-ci, remise de sa secousse, sent bien que nous ne gobons pas l'explication, et hausse les épaules en signe de découragement devant la gaffe irrémédiable. Cela finit gaiement l'ennuyeuse leçon de couture. J'avais besoin de cet incident folâtre.

Après la sortie, à quatre heures, au lieu de m'en aller, j'oublie astucieusement un cahier et je reviens. Car je sais qu'à l'heure du balayage les pensionnaires montent de l'eau à tour de rôle dans leur dortoir ; je ne le connais pas encore, je veux le visiter, et Luce m'a dit : « Aujourd'hui, je suis d'eau ». À pas de chat, je grimpe là-haut, portant un broc plein en cas de rencontre fâcheuse. Le dortoir est blanc de murs et de plafond, meublé de huit lits blancs ; Luce me montre le sien, mais je m'en moque pas mal, de son lit ! Je vais tout de suite aux fenêtres qui, effectivement, permettent de voir dans le dortoir des garçons. Deux ou trois grands de quatorze à quinze ans y rôdent et regardent de notre côté ; sitôt qu'ils nous ont aperçues, ils rient, font des gestes et désignent leurs lits. Tas de vauriens ! Avec ça qu'ils sont tentants ! Luce effarouchée, ou feignant de l'être, ferme la fenêtre précipitamment, mais je pense bien que le soir, à l'heure du coucher, elle affiche moins de bégueulerie. Le neuvième lit, au bout du dortoir est placé sous une sorte de dais qui l'enveloppe de rideaux blancs.

— Ça, m'explique Luce, c'est le lit de la surveillante. Les sous-maîtresses de semaine doivent se relayer pour coucher tour à tour dans notre dortoir.

— Ah ! Alors, c'est tantôt ta sœur Aimée, tantôt Mlle Griset ?

— Dame... ça devrait être ainsi... mais jusqu'à présent, c'est toujours Mlle Griset,... je ne sais pas pourquoi.

— Ah ! tu ne sais pas pourquoi ? Tartufe !

Je lui donne une bourrade dans l'épaule ; elle se plaint, sans conviction. Pauvre Mlle Griset !

Luce continue à me mettre au courant :

— Le soir, Claudine, tu ne peux pas te figurer comme on s'amuse quand on se couche. On rit, on court en chemise, on se bat à coups de traversins. Il y en a qui se cachent derrière les rideaux pour se déshabiller parce qu'elles disent que ça les gêne ; la plus vieille, Rose Raguenot, se lave si mal que son linge est gris au bout de trois jours qu'elle le porte. Hier, elles m'ont caché ma robe de nuit, et j'ai failli rester toute nue dans le cabinet de toilette, heureusement Mlle Griset est arrivée ! Et puis on se moque d'une, tellement grasse qu'elle est obligée de se poudrer d'amidon un peu partout pour ne pas se couper. Et Poisson, que j'oubliais, qui met un bonnet de nuit qui la fait ressembler à une vieille femme, et qui ne veut se déshabiller qu'après nous dans le cabinet de toilette. Ah ! on rit bien, va !

Le cabinet de toilette est sommairement meublé d'une grande table recouverte de zinc sur laquelle s'alignent huit cuvettes, huit savons, huit paires de serviettes, huit éponges, tous les objets pareils, le linge matriculé à l'encre indélébile. C'est proprement tenu.

Je demande :

— Est—ce que vous prenez des bains ?

— Oui, et c'est encore quelque chose de drôle, va ! Dans la buanderie neuve, on fait chauffer de l'eau plein une grande cuve à vendanges, grande comme une chambre. Nous nous déshabillons toutes et nous nous fourrons dedans pour nous savonner.

— Toutes nues ?

— Dame, comment ferait-on pour se savonner, sans ça ? Rose Raguenot ne voulait pas, bien sûr parce qu'elle est trop maigre. Si tu la voyais, ajoute Luce en baissant la voix, elle n'a presque rien sur les os, et c'est tout plat sur sa poitrine, comme un garçon ! Jousse, au contraire, c'est comme une nourrice, ils sont gros comme ça ! Et celle qui met un bonnet de nuit de vieille, tu sais, Poisson, elle est velue partout comme un ours, et elle a les cuisses bleues.

— Comment bleues ?

— Oui, bleues, comme quand il gèle et qu'on a la peau bleue de froid.

— Ça doit être engageant !

— Non, pour sûr ! Si j'étais garçon, ça ne me ferait pas grand'chose de me baigner avec elle !

— Mais elle, ça lui ferait peut-être plus d'effet, de se baigner avec un garçon ?

Nous pouffons ; mais je bondis en entendant le pas et la voix de Mlle Sergent dans le corridor. Pour ne pas me faire pincer, je me blottis sous le dais réservé à la seule Mlle Griset ; puis le danger passé, je me sauve et je dégringole, en criant tout bas à Luce : « Au revoir ».

Ce matin, qu'il fait bon, dans ce cher pays ! Que mon joli Montigny se chauffe gaiement, par ce printemps précoce et chaud ! Dimanche dernier et jeudi, j'ai déjà couru les bois délicieux, tout pleins de violettes, avec ma sœur de lait, ma douce Claire, qui me racontait ses amourettes... son « suiveux » lui donne des rendez-vous au coin de la Sapinière, le soir, depuis que le temps est doux. Qui sait si elle ne finira pas par faire des bêtises ! Mais ce n'est pas ce qui la tente : pourvu qu'on lui débite des paroles choisies, qu'elle ne comprend pas très bien, pourvu qu'on l'embrasse, qu'on se mette à ses genoux, que ça se passe *comme dans les livres enfin*, ça lui suffit parfaitement.

Dans la classe, je trouve la petite Luce affalée sur une table, sanglotant à s'étrangler. Je lui lève la tête de force et je vois ses yeux gros comme des œufs, tant elle les a tamponnés.

— Oh ! vrai ! Tu n'es pas très belle comme ça ! Qu'est-ce qu'il y a, petite ? Pourquoi *chougnes-tu* ?
— Elle... m'a... elle... m'a battue !
— Ta sœur, au moins ?
— Ouiii !
— Qu'est-ce que tu lui avais fait ?
Elle se sèche un peu et raconte :
— Voilà, je n'avais pas compris mes problèmes, alors je ne les avais pas faits ; ça l'a mise en colère, alors elle m'a dit que j'étais une buse, que c'était bien la peine que notre famille paie ma pension, que je la dégoûtais, et tout ça. Alors je lui ai répondu : « Tu m'embêtes à la fin » ; alors elle m'a battue, giflée sur la figure, elle est mauvaise comme la gale, je la déteste...
Nouveau déluge.
— Ma pauvre Luce, tu es une oie ; il ne fallait pas te laisser battre, il fallait lui jeter au nez son ex-Armand...

Les yeux subitement effarés de la petite me font retourner ; j'aperçois Mlle Sergent qui nous écoute sur le seuil. Patatras ! qu'est-ce qu'elle va dire ?

— Mes compliments, Mlle Claudine, vous donnez à cette enfant de jolis conseils...

— Et vous de jolis exemples !

Luce est terrifiée de ma réponse. Moi, ça m'est bien égal, les yeux de braise de la Directrice scintillant de colère et d'émotion ! Mais cette fois, trop fine pour s'emballer, elle secoue la tête et dit seulement :

« Il est heureux que le mois de juillet approche, Mlle Claudine ; vous sentez, n'est-ce pas, que je peux de moins en moins vous garder ici ?

— Il me semble. Mais, vous savez, c'est faute de s'entendre, nos rapports ont été mal engagés.

— Allez en récréation, Luce », dit-elle sans me répondre.

La petite ne se le fait pas répéter deux fois, elle sort en courant et en se mouchant. Mlle Sergent continue :

— C'est bien votre faute, je vous assure. Vous vous êtes montrée pleine de mauvais vouloir pour moi, à mon arrivée, et vous avez repoussé mes avances, car je vous en ai fait, bien que ce ne fût pas mon rôle. Vous m'aviez pourtant paru assez intelligente et assez jolie pour m'intéresser, moi qui n'ai ni sœur ni enfant...

(Du diable si j'aurais jamais pensé... ! On ne peut pas me déclarer plus nettement que j'eusse été « sa petite Aimée » si j'avais voulu. Eh bien ! non, ça ne me dit rien, même rétrospectivement. Pourtant, c'est de moi que Mlle Lanthenay serait jalouse, à cette heure-ci... Quelle comédie !)

— C'est vrai, Mademoiselle. Mais, fatalement, ça aurait mal tourné tout de même, à cause de Mlle Aimée Lanthenay ; vous avez mis une telle ardeur à... conquérir son amitié, et à détruire celle qu'elle pouvait me porter !

Elle détourne les yeux :

— Je n'ai pas cherché, comme vous le prétendez, à détruire... Mlle Aimée aurait pu vous continuer ses leçons d'anglais sans que je l'en empêchasse...

— Ne dites donc pas ça ! Je ne suis pas encore idiote, et il n'y a que nous deux ici ! J'en ai été longtemps furieuse, désolée même, parce que je suis presque aussi jalouse que vous... Pourquoi l'avez-vous prise ? J'ai eu tant de peine, oui, là, soyez contente, j'ai eu tant de peine !... Mais j'ai vu qu'elle ne tenait pas à moi, à qui tient-elle ? J'ai vu aussi qu'elle ne valait réellement pas cher : ça m'a suffi. J'ai pensé que je ferais assez de bêtises sans commettre celle de vouloir l'emporter sur vous. Voilà. Maintenant tout ce que je désire, c'est qu'elle ne devienne pas trop la petite souveraine de cette École, et qu'elle ne tourmente pas exagérément cette petite, sa sœur qui, au fond, ne vaut pas mieux qu'elle, ni moins, je vous assure... Je ne raconte rien chez nous jamais, de ce que je peux voir ici ; je ne reviendrai plus après les vacances, et je me présenterai au brevet parce que papa se figure qu'il y tient, et qu'Anaïs serait trop contente si je ne passais pas l'examen. Vous pouvez me laisser tranquille jusque-là, je ne vous tourmente guère maintenant...

Je pourrais parler longtemps, je crois, elle ne m'écoute plus. Je ne lui disputerai pas sa petite, c'est tout ce qu'elle a entendu ; elle regarde en dedans, suit une idée, et se réveille pour me dire, subitement redevenue Directrice, au sortir de cette causerie sur pied d'égalité :

— Allez vite dans la cour, Claudine, il est huit heures passées, il faut vous mettre en rang.

— Qu'est-ce que tu causais si longtemps là dedans avec Mademoiselle ? me demande la grande Anaïs. Tu es donc bien avec elle, maintenant ?

— Une paire d'amies, ma chère !

En classe, la petite Luce se serre contre moi, me lance des regards affectueux et me prend les mains, mais ses caresses m'agacent ; j'aime seulement la battre, la tourmenter, et la protéger quand les autres l'embêtent.

Mlle Aimée entre en coup de vent dans la classe en criant tout bas « L'inspecteur ! l'inspecteur ! » Rumeur. Tout est prétexte à désordre, ici ; sous couleur de ranger nos livres irréprochablement, nous avons ouvert tous nos pupitres et nous bavardons avec rapidité derrière les couvercles. La grande Anaïs fait sauter en l'air les cahiers de Marie Belhomme toute désemparée, et enfouit prudemment dans sa poche un *Gil Blas Illustré* qu'elle abritait entre deux feuilles de son histoire de France. Moi je dissimule des histoires de bêtes merveilleusement contées par Rudyard Kipling (en voilà un qui connaît les animaux !) — c'est pourtant pas des lectures bien coupables. — On bourdonne, on se lève, on ramasse les papiers, on retire les bonbons dissimulés dans les pupitres, car ce père Blanchot, l'inspecteur, a des yeux louches mais qui fouinent partout.

Mlle Lanthenay, dans sa classe, bouscule les gamines, range son bureau, crie et voltige, et voici que, de la troisième salle, sort la pauvre Griset, effarée, qui demande aide et protection : « Mlle Sergent, est-ce que Monsieur l'Inspecteur me demandera les cahiers des petites ? Ils sont bien sales, les toutes petites ne font que des bâtons... » La mauvaise Aimée lui rit au nez ; la Directrice répond en haussant les épaules : « Vous montrerez ce qu'il vous demandera, mais si vous croyez qu'il s'occupera des cahiers de vos gamines ! » Et la triste ahurie rentre dans sa classe où ses petits animaux font un vacarme terrible, car elle n'a pas pour vingt-cinq centimes d'autorité !

Nous sommes prêtes, ou peu s'en faut. Mlle Sergent s'écrie : « Vite, prenez vos morceaux choisis ! Anaïs, crachez immédiatement le crayon à ardoise que vous avez dans la bouche ! Ma parole d'honneur, je vous mets à la porte devant Monsieur Blanchot si vous mangez encore de ces horreurs-là ! Claudine, vous ne pourriez pas cesser un instant de pincer Luce Lanthenay ? Marie Belhomme, quittez tout de suite les trois fichus que vous avez sur la tête et au cou ; et quittez aussi l'air bête qui est sur votre figure. Vous êtes pire que les petites de la troisième classe et ne valez pas chacune la corde pour vous pendre ! »

Il faut bien qu'elle dépense son énervement. Les visites de l'inspecteur la tracassent toujours, parce que ce Blanchot est en bons termes avec le député, qui déteste à mort son remplaçant possible, Dutertre, lequel protège Mlle Sergent. (Dieu, que la vie est compliquée !) Enfin, tout se trouve à peu près en ordre ; la grande Anaïs se lève, inquiétante de longueur, la bouche encore sale du crayon gris qu'elle croquait, et commence *la Robe* du pleurard Manuel :

> *Dans l'étroite mansarde où glisse un jour douteux*
> *La femme et le mari se disputaient tous deux...*

Il était temps ! Une grande ombre passe sur les vitres du corridor, toute la classe frémit et se lève, — par respect — au moment où la porte s'ouvre devant le père Blanchot. Il a une figure solennelle entre deux grands favoris poivre-et-sel, et un redoutable accent franc-comtois. Il pontifie, il mâche ses paroles avec enthousiasme, comme Anaïs les gommes à effacer, il est toujours vêtu avec une correction rigide et démodée ; quel vieux bassin ! En voilà pour une heure ! Il va nous poser des questions idiotes et nous démontrer que nous devrions toutes, « embrasser la carrière de l'enseignement ». J'aimerais encore mieux ça que de l'embrasser, lui.

— Mesdemoiselles !... Mes enfants, asseyez-vous.

« Ses enfants » s'asseyent modestes et douces. Je voudrais bien m'en aller. Mlle Sergent s'est empressée au-devant de lui, d'un air respectueux et malveillant, pendant que son adjointe, la vertueuse Lanthenay, s'est enfermée dans sa classe.

Monsieur Blanchot pose dans un coin sa canne à béquille d'argent, et commence par horripiler, tout d'abord, la Directrice (bien fait !) en l'entraînant près de la fenêtre, pour lui parler programmes de brevet, zèle, assiduité, et allez donc ! Elle l'écoute, elle répond : « Oui, Monsieur l'Inspecteur. » Ses yeux se reculent et s'enfoncent ; elle a sûrement envie de le battre. Il a fini de la raser, c'est à notre tour.

— Que lisait cette jeune fille, quand je suis entré ?

La jeune fille, Anaïs, cache le papier buvard rose qu'elle mastiquait et interrompt le récit, évidemment scandaleux, qu'elle déversait dans les oreilles de Marie Belhomme qui, choquée, cramoisie, mais attentive, roule ses yeux d'oiseau avec un effarement pudique. Sale Anaïs ! Qu'est-ce que ça peut bien être que ces histoires-là ?

— Voyons, mon enfant, dites vouâr ce que vous lisiez.

— *La Robe*, Monsieur l'Inspecteur.

— Veuillez reprendre.

Elle recommence, avec des mines faussement intimidées, pendant que Blanchot nous examine de ses yeux vert sale. Il blâme toute coquetterie, et ses sourcils se froncent quand il voit un velours noir sur un cou blanc, ou des frisettes qui volent sur le front et les tempes. Moi, il m'attrape à chacune de ses visites, à cause de mes cheveux toujours défaits et bouclés, et aussi des grandes collerettes blanches, plissées, que je porte sur mes robes sombres. C'est pourtant d'une simplicité que j'aime, mais assez gentille pour qu'il trouve mes costumes affreusement répréhensibles. La grande Anaïs a terminé *la Robe* et il lui en fait analyser logiquement (oh ! là ! là !) cinq ou six vers. Puis il lui demande :

— Mon enfant, pourquoi avez-vous noué ce velours « nouâr » après (*sic*) votre cou ?

(Ça y est ! Qu'est-ce que je disais ? Anaïs, démontée, répond bêtement que « c'est pour tenir chaud ». Gourde sans courage !)

— Pour vous tenir chaud, dites-vous ? Mais ne pensez-vous point qu'un foulard remplirait mieux cet office ?

(Un foulard ! Pourquoi pas un passe-montagne, antique rasoir ? Je ne peux pas m'empêcher de rire, ce qui attire son attention sur moi.)

— Et vous, mon enfant, pourquoi êtes-vous ainsi décoâffée et les cheveux pendants, au lieu de les porter tordus sur la tête et retenus par des épingles ?

— Monsieur l'Inspecteur, ça me donne des migraines.

— Mais vous pourriez au moins les tresser, je crois ?

— Oui, je le pourrais, mais papa s'y oppose.

Il me tanne, je vous dis ! Après un petit claquement de lèvres désapprobateur, il va s'asseoir et tourmente Marie sur la guerre de Sécession, une des Jaubert sur les côtes d'Espagne, et l'autre sur les triangles rectangles. Puis il m'envoie au tableau noir, et m'enjoint de tracer un cercle. J'obéis. C'est un cercle... si on veut.

— Inscrivez dedans une rosace à cinq feûilles. Supposez qu'elle est éclairée de gauche, et indiquez par des traits forts les ombres que reçoivent les feûilles.

Ça, ça m'est égal. S'il avait voulu me faire chiffrer je n'en sortais pas ; mais les rosaces et les ombres, ça me connaît. Je m'en tire assez bien, au grand ennui des Jaubert qui espéraient sournoisement me voir grondée.

— C'est... bien. Oui, c'est assez bien. Vous subissez cette année l'examen de brevet ?

— Oui, monsieur l'Inspecteur, au mois de juillet.

— Pis, ne voulez-vous point entrer à l'École Normale après ?

— Non, monsieur l'Inspecteur, je rentrerai dans ma famille.

— Ah ? Je crois en effet que vous n'avez point la vocation de l'enseignement. C'est regrettable.

Il me dit cela du même ton que : « Je crois que vous êtes une infanticide ». Pauvre homme, laissons-lui ses illusions ! Mais j'aurais seulement voulu qu'il pût voir la scène d'Armand Duplessis, ou encore l'abandon dans lequel on nous laisse pendant des heures, quand nos deux institutrices sont là-haut à se becqueter.

— Montrez-moi votre seconde classe, je vous prie, Mademoiselle.

Mlle Sergent l'emmène dans la seconde classe, où elle reste avec lui pour protéger sa petite mignonne contre les sévérités inspectoriales. Profitant de son absence, j'esquisse au tableau noir une caricature du père Blanchot et de ses grands favoris, qui met les gamines en joie ; je lui ajoute des oreilles d'âne, puis je l'efface vite et je regagne ma place, où la petite Luce passe son bras sous le mien, câlinement, et tente de m'embrasser. Je la repousse d'une légère calotte, et elle prétend que je suis « bien méchante ! »

— Bien méchante ? Je vais t'apprendre à avoir avec moi des libertés pareilles ! Tâche de museler tes sentiments, et dis-moi si c'est toujours Mademoiselle Griset qui couche dans le dortoir.

— Non, Aimée y a couché deux fois deux jours de suite.

— Ça fait quatre fois. Tu es une cruche ; même pas une cruche, un siau ! Est-ce que les pensionnaires se tiennent plus tranquilles quand c'est ta chaste sœur qui couche sous le dais ?

— Guère. Et même, une nuit, une élève a été malade, on s'est levées, on a ouvert une fenêtre, j'ai même appelé ma sœur pour qu'elle me donne les allumettes qu'on ne pouvait pas trouver, elle n'a pas remué, elle n'a pas plus soufflé que s'il n'y avait personne dans le lit ! Faut-il qu'elle ait le sommeil dur ?

— Sommeil dur ! Sommeil dur ! Quelle oie ! Mon Dieu, pourquoi avez-vous permis qu'il y eût sur cette terre des êtres aussi dépourvus de toute intelligence ? J'en pleure des larmes de sang !

— Qu'est-ce que j'ai encore fait ?

— Rien ! oh ! rien, voilà seulement des bourrades dans les épaules, pour te former le cœur et l'esprit, et t'apprendre à ne pas croire aux alibis de la vertueuse Aimée.

Luce se roule sur la table avec un désespoir feint, ravie d'être rudoyée et meurtrie. Mais, j'y pense :

— Anaïs, qu'est-ce que tu racontais donc à Marie Belhomme pour lui faire piquer des fards, que ceux de la Bastille sont pâles à côté !

— Quelle Bastille ?

— Ça n'a pas d'importance. Dis vite.

— Approche-toi un peu.

Sa figure vicieuse pétille ; ça doit être des choses très vilaines.

— Eh bien, voilà. Tu ne sais pas, au dernier réveillon, le maire avait chez lui sa maîtresse, la belle Julotte, et puis son secrétaire avait amené une femme de Paris ; au dessert, ils les ont fait déshabiller toutes les deux, sans chemise, et ils en ont fait autant, et ils se sont mis à danser comme ça un quadrille, ma vieille !

— Pas mal ! Qui t'a dit ça ?

— C'est papa qui l'a raconté à maman ; j'étais couchée, seulement on laisse toujours la porte de ma chambre ouverte, parce que je prétends que j'ai peur, et alors j'entends tout.

— Tu ne t'embêtes pas. Il en raconte souvent comme ça, ton père ?

— Non, pas toujours d'aussi bien ; mais quelquefois je me roule de rire dans mon lit.

Elle me narre encore d'autres potins du canton assez sales ; son père, employé à la mairie, connaît à fond la chronique scandaleuse du pays. Je l'écoute, et le temps passe.

Mlle Sergent revient ; nous n'avons que le temps de rouvrir nos livres au hasard ; mais elle vient droit à moi sans regarder ce que nous faisons :

— Claudine, pourriez-vous faire chanter vos camarades devant M. Blanchot ? Elles savent maintenant ce joli chœur à deux voix : *Dans ce doux asile.*

— Moi, je veux bien ; seulement l'inspecteur a si mal au cœur de me voir les cheveux défaits qu'il n'écoutera pas !

— Ne dites pas de bêtises, ce n'est pas le jour ; faites-les vite chanter. M. Blanchot paraît assez peu content de la deuxième classe, je compte sur la musique pour le dérider.

Je le crois sans peine qu'il doit être assez peu content de la deuxième classe ! Mlle Aimée Lanthenay s'en occupe toutes les fois qu'elle n'a pas autre chose à faire ; elle gorge ses gosses de devoirs écrits, pour pouvoir, pendant qu'elles noircissent du papier, causer tranquillement avec sa chère Directrice. Moi, je veux bien faire chanter les élèves, pour ce que ça me coûte !

Mlle Sergent ramène l'odieux Blanchot ; je range en demi-cercle notre classe et la première division de la seconde ; je confie les dessus à Anaïs, les secondes à Marie Belhomme (infortunées secondes !) Et je chanterai les deux parties à la fois, c'est-à-dire que je changerai vite quand je sentirai faiblir un côté. Allez-y ! une mesure pour rien : Une, deux, trois :

> *Dans ce doux asile*
> *Les sages sont couronnés,*
> *Venez !*
> *Aux plaisirs tranquilles*
> *Ces lieux charmants sont destinés...*

Veine ! Ce vieux normalien racorni rythme la musique de Rameau avec sa tête (à contre mesure d'ailleurs), et paraît enchanté. Toujours l'histoire du compositeur Orphée apprivoisant les bêtes !

— C'est bien chanté. De qui est-ce ? De Gounod, je crois ?

(Pourquoi prononce-t-il *Gounode* ?)

— Oui, Monsieur (Ne le contrarions pas).

— Il me semblait bien. C'est un fort joli chœur.

(Joli chœur toi-même !)

En entendant cette attribution inattendue d'un air de Rameau à l'auteur de *Faust*, Mlle Sergent se pince les lèvres pour ne pas rire. Quant au Blanchot, rasséréné, il lâche quelques paroles aimables, et s'en va, après nous avoir dicté — la flèche du Parthe ! — ce canevas de composition française :

« Expliquer et commenter cette pensée de Franklin : *L'oisiveté est comme la rouille, elle use plus que le travail.* »

Allons-y ! À la clef brillante, aux contours arrondis, que la main vingt fois par jour polit et tourne dans la serrure, opposons la clef rongée de rouille rougeâtre. Le bon ouvrier qui travaille joyeusement, levé dès l'aube, dont les muscles solides, et tatatata… mettons-le en parallèle avec l'oisif qui, languissamment couché sur des divans orientaux, regarde défiler sur sa table somptueuse… et tatatata… les mets rares… et tatata… qui tentent vainement de réveiller son appétit… tatatata. Oh ! c'est bientôt bâclé !

Avec ça que ce n'est pas bon de paresser dans un fauteuil ! Avec ça que les ouvriers qui travaillent toute leur vie ne meurent pas jeunes et épuisés ! Mais quoi faut pas le dire. Dans le « programme des examens » les choses ne se passent pas comme dans la vie.

La petite Luce manque d'idées et geint tout bas pour que je lui en fournisse. Je la laisse généreusement lire ce que j'ai écrit, elle ne me prendra pas grand-chose.

Enfin, quatre heures. On s'en va. Les pensionnaires montent prendre le goûter que prépare la mère de Mlle Sergent ; je pars avec Anaïs et Marie Belhomme, après m'être mirée dans les vitres pour voir si mon chapeau n'est pas de travers.

En route, nous cassons un pain de sucre sur le dos de Blanchot. Il m'ennuie, ce vieux, qui veut toujours qu'on soit habillées avec de la toile à sac et les cheveux tendus !

— Je crois qu'il n'est pas très content de la deuxième classe, tout de même, remarque Marie Belhomme ; si tu ne l'avais pas amadoué avec la musique !

— Dame, fait Anaïs, sa classe, Mlle Lanthenay s'en occupe un peu… par-dessous la jambe.

— Tu as des mots ! Elle ne peut pas tout faire, voyons ! Mlle Sergent l'a attachée à sa personne, c'est elle qui lui fait sa toilette le matin.

— Ça, c'est une blague ! crient à la fois Anaïs et Marie.

— Pas le moins du monde ! Si jamais vous allez au dortoir et dans les chambres des sous-maîtresses (c'est très facile, on n'a qu'à monter de l'eau avec les pensionnaires) passez la main au fond de la cuvette de Mlle Aimée ; et ne craignez pas de vous mouiller, il n'y a que de la poussière.

— Non, c'est trop fort tout de même ! déclare Marie Belhomme.

La grande Anaïs n'ajoute rien, et s'en va songeuse ; sans doute, elle racontera ces aimables détails au grand gamin avec lequel elle flirte cette semaine. Je sais très peu de choses de ses fredaines ; elle reste fermée et narquoise quand je la tâte là-dessus.

Je m'ennuie à l'école, fâcheux symptôme, et tout nouveau. Je ne suis pourtant amoureuse de personne (Au fait, c'est peut-être pour cela). Je fais mes devoirs presque exactement, tant j'ai la flemme, et je vois paisiblement nos deux institutrices se caresser, se bécoter, se disputer pour le plaisir de s'aimer mieux après. Elles ont les gestes et la parole si libres l'une avec l'autre, maintenant, que Rabastens, malgré son aplomb, s'en effarouche, et bafouille avec entrain. Alors les yeux d'Aimée braisillent de joie comme ceux d'une chatte en malice et Mlle Sergent rit de la voir rire. Elles sont étonnantes, ma parole ! Ce que la petite est devenue « agouante[4] » on ne peut pas se le figurer ! L'autre change de visage sur un signe d'elle, sur un froncement de ses sourcils de velours.

Attentive devant cette intimité tendre, la petite Luce guette, flaire, s'instruit. Elle s'instruit même beaucoup, car elle saisit toutes les occasions d'être seule avec moi, me frôle, câline, ferme presque ses yeux verts et ouvre à demi sa petite bouche fraîche ; non, elle ne me tente pas. Que ne s'adresse-t-elle à la grande Anaïs qui s'intéresse, elle aussi, aux jeux des deux colombelles qui nous servent d'institutrices à leurs moments perdus, et qui s'en étonne fort, car elle a des coins de bêtise assez curieux !

Ce matin, je l'ai battue comme plâtre, la petite Luce, parce qu'elle voulait m'embrasser dans le hangar où on range les arrosoirs ; elle n'a pas crié et s'est mise seulement à pleurer, jusqu'à ce que je la console en lui caressant les cheveux. Je lui ai dit :

---

4. Exigeante.

— Bête, tu auras bien le temps d'épancher ton trop plein de tendresse plus tard, puisque tu vas entrer à l'École Normale !

— Oui, mais tu n'y entreras pas, toi !

— Non, par exemple ! Mais tu n'y seras pas depuis deux jours que deux « troisième année » se seront déjà brouillées à cause de toi, dégoûtant petit animal !

Elle se laisse injurier voluptueusement, et me jette des regards de reconnaissance.

C'est peut-être parce qu'on m'a changé ma vieille école, que je m'ennuie dans celle-ci ? Je n'ai plus les « rabicoins » où on se mussait dans la poussière, ni les couloirs de ce vieux bâtiment compliqué, dans lequel on ne savait jamais si on se trouvait chez les instituteurs ou bien chez nous, et où on débouchait si naturellement dans une chambre de sous-maître qu'on avait à peine besoin de s'excuser en rentrant à la classe.

C'est peut-être que je vieillis ? Je me ressentirais donc des seize ans que j'atteins ? Voilà une chose stupide, en vérité.

C'est peut-être le printemps ? Il est trop beau, aussi, c'en est inconvenant ! Le jeudi et le dimanche, je file toute seule, pour retrouver ma sœur de lait, ma petite Claire, embarquée solidement dans une sotte aventure avec le beau secrétaire de la mairie qui ne veut pas l'épouser. Pardi, il en serait bien empêché ; il paraît qu'il a subi, encore au collège, une opération pour une maladie bizarre, une de celles dont on ne nomme jamais le « siège » ; et on prétend que, s'il a encore envie des filles, il ne peut plus guère « contenter ses désirs ». Je ne comprends pas très bien, je comprends même assez mal, mais je me tue à redire à Claire ce que j'ai vaguement appris. Elle lève au ciel des yeux blancs, secoue la tête, et répond, avec des mines extatiques : « Ah ! qu'est-ce que ça fait, qu'est-ce que ça fait ? Il est si beau, il a des moustaches si fines, et puis, les choses qu'il me dit me rendent assez heureuse ! Et puis il m'embrasse dans le cou, il me parle de la poésie des soleils couchants, qu'est-ce que tu veux que je demande jamais davantage ? » Au fait, puisque ça lui suffit...

Quand j'ai assez de ses divagations, je lui dis, pour qu'elle me laisse seule, que je rentre chez papa ; et je ne rentre pas. Je reste dans les bois, je cherche un coin plus délicieux que les autres, et je m'y couche. Des armées de petites bêtes courent par terre, sous mon nez (elles se conduisent même quelquefois très mal, mais c'est si petit) et ça sent un tas d'odeurs bonnes, ça sent les plantes fraîches qui chauffent. Ô mes chers bois !

À l'école où j'arrive en retard (je m'endors difficilement, mes idées dansent devant moi sitôt que j'ai éteint la lampe) je trouve Mlle Sergent au bureau, digne et froncée, et toutes les gamines arborent des figures convenables, pincées et cérémonieuses. Qu'est-ce que c'est que ça ? Ah ! la grande Anaïs, affalée sur son pupitre, fait de tels efforts pour sangloter que ses oreilles en sont bleues. On va s'amuser ! Je me glisse à côté de la petite Luce qui me souffle dans l'oreille : « Ma chère, on a trouvé dans le pupitre d'un garçon toutes les lettres d'Anaïs ; l'instituteur vient de les apporter ici pour que la Directrice les lise. »
Elle les lit, en effet, mais tout bas et pour elle seule. Quel malheur, mon Dieu, quel malheur ! Je donnerais bien trois ans de la vie de Rabastens (Antonin), pour parcourir cette correspondance. Oh ! qui inspirera à la rousse de nous en lire tout haut deux ou trois passages bien choisis ! Hélas, hélas ! Mlle Sergent a fini… Sans rien dire à Anaïs, toujours vautrée sur sa table, elle se lève solennellement, marche à pas comptés vers le poêle, à côté de moi ; elle l'ouvre, y dépose les papiers scandaleux, pliés en quatre, frotte une allumette et met le feu, puis referme la petite porte. En se redressant, elle dit à la coupable :
— Mes compliments, Anaïs, vous en savez plus long que bien des grandes personnes. Je vous garde ici jusqu'à l'examen, parce que vous êtes inscrite, mais je vais déclarer à vos parents que je me décharge de toute responsabilité à votre égard. Copiez vos problèmes, Mesdemoiselles, et ne vous occupez pas davantage de cette personne qui ne le mérite pas.
Incapable de supporter le tourment d'entendre brûler la littérature d'Anaïs, j'ai pris, pendant que la Directrice s'énonçait majestueusement, la règle plate qui me sert pour le dessin ; je l'ai passée sous ma table, et, au risque de me faire pincer, je m'en suis servie pour pousser la petite poignée qui fait mouvoir la rosace de tirage. On n'a rien vu ; peut-être que la flamme, ainsi étouffée, ne brûlera pas tout ; je le saurai après la classe. J'écoute : le poêle tait son ronflement au bout de quelques secondes. Est-ce qu'onze heures ne vont pas bientôt sonner ? Comme je pense peu à ce que je copie, aux « deux pièces de toile qui, après lessivage, se rétrécissent de $1/19$ dans leur longueur et de $1/22$ de leur largeur », elles pourraient rétrécir encore bien davantage sans m'intéresser !

Mlle Sergent nous quitte et se rend dans la classe d'Aimée, sans doute pour lui raconter la bonne histoire et en rire avec elle. Aussitôt qu'elle a disparu, Anaïs relève la tête ; nous la considérons avidement, elle a les joues marbrées, les yeux gonflés à force de les frotter, et elle regarde son cahier obstinément. Marie Belhomme se penche vers elle et lui dit, avec une sympathie tumultueuse : « Ben, ma vieille, je crois qu'on va te râbâter chez toi. Tu disais-t-y beaucoup de choses dans tes lettres ? » Elle ne lève pas les yeux, et répond à haute voix pour que nous entendions toutes : « Ça m'est bien égal, les lettres ne sont pas de moi. » Les gamines échangent des regards indignés : « Crois-tu, ma chère ! ma chère, ce qu'elle est menteuse ! »

Enfin l'heure sonne. Jamais sortie n'a été si lente à venir ! Je m'attarde à ranger mon pupitre pour rester la dernière. Dehors, après avoir marché pendant une cinquantaine de mètres, je prétends avoir oublié mon atlas, et je quitte Anaïs pour voler à l'école : « Attends-moi, veux-tu ? »

Je me rue silencieusement dans la classe vide et j'ouvre le poêle : j'y trouve une poignée de papiers à demi brûlés, que je retire avec des précautions maternelles ; quelle chance ! Le dessus et le dessous sont perdus, mais l'épaisseur du milieu est à peu près intacte ; c'est bien l'écriture d'Anaïs. J'emporte le paquet dans ma serviette pour le lire chez nous à loisir, et je rejoins Anaïs, calme, qui flâne en m'attendant ; nous repartons ensemble ; elle me lorgne en dessous. Tout à coup, elle s'arrête net et soupire d'angoisse... Je vois ses regards fixés sur mes mains, anxieusement, et je m'aperçois qu'elles sont noires des papiers brûlés que j'ai touchés. Je ne vais pas lui mentir, bien sûr. Je prends l'offensive :

— Eh bien, quoi ?

— Tu y es allée, hein, chercher dans le poêle ?

— Bien sûr que j'y suis allée ! Pas de danger que je laisse perdre une occasion pareille de lire tes lettres !

— Elles sont brûlées ?

— Heureusement non ; tiens, regarde là-dedans.

Je lui montre les papiers, en les tenant solidement. Elle darde sur moi des yeux vraiment meurtriers, mais n'ose pas sauter sur ma serviette, trop sûre que je la rosserais ! Je vais la consoler un peu ; elle me fait presque de la peine.

— Écoute, je vais lire ce qui n'est pas brûlé, parce que ça me fait trop envie ; et puis je te rapporterai tout ce soir. Je ne suis pas encore trop mauvaise ?

Elle se méfie beaucoup.

— Tu les rapporteras ? vrai ?

— Ma pure parole ! Je te les remettrai à la récréation, avant de rentrer.

Elle s'en va, désemparée, inquiète, plus jaune et plus longue que de coutume.

À la maison, j'épluche enfin ces lettres. Grosse déception ! Ce n'est pas ce que je pensais. Un mélange de sentimentalités bébêtes et d'indications pratiques : « Je pense à toi toujours quand il fait clair de lune… Tu feras attention, jeudi, d'apporter au champ de Vrimes le sac à blé que tu avais pris la dernière fois, si maman voyait ma robe verdie, elle me ferait un raffut ! » Et puis des allusions peu claires, qui doivent rappeler au jeune Gangneau des épisodes polissons… En somme, oui, une déception. Je lui rendrai ses lettres, bien moins amusantes qu'elle-même qui est fantasque, froide et drôle.

Je les lui ai remises, elle n'en croyait pas ses yeux. Toute à la joie de les revoir, elle se moque pas mal que je les aie lues ; elle a couru les jeter dans les cabinets, et maintenant elle a repris sa figure close et impénétrable. Aucune humiliation. Heureuse nature !

Zut, j'ai pincé un rhume ! Je reste dans la bibliothèque de papa, à lire la folle *Histoire de France* de Michelet, écrite en alexandrins. (J'exagère peut-être un peu ?) Je ne m'ennuie pas du tout, bien installée dans ce grand fauteuil, entourée de livres, avec ma belle Fanchette, cette chatte intelligente entre toutes, qui m'aime avec tant de désintéressement malgré les misères que je lui inflige, mes morsures dans ses oreilles roses, et le dressage compliqué que je lui fais subir.

Elle m'aime au point de comprendre ce que je dis, et de venir me caresser la bouche quand elle entend le son de ma voix. Elle aime aussi les livres comme un vieux savant, cette Fanchette, et me tourmente chaque soir après dîner pour que je retire de leur rayon deux ou trois des gros Larousse de papa ; le vide qu'ils laissent forme une espèce de petite chambre carrée où Fanchette s'installe et se love ; je referme la vitre sur elle, et son ronron prisonnier vibre avec un bruit de tambour voilé, incessant. De temps en temps je la regarde, alors elle me fait signe avec ses sourcils, qu'elle lève, comme une personne. Belle

Fanchette, que tu es intéressante et compréhensive ! (bien plus que Luce Lanthenay, cette chatte inférieure). Tu m'amuses depuis que tu es au monde ; tu n'avais qu'un seul œil ouvert que, déjà, tu essayais des pas belliqueux dans ta corbeille, encore incapable de te tenir debout sur tes quatre allumettes ; depuis tu vis joyeusement, et tu me fais rire, par tes danses du ventre en l'honneur des hannetons et des papillons, par tes appels maladroits aux oiseaux que tu guettes, par tes façons de te disputer avec moi et de me donner des tapes sèches qui résonnent dur sur mes mains. Tu mènes la conduite la plus indigne ; cinq ou six fois l'an, je te rencontre dans le jardin, sur les murs, l'air fou, ridicule, une trôlée de matous autour de toi. Je connais même ton favori, perverse Fanchette, c'est un matou gris sale, long, efflanqué, dépoilé, des oreilles de lapin et les attaches canailles, comment peux-tu te mésallier avec cet animal de basse extraction, et si souvent ? Mais, même en ces temps de démence, quand tu m'aperçois, tu reprends un moment ta figure naturelle, tu me miaules amicalement quelque chose comme : « Tu vois, j'en suis là ; ne me méprise pas trop, la nature a ses exigences, mais je rentrerai bientôt et je me lécherai longtemps pour me purifier de cette existence dévergondée ». Ô belle Fanchette blanche, ça te va si bien de te mal conduire !

Mon rhume fini, je constate qu'on commence à s'agiter beaucoup à l'École, à cause des examens proches ; nous voilà fin mai et « on passe » le 5 juillet ! Je regrette de n'être pas plus remuée, mais les autres le sont assez pour moi, surtout la petite Luce Lanthenay qui a des crises de larmes quand elle reçoit une mauvaise note ; quant à Mlle Sergent, elle s'occupe de tout, mais, plus que de tout, de la petite aux beaux yeux qui la fait « tourner en chieuvre ». Elle a fleuri, cette Aimée, d'une façon surprenante ! Son teint merveilleux, sa peau de velours, et ses yeux « qu'on y frapperait des effigies ! » comme dit Anaïs, en font une petite créature maligne et triomphante. Elle est tellement plus jolie que l'année dernière ! On ne prêterait plus attention maintenant au léger écrasement de sa figure, au petit cran de sa lèvre à gauche quand elle sourit ; et quand même, elle a de si blanches dents pointues ! Sa rousse amoureuse défaille rien qu'à la regarder, et ne résiste plus guère devant nous aux furieuses envies qui la saisissent d'embrasser sa mignonne toutes les trois minutes...

Cette après-midi chaude, la classe bourdonne un « morceau choisi » qu'on doit réciter à trois heures ; je sommeille presque, écrasée de paresse nerveuse. Je n'en peux plus, et, tout d'un coup, j'ai des envies de griffer, de m'étirer violemment et d'écraser les mains de quelqu'un : ce quelqu'un se trouve être Luce, ma voisine. Elle a eu la nuque empoignée, et mes ongles enfoncés dedans ; heureusement elle n'a rien dit. Je retombe dans ma langueur agacée...

La porte s'ouvre sans qu'on ait même frappé : c'est Dutertre, en cravate claire, les cheveux au vent, rajeuni et batailleur. Mlle Sergent, dressée, lui a dit à peine bonjour et l'admire passionnément, sa tapisserie « chûtée » par terre. (L'aime-t-elle plus qu'Aimée ? ou Aimée plus que lui ? Drôle de femme !) La classe s'est levée. Par mauvaiseté, je reste assise, de sorte que Dutertre, quand il se retourne vers nous, me remarque tout de suite.

— Bonjour, Mademoiselle. Bonjour, les petites. Comme te voilà affalée, toi !

— Je suis flâ[5]. Je n'ai plus d'os.

— Tu es malade ?

— Non, je ne crois pas. C'est le temps, la flemme.

— Viens ici, qu'on te voie.

Ça va recommencer, ces prétextes médicaux à examens prolongés ? La Directrice me lance des regards enflammés d'indignation, pour la façon dont je me tiens, dont je parle à son chéri de délégué cantonal. Non, je vais me gêner ! D'ailleurs, il adore ces façons malséantes. Je me traîne paresseusement à la fenêtre.

— On n'y voit pas, ici, à cause de cette ombre verte des arbres. Viens dans le corridor, il y fait du soleil. Tu as une piètre mine, mon petit.

(Triple extrait de mensonge ! J'ai bonne mine, je me connais ; si c'est à cause des yeux battus qu'il me croit malade, il se trompe, c'est bon signe, je me porte bien quand j'ai du bistre autour des yeux. Heureusement qu'il est trois heures de l'après-midi, sans cela je ne serais pas plus rassurée qu'il ne faut, d'aller, même dans le couloir vitré, seule avec cet individu dont je me défie comme du feu).

Quand il a refermé la porte derrière nous, je me retourne sur lui et je lui dis :

— Mais non, voyons, je n'ai pas l'air malade ; pourquoi dites-vous ça ?

— Non ? Et ces yeux battus jusqu'aux lèvres ?

— Eh bien, c'est la couleur de ma peau, voilà.

---

5. Inconsistante, molle.

Il s'est assis sur le banc et me tient debout devant lui contre ses genoux.

— Tais-toi, tu dis des bêtises. Pourquoi as-tu toujours l'air fâché contre moi ?

— ... ?

— Si, tu me comprends bien. Tu as une frimousse, tu sais, qui vous trotte dans la tête quand on l'a vue !

(Je ris stupidement. Ô Père Eternel, envoyez-moi de l'esprit, des reparties fines, car je m'en sens terriblement dénuée !)

— Est-ce vrai que tu vas te promener toujours seule dans les bois ?

— Oui, c'est vrai. Pourquoi ?

— Parce que, coquine, tu vas trouver un amoureux, peut-être ? Tu es si bien surveillée !

Je hausse les épaules :

— Vous connaissez aussi bien que moi tous les gens d'ici ; me voyez-vous un amoureux dedans ?

— C'est vrai. Mais tu aurais assez de vice...

Il me serre les bras, il fait briller ses yeux et ses dents. Quelle chaleur ici ! J'aimerais mieux qu'il me laissât rentrer.

— Si tu es mal portante, que ne viens-tu me consulter, chez moi ?

Je réponds trop vite « Non ! je n'irai pas... » et je cherche à dégager mes bras, mais il me tient solidement, et lève vers moi des yeux ardents et méchants, — beaux aussi, c'est vrai.

— Ô petite, petite charmante, pourquoi as-tu peur ? Tu as si tort d'avoir peur de moi ! Crois tu que je sois un goujat ? Tu n'aurais rien à craindre, rien. Ô petite Claudine, tu me plais tant, avec tes yeux d'un brun chaud et tes boucles folles ! Tu es faite comme une petite statue adorable, je suis sûr...

Il se dresse brusquement, m'enveloppe et m'embrasse ; je n'ai pas eu le temps de me sauver, il est trop fort et trop nerveux, et mes idées sont en salade dans ma tête... En voilà une aventure ! Je ne sais plus ce que je dis, ma cervelle tourne... Je ne peux pourtant pas rentrer en classe, rouge et secouée comme je suis, et je le sens derrière moi qui va vouloir m'embrasser encore, sûrement... J'ouvre la porte du perron, je dévale dans la cour jusqu'à la pompe où je bois un gobelet d'eau. Ouf !... Il faut remonter. Mais il doit s'être embusqué dans le couloir. Ah ! et puis zut ! Je crierai s'il veut me reprendre. C'est qu'il m'a embrassée sur le coin de la bouche, ne pouvant faire mieux, cet animal-là !

Non, il n'est plus dans le corridor, quelle chance ! Je rentre dans la classe, et je le vois debout, près du bureau, causant tranquillement avec Mlle Sergent. Je m'assieds à ma place, il me dévisage et demande :

— Tu n'as pas bu trop d'eau, au moins ? Ces gosses, ça avale des gobelets d'eau froide, c'est détestable pour la santé.

Je suis plus hardie, devant tout le monde.

— Non, je n'ai bu qu'une gorgée, c'est bien assez, je n'en reprendrai pas.

Il rit d'un air content :

— Tu es drôle, tu n'es pas trop bête.

Mlle Sergent ne comprend pas, mais l'inquiétude qui plissait ses sourcils s'efface peu à peu ; elle n'a plus que du mépris pour la tenue déplorable que j'affiche avec son idole.

J'en ai chaud, moi ; il est stupide ! La grande Anaïs flaire quelque chose de suspect et ne peut se tenir de me demander : « Il t'a donc auscultée de bien près, que tu es si émue ? » Mais ce n'est pas elle qui me fera parler : « Tu es bête ! Je te dis que je viens de la pompe. » La petite Luce, à son tour, se frotte contre moi comme une chatte énervée et se risque à me questionner : « Dis, ma Claudine, qu'est-ce qu'il a donc à t'emmener comme ça ?

— D'abord, je ne suis pas « ta » Claudine ; et puis ça ne te regarde pas, petite *arnie*[6]. Il avait à me consulter sur l'unification des retraites. Parfaitement.

— Tu ne veux jamais rien me dire, et moi je te dis tout !

— Tout quoi ? Ça m'avance à grand-chose de savoir que ta sœur ne paie pas sa pension, ni la tienne, et que Mlle Olympe la couvre de cadeaux, et qu'elle porte des jupons en soie, et que...

— Houche ! Tais-toi, je t'en prie ! Je serais perdue si on savait que je t'ai raconté tout ça !

— Alors ne me demande rien. Si tu es sage, je te donnerai ma belle règle en ébène, qui a des filets en cuivre.

— Oh ! tu es gentille ! Je t'embrasserais bien, mais ça te déplaît...

— Assez ; je te la donnerai demain — si je veux !

Car la passion des « articles de bureau » s'apaise en moi, ce qui est encore un bien mauvais symptôme. Toutes mes camarades (et j'étais naguère comme elles) raffolent des « fournitures scolaires », nous nous ruinons en cahiers de papier vergé, à couvertures de « moiré métal-

---

6. Terme de mépris ; outil en mauvais état.

en crayons de bois de rose, en plumiers laqués, vernis à s'y mirer, en porte-plumes de bois d'olivier, en règles d'acajou et d'ébène comme la mienne qui a ses quatre arêtes en cuivre, et devant laquelle pâlissent d'envie les pensionnaires trop peu fortunées pour s'en payer de semblables. Nous avons de grandes serviettes d'avocat en maroquin plus ou moins du Levant, plus ou moins écrasé. Et si les gamines ne font pas, pour leurs étrennes, gaîner de reliures voyantes leurs bouquins de classe, si je ne le fais pas non plus, c'est uniquement parce qu'ils ne sont pas notre propriété. Ils appartiennent à la commune, qui nous les fournit généreusement, sous obligation de les laisser à l'École quand nous la quittons pour n'y point revenir. Aussi, nous haïssons ces livres administratifs, nous ne les sentons pas à nous, et nous leur jouons d'horribles farces ; il leur arrive des malheurs imprévus et bizarres ; on en a vu tomber dans les cabinets, on en a vu prendre feu au poêle, l'hiver ; on en a vu sur qui les encriers se renversaient avec une rare prédilection ; ils attirent la foudre, quoi ! Et toutes les avanies qui surviennent aux tristes « Livres de la commune » sont le sujet de longues lamentations de Mlle Lanthenay et de terribles semonces de Mlle Sergent.

Dieu, que les femmes sont bêtes ! (Les petites filles, la femme, c'est tout un.) Croirait-on que depuis les « coupables tentatives » de cet enragé coureur de Dutertre sur ma personne, j'éprouve comme qui dirait une vague fierté ? Bien humiliante pour moi, cette constatation. Mais je sais pourquoi ; au fond, je me dis : « Puisque celui-là, qui a connu des tas de femmes, à Paris et partout, me trouve plaisante, c'est donc que je ne suis pas très laide ! » Voilà. C'est plaisir de vanité. Je me doutais bien que je ne suis pas repoussante, mais j'aime à en être sûre. Et puis, je suis contente d'avoir un secret que la grande Anaïs, Marie Belhomme, Luce Lanthenay et les autres ne soupçonnent pas.

La classe est bien dressée, maintenant. Toutes les gosses, jusqu'à la troisième division inclue, savent qu'il ne faut jamais pénétrer pendant la récréation dans une classe où les institutrices se sont enfermées. Dame, l'éducation ne s'est pas faite en un jour ! On est entré plus de cinquante fois, l'une, l'autre, dans la classe où se cachait le tendre couple, mais on les trouvait si tendrement enlacées, ou si absorbées dans leur chuchotement, ou bien Mlle Sergent tenant sur ses genoux sa petite Aimée avec tant d'abandon, que les plus bêtes en restaient interdites, et se sauvaient vite sur un « Qu'est-ce que vous voulez encore ? »

de la rousse, épouvantées par le froncement féroce de ses sourcils touffus. Moi comme les autres j'ai fait irruption souvent, et même sans intention, quelquefois : les premières fois, quand c'était moi, et qu'elles se trouvaient par trop rapprochées, on se levait vivement, ou bien l'une feignait de retordre le chignon défait de l'autre, — puis elles ont fini par ne plus se gêner pour moi. Alors, ça ne m'a plus amusée.

Rabastens ne vient plus ; il s'est déclaré à maintes reprises « trop intimidé de cette intimité », et cette façon de dire lui semblait une sorte de jeu de mots qui l'enchantait. Elles, elles ne songent plus à autre chose qu'à elles-mêmes. L'une vit sur les pas de l'autre, marche dans son ombre, elles s'entr'aiment si absolument que je ne songe plus à les tourmenter, près d'envier leur délicieux oubli de tout le reste.

Là ! Ça y est ; ça devait arriver ! Lettre de la petite Luce que je trouve en rentrant à la maison, dans une poche de ma serviette.

Ma Claudine chérie,

Je t'aime beaucoup, tu as l'air toujours de n'en rien savoir, et j'en dépéris de chagrin. Tu es bonne et méchante avec moi, tu ne veux pas me prendre au sérieux, tu es pour moi comme pour un petit chien ; j'en ai une peine que tu ne peux pas te figurer. Vois pourtant comme on pourrait être contentes toutes les deux, regarde ma sœur Aimée avec Mademoiselle, elles sont si heureuses qu'elles ne pensent plus à rien. Je te prie, si tu n'es pas fâchée de cette lettre, de ne rien me dire demain matin à l'école, je serais trop embarrassée sur le moment. Je saurai bien, rien que par la manière que tu auras de me parler dans la journée, si tu veux ou si tu ne veux pas être ma grande amie.

Je t'embrasse de tout mon cœur, ma Claudine chérie, et je compte aussi sur toi pour brûler cette lettre, car je sais que tu ne voudrais pas la montrer pour me faire arriver des ennuis.

ce n'est pas ton habitude. Je t'embrasse encore bien tendrement et j'attends d'être à demain avec tant d'impatience !

Ta petite Luce.

Ma foi non, je ne veux pas ! Si ça me disait, ce serait avec quelqu'un de plus fort et de plus intelligent que moi, qui me meurtrirait un peu, à qui j'obéirais, et non pas avec cette petite bête vicieuse qui n'est peut-être pas sans charme, griffante et miaulante rien que pour une caresse, mais trop inférieure. Je n'aime pas les gens que je domine. Sa lettre, gentille et sans malice, je l'ai déchirée tout de suite et j'en ai mis les morceaux dans une enveloppe pour les lui rendre.

Le lendemain matin, je vois une petite figure soucieuse qui m'attend, collée aux vitres. Cette pauvre Luce, ses yeux verts sont pâlis d'anxiété ! Tant pis, je ne peux pourtant pas, rien que pour lui faire plaisir...

J'entre ; elle est, par chance, toute seule.

— Tiens, petite Luce, voici les morceaux de ta lettre, je ne l'ai pas gardée longtemps, tu vois.

Elle ne répond rien et prend machinalement l'enveloppe.

— Toquée ! Aussi, qu'allais-tu faire dans cette galère, — je veux dire dans cette galerie du premier étage, — derrière les serrures de l'appartement de Mlle Sergent ? Voilà où ça te mène ! Seulement, moi, je ne peux rien pour toi.

— Oh ! fait-elle, atterrée.

— Mais oui, mon pauvre petit. C'est pas par vertu, tu penses bien ; ma vertu, elle est encore trop petite, je ne la sors pas. Mais, vois-tu, c'est que, dans ma verte jeunesse, un grand amour m'a incendiée : j'ai adoré un homme qui est décédé en me faisant jurer à son lit de mort de ne jamais...

Elle m'interrompt en gémissant :

— Voilà, voilà, tu te moques encore de moi, je ne voulais pas t'écrire, tu es sans cœur, oh ! que je suis malheureuse ! Oh ! que tu es méchante !

— Et puis tu m'étourdis à la fin ! En voilà un raffut ! Veux-tu parier que je t'allonge des calottes pour te ramener dans le chemin du devoir ?

— Ah ! qu'est-ce que ça me fait ! Ah ! j'ai bien l'idée à rire… !

— Tiens, graine de femme ! donne-moi un reçu.

Elle a encaissé une gifle solide, qui a pour effet de la faire taire tout de suite ; elle me regarde en dessous avec des yeux doux, et pleure, déjà consolée, en se frottant la tête. Comme elle aime être battue, c'est prodigieux !

— Voilà Anaïs et un tas d'autres, tâche de prendre un air à peu près convenable ; on va rentrer, les deux tourterelles descendent.

Plus que quinze jours avant le brevet ! Juin nous accable ; nous cuisons, ensommeillées, dans les classes ; nous nous taisons de paresse, j'en lâche mon Journal ! Et par cette température d'incendie, il nous faut encore apprécier la conduite de Louis XV, raconter le rôle du suc gastrique dans la digestion, esquisser des feuilles d'acanthe, et diviser l'appareil auditif en oreille interne, oreille moyenne et oreille externe. Il n'y a pas de justice sur la terre ! Louis XV a fait ce qu'il a voulu, ce n'est pas moi que ça regarde, oh ! Dieu non, moi moins que personne !…

La chaleur est telle qu'on en perd le sentiment de la coquetterie, — ou plutôt que la coquetterie se modifie sensiblement : maintenant, on montre de la peau. J'inaugure des robes ouvertes en carré, quelque chose de moyenâgeux, avec des manches qui s'arrêtent au coude ; on a des bras encore un peu minces, mais gentils tout de même, et pour le cou, je ne crains personne ! Les autres m'imitent : Anaïs ne porte pas de manches courtes, mais elle en profite pour retrousser les siennes jusqu'à l'épaule ; Marie Belhomme montre des bras dodus, imprévus au-dessus de ses mains maigres, un cou frais et destiné à l'empâtement. Ah ! Seigneur, qu'est-ce qu'on ne montrerait pas, par une température semblable ! En grand secret, je remplace mes bas par des chaussettes. Au bout de trois jours toutes le savent, se le répètent, et me prient tout bas de relever ma jupe.

— Fais voir tes chaussettes, si c'est vrai ?

— Tiens !

— Veinarde ! C'est égal, je n'oserais pas, moi.

— Pourquoi, rapport aux convenances ?

— Dame…

— Laisse donc, je sais pourquoi, tu as du poil sur les jambes !

— Oh ! menteuse des menteuses ! on peut regarder, je n'en ai pas plus que toi ; seulement ça me ferait honte de sentir mes jambes toutes nues sous ma robe !

La petite Luce exhibe de la peau, timidement, de la peau blanche et douce à émerveiller ; et la grande Anaïs envie cette blancheur au point de lui faire aux bras des piqûres d'aiguilles, les jours de couture.

Adieu le repos ! L'approche des examens, l'honneur qui doit rejaillir sur la belle école neuve de nos succès possibles ont enfin tiré nos institutrices de leur doux isolement. Elles nous enferment, nous, les six candidates, elles nous obsèdent de redites, nous forcent à entendre, à retenir, à comprendre même, nous font venir une heure avant les autres et partir une heure après ! — Presque toutes, nous devenons pâles, fatiguées et bêtes ; il y en a qui perdent l'appétit et le sommeil à force de travail et de souci ; moi, je suis restée à peu près fraîche, parce que je ne me tourmente pas beaucoup, et que j'ai la peau mate ; la petite Luce Lanthenay aussi, qui possède comme sa sœur Aimée, un de ces heureux teints blancs et roses inattaquables…

Nous savons que Mlle Sergent nous conduira toutes ensemble au chef-lieu, nous logera avec elle à l'hôtel, se chargera de toutes les dépenses et qu'on réglera les comptes au retour. Sans ce maudit examen, ce petit voyage nous enchanterait.

Ces derniers jours sont déplorables. Institutrices, élèves, toutes, atrocement énervées, éclatent à chaque instant. Mlle Aimée a jeté son cahier à la figure d'une pensionnaire qui commettait pour la troisième fois la même ineptie dans un problème d'arithmétique, et s'est sauvée ensuite dans sa chambre. La petite Luce a reçu des gifles de sa sœur et s'est venue jeter dans mes bras pour que je la console. J'ai battu Anaïs qui me taquinait mal à propos. Une Joubert vient d'être prise d'une crise frénétique de sanglots, puis d'une non moins frénétique attaque de nerfs, parce que, criait-elle « elle ne pourra jamais arriver à être reçue !… » (serviettes mouillées, fleur d'oranger, encouragements). Mlle Sergent, exaspérée elle aussi, a fait tourner comme une toupie, devant le tableau noir, la pauvre Marie Belhomme qui désapprend le lendemain, régulièrement, ce qu'elle apprend la veille.

Je ne me repose bien, le soir, qu'au sommet du gros noyer, sur une branche longue que le vent berce… le vent, la nuit, les feuilles… Fanchette vient me retrouver là-haut ; j'entends chaque fois ses griffes solides qui grimpent, avec quelle sûreté ! Elle me miaule avec étonnement : « Qu'est-ce que tu peux bien chercher dans cet arbre ? Moi je suis faite pour être là, mais toi, ça me choque toujours un peu ! » Puis elle vagabonde dans les petites branches, toute blanche dans la nuit, et parle aux oiseaux endormis, avec simplicité, dans l'espoir qu'ils vont venir se faire manger complaisamment ; mais comment donc !

Veille du départ ; pas de travail ; nous avons porté nos valises à l'école (une robe et un peu de linge, on ne reste que deux jours).

Demain matin, rendez-vous à 9 heures 1/2 et départ dans l'omnibus malodorant du père Racalin qui nous trimballe à la gare.

C'est fait ! nous sommes revenues du chef-lieu hier, triomphantes, sauf (naturellement) la pauvre Marie Belhomme, recalée. Mlle Sergent se rengorge d'un tel succès. Il faut que je raconte.

Le matin du départ, on nous empile dans l'omnibus du père Racalin, ivre-mort comme par hasard, qui nous conduit follement, zigzaguant d'un fossé à l'autre, nous demandant si on nous mène toutes marier, et se congratulant de la maîtrise avec laquelle il nous cahote : « J'vons bramant[1], pas ?... » tandis que Marie pousse des cris aigus et verdit de terreur. À la gare, on nous parque dans la salle d'attente, Mlle Sergent prend nos billets et prodigue des adieux tendres à la chérie qui est venue l'accompagner jusqu'ici. La chérie, en robe de toile bise, coiffée d'un grand chapeau simplet sous lequel elle est plus fraîche qu'un liseron (petite rosse d'Aimée !) excite l'admiration de trois commis-voyageurs qui fument des cigares, et qui, amusés de ce départ d'un pensionnat, viennent dans la salle d'attente faire briller pour nous leurs bagues et leurs blagues, car ils trouvent charmant de lâcher d'énormes inconvenances. Je pousse le coude de Marie Belhomme pour l'avertir d'écouter ; elle tend ses oreilles et ne comprend pas ; je ne peux pourtant pas lui dessiner des figures à l'appui ! La grande Anaïs comprend bien, elle, et se fatigue en attitudes gracieuses, avec d'inutiles efforts pour rougir.

Le train souffle, siffle ; nous empoignons nos valises, et nous nous engouffrons dans un wagon de seconde, surchauffé, suffocant ; heureusement le voyage ne dure que trois heures ! Je me suis installée dans un coin pour respirer un peu, et tout le long du chemin nous ne causons guère, amusées de regarder filer les paysages. La petite Luce, nichée à côté de moi, passe tendrement son bras sous le mien, mais je me dégage : « Laisse, il fait trop chaud. » J'ai pourtant une robe de tussor écru, toute droite, froncée comme celle des bébés, serrée à la taille par une ceinture de cuir plus large que la main, et ouverte en carré ; Anaïs ravivée par une robe de toile rouge, paraît à son avantage, de même que Marie Belhomme, en demi deuil, toile mauve à bouquets noirs ; Luce Lanthenay conserve son uniforme noir, chapeau noir, à nœud rouge. Les deux Jaubert continuent à ne pas exister et tirent de

---

1. « Bramant » : confortablement, à l'aise.

leur poche des questionnaires que Mlle Sergent, dédaigneuse de ce zèle excessif, leur fait rengainer. Elles n'en reviennent pas !

Des cheminées d'usines, des maisons clairsemées et blanches qui se resserrent tout de suite et deviennent nombreuses, — voilà la gare. Nous descendons, Mlle Sergent nous pousse vers un omnibus et nous roulons, sur de douloureux pavés en têtes de chat, vers l'hôtel de la Poste. Dans les rues pavoisées des oisifs badaudent, car c'est demain la Saint je ne sais quoi — grande fête locale — et la Philharmonique sévira dans la soirée.

La gérante de l'hôtel, Mme Cherbay, une payse de Mlle Sergent, grosse femme trop aimable, s'empresse. Des escaliers sans fin, un corridor et… trois chambres pour six. Je n'avais pas songé à ça ! Avec qui va-t-on me loger ? C'est stupide ; je déteste coucher avec des gens !

La gérante nous laisse, enfin. Nous éclatons en paroles, en questions ; on ouvre les valises ; Marie a perdu la clef de la sienne et se lamente ; je m'assieds déjà lasse. Mademoiselle réfléchit : « Voyons, il faut que je vous case… » Elle s'arrête et cherche à nous appareiller de la meilleure façon ; la petite Luce se coule silencieusement près de moi et me serre la main : elle espère qu'on nous fourrera dans le même lit. La Directrice se décide : « Les deux Jaubert, vous coucherez ensemble ; vous, Claudine, avec… (elle me regarde d'une façon aiguë, mais je ne bronche ni ne cille)… avec Marie Belhomme, et Anaïs avec Luce Lanthenay. Je crois que cela ira assez bien ainsi. » La petite Luce n'est pas du tout de cet avis ! Elle prend son paquet d'un air penaud et s'en va tristement avec la grande Anaïs dans la chambre en face de la mienne. Marie et moi nous nous installons, je me déshabille vivement pour laver la poussière du train, et derrière les volets, clos à cause du soleil, nous vagabondons en chemise, avec volupté. Le voilà, le costume rationnel, le seul pratique !

Dans la cour, on chante ; je regarde et je vois la grosse patronne assise à l'ombre avec des servantes, des jeunes gens, des jeunes filles ; tout ça bêle des romances sentimentales : « Manon, voici le soleil ! » en confectionnant des roses en papier et des guirlandes de lierre pour décorer la façade, demain. Des branches de pin jonchent la cour ; la table de fer peint est chargée de bouteilles de bière et de verres ; le paradis terrestre, quoi !

On frappe : c'est Mlle Sergent ; elle peut entrer, elle ne me gêne pas. Je la reçois en chemise pendant que Marie Belhomme passe précipitamment un jupon, par respect. Elle n'a pas l'air de s'en apercevoir, d'ailleurs, et nous engage seulement à nous dépêcher ; le déjeuner est servi. Nous descendons toutes. Luce se plaint de leur chambre, éclairée par en haut, pas même la ressource de se mettre à la fenêtre !

Mauvais déjeuner de table d'hôte.

L'examen écrit ayant lieu demain, Mlle Sergent nous enjoint de remonter dans nos chambres et d'y repasser une dernière fois ce que nous savons le moins. Pas besoin d'être ici pour ça ! J'aimerais mieux rendre visite aux X... des amis de papa charmants, excellents musiciens... Elle ajoute : « Si vous êtes sages, ce soir, vous descendrez avec moi, après dîner, et nous ferons des roses avec Mme Cherbay et ses filles. » Murmures de joie ; toutes mes camarades exultent. Pas moi ! Je ne ressens aucune ivresse à l'idée de confectionner des roses en papier dans une cour d'hôtel avec cette obèse gérante, en graisse blanche. Je le laisse voir, probablement, car la Rousse reprend, tout de suite excitée :

— Je ne force personne, bien entendu ; si Mlle Claudine ne croit pas devoir se joindre à nous...

— C'est vrai, Mademoiselle, je préfère rester dans ma chambre, je crains vraiment d'être si inutile !

— Restez-y, nous nous passerons de vous. Mais je me verrai forcée, dans ce cas, de prendre avec moi la clef de votre chambre ; je suis responsable de vous.

Je n'avais pas pensé à ce détail, et je ne sais que répondre. Nous remontons là-haut, et nous bâillons toute l'après-midi sur nos livres, énervées par l'attente du lendemain. Mieux aurait valu nous promener, car nous ne faisons rien de bon, rien...

Et dire que ce soir je serai enfermée, enfermée ! Tout ce qui ressemble à un emprisonnement me rend enragée ; je perds la tête, sitôt qu'on m'enferme. (On n'a jamais pu me mettre en pension, gamine, parce que des pâmoisons de rage me prenaient à sentir qu'on me défendait de franchir la porte. On a essayé deux fois ; j'avais neuf ans ; les deux fois, dès le premier soir, j'ai couru aux fenêtres comme un oiseau stupide, j'ai crié, mordu, griffé, je suis tombée suffoquée. Il a fallu me remettre en liberté, et je n'ai pu « durer » que dans cette invraisemblable école de Montigny, parce que là, au moins, je ne me sentais pas « prise », et je couchais dans mon lit, chez nous.)

Certes, je ne le montrerai pas aux autres, mais je suis malade d'agacement et d'humiliation. Je ne quémanderai pas mon pardon ; elle serait trop contente, la mauvaise Rousse ! Si elle voulait seulement me laisser la clef en dedans ! Mais je ne le lui demanderai pas non plus, je ne veux pas ! Puisse la nuit être courte...

Avant dîner, Mlle Sergent nous mène promener le long de la rivière ; la petite Luce, tout apitoyée, veut me consoler de ma punition :

— Écoute, si tu lui demandais de te laisser descendre, elle voudrait bien, tu lui demanderais ça gentiment...

— Allons donc ! J'aimerais mieux être enfermée à triple tour pendant huit mois, huit jours, huit heures, huit mi...

— Tu as bien tort de ne pas vouloir ! On va faire des roses, on chantera, on...

— Plaisirs purs ! je vous verserai de l'eau sur la tête.

— Houche ! tais-toi ! Mais vrai, tu as gâté notre journée ; je ne serai pas gaie, ce soir, puisque tu ne seras pas là !

— Ne t'attendris pas. Je dormirai, je prendrai des forces pour le « grand jour » qu'est demain.

Redîner à table d'hôte, avec des commis-voyageurs et des marchands de chevaux. La grande Anaïs, possédée du désir de se faire remarquer, prodigue les gestes et renverse sur la nappe blanche son verre d'eau rougie. À neuf heures, nous remontons. Mes camarades se munissent de fichus contre la fraîcheur qui pourrait tomber, et moi... je rentre dans ma chambre. Oh ! je fais belle contenance, mais j'écoute sans bienveillance la clef que Mlle Sergent tourne dans la serrure et emporte dans sa poche... Voilà, on est toute seule... Presque tout de suite je les entends dans la cour, et je pourrais les voir très bien de ma fenêtre, mais pour rien au monde je n'avouerais mes regrets en montrant de la curiosité. Eh bien, quoi ? Je n'ai qu'à me coucher.

J'enlève ma ceinture, déjà, quand je tombe en arrêt devant la commode-toilette. Non, pas devant la commode-toilette, devant la porte de communication qu'elle condamne. Cette porte s'ouvre sur la chambre voisine (le verrou est de mon côté) et la chambre voisine donne dans le corridor... Je reconnais là le doigt de la Providence, il n'y a pas à le nier... Tant pis, il arrivera ce qui arrivera, mais je ne veux pas que la Rousse puisse triompher et se dire : « Je l'ai enfermée ! » Je ragrafe ma ceinture, je remets mon chapeau. Je ne vais pas dans la cour, pas si bête, je vais chez les amis de papa, ces X..., hospitaliers et aimables, qui m'accueilleront bien. Ouf ! Que cette commode est lourde ! J'en ai chaud. Le verrou est dur à pousser, il manque d'exercice, et la porte s'ouvre en grinçant, mais elle s'ouvre. La chambre où je pénètre, la bougie haute, est vide, le lit sans draps ; je cours à la porte, la porte bénie qui n'est pas fermée, qui s'ouvre gentiment sur le délicieux corridor... Comme on respire bien, quand on n'est pas sous clef ! Ne nous faisons pas pincer ; personne dans l'escalier, personne dans le bureau de l'hôtel, tout le monde fait des roses. Faites des roses, bonnes gens, faites des roses sans moi !

Dehors, dans la nuit tiède, je ris tout bas ; mais je dois aller chez les X... L'ennui, c'est que je ne connais pas le chemin, surtout la nuit. Bah ! je demanderai. Je remonte d'abord, résolument, le cours de la rivière, puis je me décide, sous un réverbère, à demander « la place du Théâtre, s'il vous plaît ? » à un monsieur qui passe. Il s'arrête, se penche pour me regarder : « Mais, ma belle enfant, permettez-moi de vous y conduire, vous ne sauriez trouver toute seule... » Quelle scie ! Je tourne les talons et je fuis prestement dans l'ombre. Ensuite, je m'adresse à un garçon épicier qui abaisse à grand bruit le rideau de fer de son magasin, et, de rue en rue, souvent poursuivie d'un rire ou d'un appel familier, j'arrive place du Théâtre, je sonne à la maison connue.

Mon entrée interromt le trio de violon, violoncelle et piano que jouent deux blondes sœurs et leur père ; on se lève en tumulte : « C'est vous ? Comment ? Pourquoi ? Toute seule ! — Attendez, laissez-moi dire et excusez-moi. » Je leur conte mon emprisonnement, ma fuite, le brevet de demain ; les blondines s'amusent comme de petites folles : « Ah ! que c'est drôle ! Il n'y a que vous pour inventer des tours pareils ! » Le papa rit aussi, indulgent : « Allez, n'ayez pas peur, on vous reconduira, on obtiendra votre grâce ». Braves gens !

Et nous musiquons, sans remords. À dix heures, je veux partir et j'obtiens qu'une seule vieille bonne me reconduise... Trajet dans les rues assez désertes, sous la lune levée... Tout de même, je me demande ce que la Rousse coléreuse va bien pouvoir me dire ?

La bonne entre avec moi à l'hôtel, et je constate que toutes mes camarades sont encore dans la cour, occupées à chiffonner des roses, à boire de la bière et de la limonade. Je pourrais rentrer dans ma chambre, inaperçue, mais je préfère me payer un petit effet, et je me présente, modeste, devant Mademoiselle, qui bondit sur ses pieds à ma vue : « D'où sortez-vous ? » Du menton je désigne la bonne qui m'accompagne et celle-ci débite sa leçon docilement : « Mademoiselle a passé la soirée chez Monsieur avec ces demoiselles. » Puis elle murmure un vague bonsoir et disparaît. Je reste seule (un, deux, trois) avec... avec une furie ! Ses yeux ragent, ses sourcils se touchent et se mêlent, mes camarades stupéfaites restent debout, des roses commencées dans les mains ; je soupçonne à voir les regards brillants de Luce, les joues rouges de Marie, l'air fébrile de la grande Anaïs, qu'elles se sont un peu grisées ; il n'y a pas de mal à ça, vraiment, Mlle Sergent ne prononce pas un mot ; elle cherche, sans doute ; ou bien elle s'efforce pour ne pas éclater. Enfin elle parle ; pas à moi : « Montons, il est tard ». C'est dans ma chambre qu'elle fera explosion ? Soit... Dans l'escalier, toutes les gamines me regardent comme une pestiférée ; la petite Luce me questionne de ses yeux suppliants.

Dans la chambre, il y a d'abord un silence solennel, puis la Rousse m'interroge avec une solennité pesante :

— Où étiez-vous ?

— Vous le savez bien, chez les X..., des amis de mon père.

— Comment avez-vous osé sortir ?

— Dame, vous voyez, j'ai tiré la commode qui barrait cette porte.

— C'est d'une effronterie odieuse ! J'apprendrai cette conduite extravagante à Monsieur votre père, il ne manquera pas d'y prendre un grand plaisir.

— Papa ? Il dira « Mon Dieu, oui, cette enfant a un grand amour de la liberté », et attendra avec impatience la fin de votre histoire pour se replonger avidement dans la *Malacologie du Fresnois*.

Elle s'aperçoit que les autres écoutent, et vire sur ses talons : « Allez toutes vous coucher ! Si dans un quart d'heure toutes vos bougies ne sont pas éteintes, vous aurez affaire à moi ! Quant à Mlle Claudine, elle cesse d'être sous ma responsabilité et peut se faire enlever cette nuit, si cela lui plaît ! »

Oh ! shocking ! Mademoiselle ! Les gamines ont disparu comme des souris effrayées, et je reste seule avec Marie Belhomme qui me déclare :

— C'est pourtant vrai qu'on ne peut pas t'enfermer ! Moi, je n'aurais pas eu l'idée de tirer la commode !

— Je me suis pas ennuyée. Mais « applette[2] » un peu, pour qu'elle ne revienne pas souffler la bougie.

On dort mal dans un lit étranger ; et puis, je me suis collée toute la nuit contre le mur pour ne pas frôler les jambes de Marie.

Le matin, on nous réveille à cinq heures et demie ; nous nous levons engourdies ; je me noie dans l'eau froide pour me secouer un peu. Pendant que je barbote, Luce et la grande Anaïs viennent

---

2. Appléter, faire vite.

emprunter mon savon parfumé, quêter un tire-bouton, etc. Marie me prie de lui commencer son chignon. Toutes ces petites, peu vêtues et ensommeillées, c'est amusant à voir.

Échange de vues sur les précautions ingénieuses à prendre contre les examinateurs : Anaïs a copié toutes les dates d'histoire dont elle n'est pas certaine sur le coin de son mouchoir (il me faudrait une nappe, à moi !) Marie Belhomme a confectionné un minuscule atlas qui tient dans le creux de sa main ; Luce a écrit sur ses manchettes blanches des dates, des lambeaux de règnes, des théorèmes d'arithmétique, tout un manuel ; les sœurs Jaubert ont également consigné une foule de renseignements sur des bandes de papier minces qu'elles roulent dans le tuyau de leurs porte-plumes. Toutes s'inquiètent beaucoup des examinateurs eux-mêmes ; j'entends Luce dire : « En arithmétique, c'est Lerouge qui interroge ; en sciences physiques et en chimie c'est Roubaud, une rosse à ce qu'il paraît ; en littérature, c'est le père Sallé. » J'interromps :

— Quel Sallé ? l'ancien principal du collège ?
— Oui, celui-là.
— Quelle chance !

Je suis ravie d'être interrogée par ce vieux monsieur très bon, que papa et moi nous connaissons beaucoup ; il sera gentil pour moi.

Mlle Sergent paraît, concentrée et silencieuse, en ce moment de bataille. « Vous n'oubliez rien ? Partons. » Notre petit peloton passe le pont, grimpe des rues, des ruelles, arrive enfin devant un vieux porche endommagé, sur la porte duquel une inscription presque effacée annonce *Institution Rivoire* ; c'est l'ancienne pension de jeunes filles, abandonnée depuis deux ou trois ans pour cause de vétusté. (Pourquoi nous parque-t-on là-dedans ?) Dans la cour à demi dépavée, une soixantaine de jeunes filles bavardent activement, en groupes bien scindés : les écoles ne se mêlent pas. Il y en a de Villeneuve, de Beaulieu, et d'une dizaine de chefs-lieux de canton ; toutes, massées en petits groupes autour de leurs institutrices respectives, abondent en remarques dénuées de bienveillance sur les écoles étrangères.

Dès notre arrivée, nous sommes dévisagées, déshabillées ; on me toise, moi surtout, à cause de ma robe blanche rayée de bleu, et de ma grande capeline de dentelle qui font tache sur le noir des uniformes ; comme je souris avec effronterie aux concurrentes qui me regardent, on se détourne de la façon la plus méprisante qu'on sache. Luce et Marie rougissent sous les regards et rentrent dans leur coquille ; la grande Anaïs exulte de se sentir ainsi épluchée. Les examinateurs ne sont pas encore arrivés ; on piétine ; je m'ennuie.

Une petite porte sans loquet bâille sur un corridor noir percé, à l'extrémité, d'une baie lumineuse. Pendant que Mlle Sergent échange de froides politesses avec ses collègues, je m'insinue doucement dans le couloir : au bout, c'est une porte vitrée — ou qui le fut, du moins — je lève le loquet rouillé, et je me trouve dans une petite courette carrée, près d'un hangar. Là, des jasmins ont poussé à l'abandon, et des clématites, avec un petit prunier sauvage, des herbes libres et charmantes ; c'est vert, silencieux, au bout du monde. Par terre, trouvaille admirable, des fraises ont mûri et embaument...

Appelons les autres pour leur montrer ces merveilles ! Je rentre dans la cour sans attirer l'attention, et j'apprends à mes camarades l'existence de ce verger inconnu. Après des regards craintifs vers Mlle Sergent qui cause avec une institutrice mûre, vers la porte qui ne s'ouvre toujours pas sur les examinateurs (ils font la grasse matinée, ces gens-là), Marie Belhomme, Luce Lanthenay et la grande Anaïs se décident, les Jaubert s'abstiennent. Nous mangeons les fraises, nous ravageons les clématites, nous secouons le prunier, quand, à un brouhaha plus haut dans la cour d'entrée, nous devinons l'arrivée de nos tourmenteurs.

À toutes jambes, nous repassons le couloir ; nous arrivons à temps pour voir une file de messieurs noirs, pas beaux, pénétrer dans la vieille maison, solennels et muets. À leur suite, nous franchissons l'escalier avec un bruit d'escadron, soixante et quelques que nous sommes, mais, dès le premier étage, on nous arrête au seuil d'une salle d'études délaissée : il faut laisser ces messieurs s'installer. Ils s'asseyent à une grande table, s'épongent et délibèrent. Sur quoi ! l'utilité de nous laisser entrer ? Mais non, je suis sûre qu'ils échangent des considérations sur la température et causent de leurs petites affaires, pendant qu'on nous contient difficilement sur le palier et sur l'escalier où nous débordons.

Au premier rang, je puis considérer ces sommités : un long grisonnant, l'air doux et grand papa — le bon père Sallé, tordu et goutteux, avec ses mains comme des sarments ; — un gros court, le cou serré dans une cravate aux teintes chatoyantes, à l'instar de Rabastens lui-même, c'est Roubaud, le terrible, qui nous interrogera demain en « sciences ».

Enfin, ils se sont décidés à nous dire d'entrer. Nous emplissons cette vieille salle laide, aux murs de plâtre indiciblement sales, couturés d'inscriptions et de noms d'élèves ; les tables sont affreuses aussi, tailladées, noires et violettes d'encriers renversés autrefois. C'est honteux de nous interner dans un pareil taudis !

Un de ces messieurs procède à notre placement ; il tient à la main une grande liste et mêle soigneusement toutes les écoles, séparant le plus possible les élèves d'un même canton, pour éviter les communications. (Il ne sait donc pas qu'on peut toujours communiquer !) Je me trouve à un bout de table, près d'une petite jeune fille en deuil, qui a de grands yeux graves. Où sont mes camarades ? Là-bas, j'aperçois Luce qui m'adresse des signes et des regards désespérés ; Marie Belhomme s'agite devant elle à une autre table ; elles pourront se passer des renseignements, ces deux faibles... Roubaud circule, distribuant de grandes feuilles timbrées de bleu au coin gauche, et des pains à cacheter. Nous connaissons toutes la manœuvre : il faut écrire au coin notre nom, avec celui de l'école où nous avons fait nos études, puis replier et cacheter ce coin. (Histoire de rassurer tout le monde sur l'impartialité des appréciations).

Cette petite formalité remplie, nous attendons qu'on veuille bien nous dicter quelque chose. Je regarde autour de moi les petites figures inconnues, dont plusieurs me font pitié, tant elles sont déjà tendues et anxieuses.

On sursaute, Roubaud a parlé dans le silence :

« Épreuve d'orthographe, Mesdemoiselles, veuillez écrire ; je ne répète qu'une seule fois la phrase que je dicte. » Il commence la dictée en se promenant dans la classe.

Grand silence recueilli. Dame ! les cinq sixièmes de ces petites jouent leur avenir. Et penser que tout ça va devenir des institutrices, qu'elles peineront de sept heures du matin à cinq heures du soir, et trembleront devant une Directrice, la plupart du temps malveillante, pour gagner 75 francs par mois ! Sur ces soixante gamines, quarante-cinq sont filles de paysans ou d'ouvriers ; pour ne pas travailler dans la terre ou dans la toile, elles ont préféré jaunir leur peau, creuser leur poitrine et déformer leur épaule droite : elles s'apprêtent bravement à passer trois ans dans une École Normale (lever à 5 heures, coucher à 8 heures 1/2, deux heures de récréation sur vingt-quatre), et s'y ruiner l'estomac, qui résiste rarement à trois ans de réfectoire. Mais au moins elles porteront un chapeau, ne coudront pas les vêtements des autres, ne garderont pas les bêtes, ne tireront pas les seaux du puits, et mépriseront leurs parents ; elles n'en demandent pas davantage. Et qu'est-ce que je fais ici, moi, Claudine ? Je suis ici parce que je n'ai pas autre chose à faire, parce que papa, pendant que je subis les interrogations de ces professeurs, peut tripoter en paix ses limaces ; j'y suis aussi « pour l'honneur de l'École », pour lui obtenir un brevet de plus, de la gloire de plus, à cette École unique, invraisemblable et délicieuse...

Ils ont fourré des participes, tendu des embûches de pluriels équivoques, dans cette dictée qui arrive à n'avoir plus aucun sens, tant ils en ont tortillé et hérissé toutes les phrases. C'est enfantin !

— Un point, c'est tout. Je relis.

Je crois bien ne pas avoir de fautes ; je n'ai qu'à veiller aux accents, car ils vous comptent des demi-fautes, des quarts de faute, pour des velléités d'accents qui traînent mal à propos au dessus des mots. Pendant que je relis, une petite boule de papier, lancée avec une adresse extrême, tombe sur ma feuille ; je la déroule dans le creux de ma main, c'est la grande Anaïs qui m'écrit :

« Faut-il un S à *trouvés*, dans la seconde phrase ? » Elle ne doute de rien, cette Anaïs ! Lui mentirai-je ? Non, je dédaigne les moyens dont elle se sert familièrement. Relevant la tête, je lui adresse un imperceptible « oui », et elle corrige, paisiblement.

— Vous avez cinq minutes pour relire, annonce la voix de Roubaud ; l'épreuve d'écriture suivra.

Seconde boulette de papier, plus grosse. Je regarde autour de moi : elle vient de Luce, dont les yeux anxieux épient les miens. Mais, mais, elle demande quatre mots ! Si je renvoie la boulette, je sens qu'on la pincera ; une inspiration me vient, tout bonnement géniale : sur la serviette de cuir noir qui contient les crayons et les fusains, (les candidates doivent tout fournir elles-mêmes) j'écris, un petit morceau de plâtre détaché du mur me servant de craie, les quatre mots qui inquiètent Luce, puis je lève brusquement la serviette au-dessus de ma tête, le côté vierge tourné vers les examinateurs qui, d'ailleurs, s'occupent assez peu de nous. La figure de Luce s'illumine, elle corrige rapidement ; ma voisine en deuil, qui a suivi la scène, m'adresse la parole :

— Vrai, vous n'avez pas peur, vous !

— Pas trop, comme vous voyez. Faut bien s'entr'aider un peu.

— Ma foi... Oui. Mais je n'oserais pas. Vous vous appelez Claudine, n'est-ce pas ?

— Oui, comment le savez-vous ?

— Oh ! il y a longtemps qu'on nous « cause » de vous. Je suis de l'école de Villeneuve ; nos maîtresses disaient de vous : « C'est une jeune fille intelligente, mais hardie comme un page et dont il ne faut imiter ni les manières de garçon, ni la coiffure. Cependant, si elle veut s'en donner la peine, ce sera une concurrente redoutable pour l'examen. » À Bellevue aussi on vous connaît, on dit que vous êtes un peu folle, et passablement excentrique...

— Elles sont gentilles vos institutrices ! Mais elles s'occupent de moi plus que je ne m'occupe d'elles. Dites-leur donc qu'elles ne sont qu'un tas de vieilles filles enragées de monter en graine, n'est-ce pas, dites-leur ça de ma part !

Scandalisée, elle se tait. D'ailleurs, Roubaud promène entre les tables son petit ventre rondelet et recueille nos copies qu'il porte à ses congénères. Puis il nous distribue d'autres feuilles pour l'épreuve d'écriture, et s'en va mouler au tableau noir, d'une « belle main », quatre vers :

Tu t'en souviens, Cinna, tant d'heur et tant de gloire,
Etc. etc...

— Vous êtes priées, Mesdemoiselles, d'exécuter une ligne de grosse cursive, une de moyenne cursive, une de fine cursive ; une de grosse ronde, une de moyenne ronde, une de ronde fine ; une de grosse bâtarde, une de moyenne et une de fine. Vous avez une heure.

C'est un repos, cette heure-là. Un exercice pas fatigant, et on n'est pas très exigeant pour l'écriture. La ronde et la bâtarde, ça me va, car c'est du dessin, presque ; mais ma cursive est détestable ; mes lettres bouclées et mes majuscules arrivent difficilement à garder le nombre exigé de « corps » et de « demi-corps » d'écriture, tant pis ! Il fait faim quand on atteint le bout de l'heure !

Nous nous envolons de cette salle attristante et moisie pour retrouver, dans la cour, nos institutrices, inquiètes, groupées dans l'ombre qui n'est pas même fraîche. Tout de suite des flots de paroles jaillissent, des questions, des plaintes : « Ça a bien marché ? Quel sujet de dictée ? Vous rappelez-vous les phrases difficiles ? »

« — C'était ceci — cela — j'ai mis « *indication* » au singulier — moi au pluriel — le participe était invariable, n'est-ce pas, Mademoiselle ? — Je voulais corriger, et puis je l'ai laissé — une dictée si difficile ! — Il est midi passé et l'hôtel est loin... »

Je bâille d'inanition. Mlle Sergent nous emmène à un restaurant proche, notre hôtel étant trop loin pour y aller jusque-là sous cette lourde chaleur. Marie Belhomme pleure et ne mange pas, désolée de trois fautes qu'elle a commises (et chaque faute diminue de deux points !) Je raconte à la Directrice — qui ne paraît plus songer à mon escapade d'hier — nos moyens de communiquer ; elle en rit, contente, et nous recommande seulement de ne pas commettre trop d'imprudences. En temps d'examen, elle nous pousse aux pires tricheries ; tout pour l'honneur de l'École !

En attendant l'heure de la composition française, nous sommeillons presque toutes sur nos chaises, accablées de chaleur. Mademoiselle lit les journaux illustrés, et se lève après un coup d'œil à l'horloge :

« Allons, petites, il faut partir. Tâchez de ne pas vous montrer trop bêtes tout à l'heure. Et vous, Claudine, si vous n'êtes pas notée 18 sur 20 pour la composition française, je vous jette dans la rivière. »

— J'y serais plus fraîchement, au moins !

Quelles tourtes, ces examinateurs ! L'esprit le plus obtus aurait compris que, par ce temps écrasant, nous composerions en français plus lucidement le matin. Eux, non. De quoi sommes-nous capables, à cette heure-ci ?

Quoique pleine, la cour est plus silencieuse que ce matin, et ces messieurs se font attendre, encore ! Je m'en vais seule dans le petit jardin clos, je m'assieds sous les clématites, dans l'ombre, et je ferme les yeux, ivre de paresse...

Des cris, des appels : « Claudine ! Claudine ! » Je sursaute, mal réveillée, car je dormais de tout mon cœur, et je trouve devant moi Luce effarée qui me secoue, m'entraîne : « Mais tu es folle ! mais tu ne sais pas ce qui se passe ! on est rentré, ma chère, depuis un quart d'heure ! On a dicté le sommaire de la composition, et puis j'ai osé enfin dire, avec Marie Belhomme, que tu n'étais pas là... on t'a cherchée, Mlle Sergent est aux champs, — et j'ai pensé que tu flânais peut-être ici. Ma chère, on va t'en dire, là-haut ! »

Je me jette dans l'escalier, Luce derrière moi ; un brouhaha léger se lève à mon entrée, et ces messieurs, rouges d'un déjeuner qui s'est prolongé tard, se tournent vers moi : « Vous n'y pensiez plus, Mademoiselle ? où étiez-vous ? » C'est Roubaud qui m'a parlé, demi-aimable, demi-rosse ; « J'étais dans le jardin, là-bas, je faisais la sieste. » Un battant de fenêtre ouverte me renvoie mon image assombrie, j'ai des pétales de clématites mauves dans les cheveux, des feuilles à ma robe, une petite bête verte et une coccinelle sur l'épaule, et mes cheveux roulent en désordre. Ensemble pas répugnant... Il faut le croire, du moins, car ces messieurs s'attardent à me considérer et Roubaud me demande à brûle-pourpoint : « Vous ne connaissez pas un tableau qui s'appelle le *Printemps*, de Botticelli ? » Pan ! je l'attendais : « Si, Monsieur... on me l'a déjà dit. » Je lui ai coupé le compliment sous le pied et il pince les lèvres, vexé ; il me revaudra ça. Les hommes noirs rient entre eux ; je gagne ma place, escortée de cette phrase rassurante, mâchonnée par Sallé, brave homme qui, pourtant, ne me reconnaît pas, le pauvre myope : « Vous n'êtes pas en retard, d'ailleurs ; copiez le sommaire inscrit au tableau, vos compagnes n'ont pas encore commencé. » Eh là ! qu'il n'ait pas peur, je ne le gronde pas !

En avant la composition française ! Cette petite histoire m'a donné du cœur.

« *Sommaire*. — Exposez les réflexions et commentaires que vous inspirent ces paroles de Chrysale : « Je consens qu'une femme ait des clartés de tout, etc. »

Ce n'est pas un sujet trop idiot ni trop ingrat, par chance inespérée. J'entends autour de moi des questions anxieuses et désolées, car la plupart de ces petites filles ne savent pas ce que c'est que Chrysale ni les *Femmes Savantes*[3]. Il va y avoir de jolis gâchis ! Je ne peux pas m'empêcher d'en rire d'avance. Je prépare une petite élucubration pas trop sotte, émaillée de citations variées, pour montrer qu'on connaît un peu son Molière ; ça marche assez bien, je finis par ne plus penser à ce qui se passe autour de moi.

En levant le nez pour chercher un mot rétif, j'aperçois Roubaud fort

---

3. J'insiste : on ne nous donne de Molière, de Racine, de Boileau, etc. que des fragments très courts pendant l'année scolaire. Depuis peu de temps, on met aux mains des élèves des éditions expurgées, avant les examens, et le temps des lectures doit être pris sur celui qu'on consacre à apprendre les leçons. Ce genre de littérature assomme les petites filles, qui ne comprennent goutte à Molière. Une petite malheureuse, le jour de l'examen, a écrit, tout le long de sa composition française : « Frisale ».

occupé à crayonner mon portrait sur un petit calepin. Moi, je veux bien ; et je reprends la pose sans en avoir l'air.

Paf ! Encore une boulette qui tombe. C'est de Luce : « Peux-tu m'écrire deux ou trois idées générales, je n'en sors pas, je suis désolée ; je t'embrasse de loin. » Je la regarde, je vois sa pauvre petite figure toute marbrée, ses yeux rouges, et elle répond à mon regard par un hochement de tête désespéré. Je lui griffonne sur un papier calque tout ce que je peux et je lance la boulette, non en l'air — trop dangereux — mais par terre, dans l'allée qui sépare les deux rangées de tables ; et Luce pose son pied dessus, lestement.

Je fignole ma conclusion ; j'y développe des choses qui plairont et qui me déplaisent. Ouf ! fini ! Voyons ce que font les autres…

Anaïs travaille sans lever la tête, sournoise, le bras gauche arrondi sur sa feuille pour empêcher sa voisine de copier. Roubaud a terminé son esquisse et l'heure s'avance pendant que le soleil baisse à peine. Je suis éreintée ; ce soir, je me coucherai sagement avec les autres, sans musique. Continuons à regarder la classe : tout un régiment de tables sur quatre files, qui s'en vont jusqu'au fond ; des petites filles noires penchées dont on ne voit que des chignons lisses ou la natte pendante, serrée comme une corde ; peu de robes claires, seulement celles des élèves d'écoles primaires comme la nôtre, — les rubans verts, au cou des pensionnaires de Villeneuve, font tache. Un grand silence, troublé par le bruit léger des feuillets qu'on tourne, par un soupir de fatigue… Enfin, Roubaud plie le *Moniteur du Fresnois* sur lequel il s'est un peu assoupi, et tire sa montre : « Il est l'heure, Mesdemoiselles, je relève les feuilles ! » Quelques faibles gémissements s'élèvent, les petites qui n'ont pas fini s'effarent, demandent cinq minutes de grâce qu'on leur accorde ; puis ces messieurs ramassent les copies et nous lâchent. Toutes nous nous levons — on s'étire, on bâille — et les groupes se reforment immédiatement avant le bas de l'escalier ; Anaïs se précipite vers moi :

— Qu'est-ce que tu as mis ? Comment as-tu commencé ?

— Tu m'*éluges*[4], crois-tu que j'aie retenu ces choses-là par cœur !

— Mais ton brouillon ?

— Je n'en ai pas fait ; seulement quelques phrases que j'ai mises sur leurs pattes avant de les écrire.

---

4. Tu m'ennuies.

— Ma chère, ce que tu vas être grondée ! Moi j'ai rapporté mon brouillon pour le montrer à Mademoiselle.

Marie Belhomme aussi rapporte son brouillon, et Luce, et les autres ; et toutes, d'ailleurs ; ça se fait toujours.

Dans la cour encore tiède du soleil retiré, Mlle Sergent lit un roman, assise sur un petit mur bas : « Ah ! vous voilà enfin ! Vos brouillons, tout de suite, que je voie si vous n'avez pas pondu trop de bêtises. »

Elle les lit, et décrète ; celui d'Anaïs n'est « pas nul » paraît-il ; Luce « a de bonnes idées » (pardi, les miennes) « pas assez développées » ; Marie « a fait du délayage, comme toujours » ; les Jaubert, compositions « très présentables ».

— Votre brouillon, Claudine ?

— Je m'en ai pas fait.

— Ma petite fille, il faut que vous soyez folle ! Pas de brouillon un jour d'examen ! Je renonce à obtenir de vous quoi que ce soit de raisonnable. Enfin, est-il mauvais, votre devoir ?

— Mais non, Mademoiselle, je ne le crois pas mauvais.

— Ça vaut quoi ? 17 ?

— 17 ? Oh ! Mademoiselle, la modestie m'empêche... 17 c'est beaucoup... Mais enfin ils me donneront bien 18 !

Mes camarades me regardent avec une envieuse malveillance : « Cette Claudine, a-t-elle une chance de pouvoir prédire sa note ! Disons bien vite qu'elle n'a aucun mérite, disposition naturelle et voilà tout ; elle fait des compositions françaises comme on ferait un œuf sur le plat... et patati, et patata ! »

Autour de nous, les candidates babillent sur le mode aigu, et exhibent leurs brouillons aux institutrices, et s'exclament, et poussent des *ah !* de regret d'avoir oublié une idée... un piaillement d'oisillons en volière.

Ce soir, au lieu de me sauver en ville, étendue dans le lit côte à côte avec Marie Belhomme, je cause avec elle de cette grande journée :

— Ma voisine de droite, me raconte Marie, vient d'une pension religieuse ; figure-toi, Claudine, que ce matin, pendant qu'on distribuait les feuilles avant la dictée, elle avait sorti de sa poche un chapelet qu'elle égrenait sous la table, oui, ma chère, un chapelet avec des gros grains tout ronds, quelque chose comme un boulier-compteur de poche. C'était pour se porter bonheur.

— Bah ! Si ça ne fait pas de bien, ça ne fait pas de mal non plus... Qu'est-ce qu'on entend ?

On entend, il me semble, un grand *rabâtement* dans la chambre en face de la nôtre, celle où couchent Luce et Anaïs. La porte s'ouvre violemment ; Luce, en chemise courte, se jette dans la chambre, éperdue :

— Je t'en prie, défends-moi, Anaïs est si méchante !...

— Elle t'a fait quoi ?

— Elle m'a versé de l'eau dans mes bottines, d'abord, et puis dans le lit elle m'a donné des coups de pied et elle m'a pincé les cuisses, et quand je me suis plainte elle m'a dit que je pouvais coucher sur la descente de lit si je n'étais pas contente !

— Pourquoi n'appelles-tu pas Mademoiselle ?

— Oui ! appeler Mademoiselle ! Je suis allée à la porte de sa chambre, elle n'y est pas ; et la fille qui passait dans le corridor m'a dit qu'elle était sortie avec la gérante... Maintenant, qu'est-ce que je vais faire ?

Elle pleure. Pauvre gosse ! Si menue dans sa chemise de jour qui montre ses bras fins et ses jolies jambes. Décidément, toute nue, et la figure voilée, elle serait bien plus séduisante. (Deux trous pour les yeux, peut-être ?) Mais le temps n'est pas de délibérer là-dessus : je saute à terre, je cours à la chambre d'en face. Anaïs occupe le milieu du lit, la couverture tirée jusqu'au menton ; elle a sa plus mauvaise figure.

— Eh bien, qu'est-ce qui te prend ? Tu ne veux pas laisser Luce coucher avec toi ?

— Je ne dis pas ça ; seulement elle veut prendre toute la place, alors je l'ai poussée.

— Des blagues ! Tu la pinces, et tu lui as versé de l'eau dans ses bottines.

— Couche-la avec toi, si tu veux, moi je n'y tiens pas.

— Elle a pourtant la peau plus fraîche que toi ! Il est vrai que ce n'est pas difficile.

— Va donc, va donc, on sait que la petite sœur te plaît autant que la grande !

— Attends, ma fille, je vais te changer les idées.

Tout en chemise, je me jette sur le lit, j'arrache les draps, je saisis la grande Anaïs par les deux pieds, et malgré les ongles silencieux dont elle s'accroche à mes épaules, je la tire en bas du lit, sur le dos, avec ses pattes toujours dans les mains, et j'appelle : « Marie, Luce, venez voir ! »

Une petite procession de chemises blanches accourt sur des pieds nus, et on s'effare : « Eh là, mon Dieu, es-tu folle, Claudine ? Eh ! là, séparez-les ! Appelez Mademoiselle ! » Anaïs ne crie pas, agite ses jambes et me jette des regards dévorants, acharnée à cacher ce que je montre en la traînant par terre : des cuisses jaunes, un derrière en poire. J'ai si envie de rire que j'ai peur de la lâcher. J'explique :

— Il y a que cette grande Anaïs que je tiens ne veut pas laisser la petite Luce coucher avec elle, qu'elle la pince, qu'elle lui met de l'eau dans ses chaussures, et que je veux la faire tenir tranquille.

Silence et froid. Les Jaubert sont trop prudentes pour donner tort à l'une de nous deux. Je lâche enfin les chevilles d'Anaïs qui se relève et baisse sa chemise précipitamment.

— Va te coucher, à présent, et tâche de laisser cette gosse tranquille, ou tu auras une taraudée... qui te cuira la peau.

Toujours muette et furieuse, elle court à son lit, s'y musse le nez au mur. Elle est d'une incroyable lâcheté et ne craint au monde que les coups. Pendant que les petits fantômes blancs regagnent leurs chambres, Luce se couche timidement à côté de sa persécutrice, qui ne remue pas plus qu'un sac maintenant. (Ma protégée m'a dit le lendemain qu'Anaïs n'avait bougé, de toute la nuit, que pour faire sauter son oreiller par terre, de rage.)

Personne ne parla de l'histoire à Mlle Sergent. Nous étions bien assez occupées de la journée qui allait s'écouler ! Épreuves d'arithmétique et de dessin, et, le soir, affichage des concurrentes admises à l'oral.

Chocolat rapide, départ précipité. Il fait déjà chaud à sept heures. Plus familiarisées, nous prenons nos places nous-mêmes, et nous jabotons, en attendant ces messieurs, avec décence et modération. On est déjà plus chez soi, on se faufile sans se cogner entre le banc et la table, on range devant soi les crayons, porte-plumes, gommes et grattoirs d'un air d'habitude ; c'est très bien porté d'ailleurs. Pour un peu, nous afficherions des manies.

Entrée des maîtres de nos destinées. Ils ont déjà perdu une partie de leur prestige : les moins timides les regardent paisiblement, d'un air de connaissance. Roubaud, qui arbore un pseudo-panama sous lequel il se croit très chic, s'impatiente, tout frétillant : « Allons, Mesdemoiselles, allons ! Nous sommes en retard, ce matin, il faut rattraper le temps perdu. » J'aime bien ça ! Tout à l'heure ce sera notre faute, s'ils n'ont pas pu se lever de bonne heure. Vite, vite, les feuilles jonchent les tables ; vite, nous cachetons le coin pour cacher notre nom ; vite, l'accéléré Roubaud rompt le sceau de la grande enveloppe jaune, timbrée de l'Inspection académique, et en retire l'énoncé redoutable des problèmes :

« *Première question*. — Un particulier a acheté de la rente 3 1/2 0/0 au cours de 94 fr. 60. etc. »

Puisse la grêle transpercer son pseudo-panama ! Les opérations de Bourse me navrent : il y a des courtages, des 1/800 0/0 que j'ai toujours toutes les peines du monde à ne pas oublier.

Deuxième question. — « La divisibilité par 9. » Vous avez une heure.

Ce n'est pas trop, ma foi. Heureusement, la divisibilité par 9, je l'ai apprise si longtemps que j'ai fini par la retenir. Encore il faudra mettre en ordre toutes les conditions nécessaires et suffisantes, quelle scie !

Les autres concurrentes sont déjà absorbées, attentives ; un léger chuchotement de chiffres, de calculs faits à voix basse, court au-dessus des nuques penchées.

...... Il est fini, ce problème. Après avoir recommencé chaque opération deux fois (je me trompe si souvent !) j'obtiens un résultat de 22.850 francs, comme bénéfice du monsieur ; un joli bénéfice ! J'ai confiance en ce nombre rond et rassurant, mais je veux tout de même m'étayer de Luce, qui joue avec les chiffres d'une façon magistrale. Plusieurs concurrentes ont fini, et je ne vois guère que des visages contents. La plupart de ces petites, filles de paysans avides ou d'ouvrières adroites, ont d'ailleurs le don de l'arithmétique à un point qui m'a souvent stupéfaite. Je pourrais interroger ma brune voisine, qui a fini aussi, mais je me méfie de ses yeux sérieux et discrets ; je confectionne donc une boule, qui vole et tombe sous le nez de Luce, portant le chiffre 22.850. La gamine, joyeusement, m'envoie un « oui » de la tête ; ça va bien. Satisfaite, je demande alors à ma voisine : « Vous avez combien ? » Elle hésite et murmure, réservée : « J'ai plus de 20.000 francs ».

— Moi aussi, mais combien plus ?

— Dame... plus de 20.000 francs...

— Eh ! Je ne vous demande pas de me les prêter ! Gardez vos 22.850 francs, vous n'êtes pas la seule à avoir le bon résultat, vous ressemblez à une fourmi noire, pour diverses raisons !

Autour de nous, quelques-unes rient ; mon interlocutrice, pas même offensée, croise ses mains et baisse les yeux.

— Vous y êtes, Mesdemoiselles ? clame Roubaud. Je vous rends votre liberté, soyez exactes pour l'épreuve de dessin.

Nous revenons à deux heures moins cinq à l'ex-Institution Rivoire. Quel dégoût, et quelle envie de m'en aller me communique la vue de cette geôle délabrée !

À l'endroit le plus éclairé de la classe, Roubaud a disposé deux cercles de chaises ; au centre de chacune, une sellette. Que va-t-on poser là-dessus ? nous sommes tout yeux. L'examinateur factotum disparaît et revient porteur de deux cruches de verre à anse. Avant qu'il les pose sur les sellettes, toutes les élèves chuchotent : « Ma chère, ce que ça va être difficile, à cause de la transparence ! »

Roubaud parle :

— Mesdemoiselles, vous êtes libres, pour l'épreuve de dessin, de vous placer comme vous l'entendrez. Reproduisez ces deux vases (vase toi même !) au trait, l'esquisse au fusain, le repassé au crayon Conté, avec interdiction formelle de se servir d'une règle ou de quoi que ce soit qui y ressemble. Les cartons que vous devez toutes avoir apportés vous serviront de planche à dessin.

Il n'a pas fini, que je me précipite déjà sur la chaise que je guigne, une place excellente, d'où l'on voit la cruche de profil, avec l'anse de côté ; plusieurs m'imitent, et je me trouve entre Luce et Marie Belhomme. « Interdiction formelle de se servir d'une règle pour les lignes de construction ? » Bah ! on sait ce que ça veut dire ! Nous avons en réserve, mes camarades et moi, des bandes de papier raide, longues d'un décimètre et divisées en centimètres, très faciles à cacher.

Il est permis de causer, on en use peu ; on aime mieux faire des mines, le bras tendu, l'œil fermé, pour prendre des mesures avec le porte-fusain. — Avec un peu d'adresse, rien de plus simple que de tracer à la règle les lignes de construction (deux traits qui coupent la feuille en croix et un rectangle pour enfermer le ventre de la cruche.)

Dans l'autre cercle de chaises, une petite rumeur soudaine, des exclamations étouffées et la voix de Roubaud sévère : « Il n'en faudrait pas davantage, Mademoiselle, pour vous faire exclure de l'examen ! » C'est une pauvre petite, étriquée et chétive, qui s'est fait pincer un double-décimètre entre les mains, et sanglote maintenant dans son mouchoir. Du coup, Roubaud devient très fouineur et nous épluche de près ; mais les bandes de papier à divisions ont disparu comme par enchantement. D'ailleurs, on n'en a plus besoin.

Ma cruche vient à ravir, bien ventrue. Pendant que je la considère complaisamment, notre surveillant, distrait par l'entrée timide des institutrices qui viennent savoir « si les compositions sont bonnes en général » nous laisse seules, et Luce me tire tout doucement : « Dis-moi, je t'en prie, si mon dessin est bien ; il me semble qu'il y a quelque chose qui cloche. »

Après examen, je lui explique :

— Pardi, elle a l'anse trop basse ; ça lui donne l'air d'un chien fouetté qui baisse la queue.

— Et la mienne ? demande Marie de l'autre côté.

— La tienne, elle est bossue à droite ; mets-lui un corset orthopédique.

— Un quoi ?

— Je dis que tu dois lui mettre du coton à gauche, elle n'a des « avantages » que d'un côté ; demande à Anaïs de te prêter un de ses faux nénés (car la grande Anaïs introduit deux mouchoirs dans les goussets de son corset, et toutes nos moqueries n'ont pu la décider à abandonner ce puéril rembourrage.)

Ce bavardage jette mes voisines dans une gaîté immodérée : Luce se renverse sur la chaise, riant de toutes les dents fraîches de sa petite gueule féline, Marie gonfle ses joues comme des poches de cornemuse, puis toutes deux s'arrêtent figées au milieu de leur joie, — car la terrible paire d'yeux brasillants de Mlle Sergent les méduse du fond de la salle. Et la séance s'achève au milieu d'un silence irréprochable.

On nous met dehors, enfiévrées et bruyantes à l'idée que nous viendrons lire ce soir, sur une grande liste clouée à la porte, les noms des candidates admises à l'oral du lendemain. Mlle Sergent nous contient avec peine ; nous bavardons insupportablement.

— Tu viendras voir les noms, Marie ?

— Non, tiens ! Si je n'y étais pas, les autres se moqueraient de moi.

— Moi, dit Anaïs, j'y viendrai ! Je veux voir les têtes de celles qui ne seront pas admises.

— Et si tu en étais, de celles-là ?

— Eh bien, je ne porte pas mon nom écrit sur mon front, et je saurais faire une figure contente pour que les autres ne prennent pas des airs de pitié.

— Assez ! Vous me rompez la cervelle, fait brusquement Mlle Sergent ; vous verrez ce que vous verrez, et prenez garde que je vienne seule, ce soir, lire les noms sur la porte. D'abord, nous ne rentrons pas à l'hôtel, je n'ai pas envie de faire deux fois de plus cette trotte ; nous dînons au restaurant.

Elle demande une salle réservée. Dans l'espèce de cabine de bains qu'on nous assigne, où le jour tombe tristement d'en haut, notre effervescence s'éteint ; nous mangeons comme autant de petits loups, sans guère parler. Et, la fringale apaisée, nous demandons tour à tour, toutes les dix minutes, l'heure qu'il est. Mademoiselle essaie vainement de calmer notre énervement en assurant que les concurrentes sont trop nombreuses pour que ces messieurs aient pu lire toutes les compositions avant neuf heures : nous bouillonnons quand même.

On ne sait plus que faire, dans cette cave ! Mlle Sergent ne veut pas nous mener dehors ; je sais bien pourquoi : la garnison est en liberté, à cette heure-ci, et les pantalons rouges, farauds, ne se gênent pas. Déjà, en venant dîner, notre petite bande était escortée de sourires, de claquements de langue et de bruits de baisers jetés ; ces manifestations exaspèrent la Directrice qui fusille de ses regards les audacieux fantassins ; mais il en faudrait plus pour les faire rentrer dans le rang !

Le jour qui décroît, et notre impatience, nous rendent maussades et méchantes ; Anaïs et Marie ont déjà échangé des répliques aigres, avec des attitudes hérissées de poules en bataille ; les deux Jaubert semblent méditer sur les ruines de Carthage, et j'ai repoussé d'un coude pointu la petite Luce qui voulait se faire câliner. Heureusement, Mademoiselle, presque aussi agacée que nous-mêmes, sonne, et demande de la lumière et deux jeux de cartes. Bonne idée !

La clarté des deux becs de gaz nous remonte un peu le moral, et les jeux de cartes nous font sourire.

— Un trente-et-un, voyons !

Allons bon ! les deux Jaubert ne savent pas jouer ! Eh bien, qu'elles continuent à réfléchir sur la fragilité de la destinée humaine ; nous cartonnerons, nous autres, pendant que Mademoiselle lit les journaux.

On s'amuse, on joue mal. Anaïs triche. Et parfois nous nous arrêtons au milieu de la partie, les coudes sur la table, le visage tendu, pour questionner : « Quelle heure peut-il être ? »

Marie émet cette idée que, puisqu'il fait nuit, on ne pourra pas lire les noms ; il faudrait emporter des allumettes.

— Bête ! il y aura des réverbères.

— Ah oui… Mais s'il n'y en avait pas à cet endroit-là, justement ?

— Eh bien, dis-je tout bas, je vais voler une bougie aux flambeaux de la cheminée, et tu porteras des allumettes. Jouons... Le misti et deux as !

Mlle Sergent tire sa montre ; nous ne la quittons pas des yeux. Elle se lève ; nous l'imitons si brusquement que des chaises tombent. Reprises d'emballement, nous dansons vers nos chapeaux, et en me regardant dans la glace pour coiffer le mien, je chipe une bougie.

Mlle Sergent se donne une peine inouïe pour nous empêcher de courir ; des passants rient à cette ribambelle qui s'efforce de ne pas galoper, et nous rions aux passants. Enfin, la porte brille à nos yeux. Quand je dis brille, je fais de la littérature.

c'est pourtant vrai qu'il n'y a pas de réverbère ! Devant cette porte fermée, une foule d'ombres s'agitent, crient, sautent de joie ou se lamentent, ce sont nos concurrentes des autres écoles ; de brusques et courses flambées d'allumettes, tôt éteintes, des flammes vacillantes de bougies éclairent une grande feuille blanche piquée sur la porte. Nous nous précipitons, déchaînées, poussant brutalement des coudes les petites silhouettes remuantes ; on ne fait guère attention à nous.

Tenant la bougie volée aussi droite que je peux, je lis, je devine, guidée par les initiales en ordre alphabétique : « Anaïs, Belhomme, Claudine, Jaubert, Jaubert, Lanthenay. » Toutes, toutes ! Quelle joie ! Et maintenant, vérifions le nombre des points. C'est 45 le minimum des points exigés ; le total est écrit à côté des noms, les notes détaillées entre deux parenthèses. Mlle Sergent, ravie, transcrit sur son calepin : « Anaïs 65, Claudine 68, combien les Jaubert ? 63 et 64, Luce 49, Marie Belhomme 44 1/2. Comment 44 1/2 ? Mais vous n'êtes pas reçue alors ? Qu'est-ce que vous me chantez là ?

— Non, Mademoiselle, dit Luce, qui vient d'aller vérifier, c'est 44 3/4 ; elle est admise, avec une faute d'un quart, c'est une bonté de ces messieurs...

La pauvre Marie, tout essoufflée de la peur chaude qu'elle vient d'avoir, respire longuement. Ils ont bien fait, ces gens-là, de lui passer son quart de point, mais j'ai peur qu'elle ne bafouille à l'oral. Anaïs, la première joie passée, éclaire charitablement les nouvelles arrivantes... en les arrosant de bougie fondue, la mauvaise fille !

Mademoiselle ne nous calme pas, même en nous douchant de cette prédiction sinistre : « Vous n'êtes pas au bout de vos peines, je voudrais vous voir demain soir après l'oral ! »

Elle nous rentre difficilement à l'hôtel, sautillantes et chantonnantes sous la lune.

Et le soir, la Directrice couchée et endormie, nous sortons de nos lits pour danser, Anaïs, Luce, Marie et moi (sans les Jaubert, bien entendu), pour danser follement, les cheveux bondissants, pinçant la chemise courte comme pour un menuet...

Puis, pour un bruit imaginaire du côté de la chambre où repose Mademoiselle, les danseuses de l'inconvenant quadrille s'enfuient avec des frôlements de pattes nues et des rires étouffés.

Le lendemain matin, éveillée trop tôt, je cours « faire peur » au couple Anaïs-Luce, qui dort d'un air absorbé et consciencieux : je chatouille avec mes cheveux le nez de Luce qui éternue avant d'ouvrir les yeux, et son effarement réveille Anaïs qui bougonne et s'assied, en m'envoyant au diable. Je m'écrie avec un grand sérieux : « Mais tu ne sais pas l'heure qu'il est ? Sept heures, ma chère, et l'oral à 7 heures 1/2 ! » Je les laisse se précipiter à bas du lit, se chausser, et j'attends que leurs bottines soient boutonnées pour leur dire qu'il n'est que 6 heures, que j'avais mal vu. Ça ne les ennuie pas tant que j'avais espéré.

À 7 heures moins le quart, Mlle Sergent nous bouscule, presse le chocolat, nous engage à jeter un coup d'œil sur nos résumés d'histoire tout en mangeant nos tartines, nous pousse dans la rue ensoleillée tout étourdies, Luce munie de ses manchettes crayonnées, Marie de son tube de papier roulé, Anaïs de son atlas minuscule. Elles s'accrochent à ces petites planches de salut, plus encore qu'hier, car il faudra parler aujourd'hui, parler à ces messieurs qu'on ne connaît pas, parler devant trente paires de petites oreilles malveillantes. Seule Anaïs fait bonne contenance ; elle ignore l'intimidation.

Dans la cour délabrée, les candidates sont aujourd'hui bien moins nombreuses ; il en est tant resté en route, entre l'écrit et l'oral ! (Bon, ça quand on en reçoit beaucoup à l'écrit, on en refuse beaucoup à l'oral). La plupart, pâlottes, bâillent nerveusement, et se plaignent, comme Marie Belhomme, d'avoir l'estomac serré... le fâcheux trac !

La porte s'ouvre sur les hommes noirs ; nous les suivons silencieusement jusque dans la salle du haut, aujourd'hui débarrassée de toutes ses chaises ; aux quatre coins, derrière des tables noires, ou qui le furent, un examinateur s'assied, grave, presque lugubre. Tandis que nous considérons cette mise en scène, curieuses et craintives, massées à l'entrée, gênées de la grande distance à franchir, Mademoiselle nous pousse. « Allez ! allez donc ! prendrez-vous racine ici ? » Notre groupe s'avance, pas brave, en peloton ; le père Sallé, noueux et recroquevillé, nous regarde sans nous voir, invraisemblablement myope ; Roubaud joue avec sa chaîne de montre, les yeux distraits ; le vieux Lerouge attend patiemment et consulte la liste des noms ; et, dans l'embrasure d'une fenêtre s'étale une bonne grosse dame, qui est d'ailleurs demoiselle, Mlle Michelot, des solfèges devant elle. J'allais oublier un autre, le grincheux Lacroix, qui ronchonne, hausse furieusement les épaules en feuilletant ses bouquins, et semble se disputer avec soi-même ; les petites, effrayées, se disent qu'il doit être « rudement mauvais ! » C'est celui-là qui se décide à grogner un nom : « Mlle Aubert ! »

La nommée Aubert, une trop longue, pliante et penchée, tressaute comme un cheval, louche et devient stupide, immédiatement ; dans son désir de bien faire, elle se jette en avant en criant d'une voix de trompette, avec un gros accent paysan : « E'j'suis lâ, Môssieur ! » Nous éclatons de rire, toutes, et ce rire que nous n'avons pas songé à retenir nous remonte et ragaillardit.

Ce boule-dogue de Lacroix a froncé les sourcils quand la malheureuse a poussé son « E'j'suis là ! » de détresse, et lui a répondu : « Qui vous dit le contraire ? » De sorte qu'elle est dans un état à faire pitié.

— « Mlle Vigoureux ! » appelle Roubaud, qui lui, prend l'alphabet par la queue. Une boulotte se précipite ; elle porte le chapeau blanc, enguirlandé de marguerites de l'école de Villeneuve.

— « Mlle Mariblom ! » glapit le père Sallé qui croit prendre le milieu de l'alphabet et lit tout de travers. Marie Belhomme s'avance cramoisie, et s'assied sur la chaise en face du père Sallé : il la dévisage et lui demande si elle sait ce que c'est que l'*Iliade*. Luce, derrière moi, soupire : « Au moins, elle, elle a commencé, c'est le tout de commencer. »

Les concurrentes inoccupées, dont je suis, se dispersent timidement, s'éparpillent et vont écouter leurs collègues placées sur la sellette. Moi, je vais assister à l'examen de la jeune Aubert pour me réjouir un peu. À l'instant où je m'approche, le père Lacroix lui demande : « Alors, vous ne savez pas qui avait épousé Philippe le Bel ! »

Elle a les yeux hors de la tête, la figure rouge et luisante de sueur ; ses mitaines laissent passer des doigts comme des saucisses : « Il avait épousé,... non, il n'avait pas épousé... Môssieur, môssieur, crie-t-elle tout à coup, j'ai tout oublié, tout ! » Elle tremble, elle a de grosses larmes qui roulent. Lacroix la regarde, mauvais comme la gale : « Vous avez tout oublié ? Avec ce qui vous reste, on a un joli zéro. »

— Oui, oui, bégaye-t-elle, mais ça ne fait rien, j'aime mieux m'en aller chez nous, ça m'est égal…

On l'emmène, hoquetante de gros sanglots, et, par la fenêtre, je l'entends dehors dire à son institutrice mortifiée : « Ma foi, voui, que j'aime mieux garder les vaches chez papa, et pis que je reviendrai plus ici, et pis que je prendrai le train de deux heures… »

Dans la classe, ses camarades parlent du « regrettable incident », sérieuses et blâmantes. « Ma chère, crois-tu qu'elle est bête ! Ma chère, on m'aurait demandé une question aussi facile, je serais trop contente, ma chère ! »

— Mlle Claudine !

C'est le vieux Lerouge qui me réclame. Aïe ! l'arithmétique… Une chance qu'il a l'air d'un bon papa… Tout de suite je vois qu'il ne me fera pas de mal.

— Voyons, mon enfant, vous me direz bien quelque chose sur les triangles rectangles ?

— Oui, Monsieur, quoique, eux, ils ne me disent pas grand-chose.

— Bah ! bah ! vous les faites plus mauvais qu'ils sont. Voyons, construisez-moi un triangle rectangle sur ce tableau noir, et puis vous lui donnerez des dimensions, et puis vous me parlerez gentiment du carré de l'hypoténuse…

Il faudrait y tenir pour se faire recaler par un homme comme ça ! Aussi je suis plus douce qu'un mouton à collier rose, et je dis tout ce que je sais. C'est vite fait, d'ailleurs.

— Mais ça va très bien ! Dites-moi encore comment on reconnaît qu'un nombre est divisible par 2, et je vous tiens quitte.

Je dégoise : « somme de ses chiffres… condition nécessaire… suffisante. »

— Allez, mon enfant, ça suffit.

Je me lève en soupirant d'aise, je trouve derrière moi Luce qui dit : « Tu as de la chance, j'en suis contente pour toi. » Elle a dit ça gentiment : pour la première fois je lui caresse le cou sans malice. Bon ! Encore moi ! On n'a pas le temps de respirer !

— Mlle Claudine !

C'est le porc-épic Lacroix, ça va chauffer ! Je m'installe, il me regarde par-dessus son lorgnon et dit : « Hha ! qu'est-ce que c'était que la guerre des Deux-Roses ? »

Pan ! collée du premier coup ! Je ne sais pas quinze mots sur la guerre des Deux-Roses. Après les noms des deux chefs de partis, je m'arrête.

— Et puis ? — Et puis ? — Et puis ?

Il m'agace, j'éclate :

— Et puis, ils se sont battus comme des chiffonniers, pendant longtemps, mais ça ne m'est pas resté dans la mémoire.

(Il me regarde stupéfait. Je vais recevoir quelque chose sur la tête, sûr !)

— C'est comme ça que vous apprenez l'Histoire, vous ?

— Pur chauvinisme, Monsieur ! L'histoire de France seule m'intéresse.

Chance inespérée : il rit !

— J'aime mieux avoir affaire à des impertinentes qu'à des ahuries. Parlez-moi de Louis XV (1742).

— Voici. C'était le temps où Mme de la Tournelle exerçait sur lui une influence déplorable…

— Sacrebleu ! on ne vous demande pas ça !

— Pardon, Monsieur, ce n'est pas de mon invention, c'est la vérité simple. Les meilleurs historiens…

— Quoi ? les meilleurs historiens…

— Oui, Monsieur, je l'ai lu dans Michelet, avec des détails !

— Michelet ! mais c'est de la folie ! Michelet, entendez-vous bien, a fait un roman historique en vingt volumes et il a osé appeler ça l'*Histoire de France* ! Et vous venez me parler de Michelet !…

Il est emballé, il tape sur la table ; je lui tiens tête ; les jeunes candidates sont figées autour de nous, n'en croyant pas leurs oreilles ; Mlle Sergent s'est approchée, haletante, prête à intervenir. Quand elle m'entend déclarer :

— Michelet est toujours moins embêtant que Duruy !…

Elle se jette contre la table et proteste avec angoisse :

— Monsieur, je vous prie de pardonner… cette enfant a perdu la tête… elle va se retirer à l'instant…

Il lui coupe la parole, s'éponge le front et souffle :

— Laissez, Mademoiselle, il n'y a pas de mal : je tiens à mes opinions, mais j'aime bien que les autres tiennent aux leurs ; cette jeune fille a des idées fausses et de mauvaises lectures, mais elle ne manque pas de personnalité, — on voit tant de dindes ! — Seulement, vous, la lectrice de Michelet, tâchez de me dire comment vous iriez, en bateau, d'Amiens à Marseille, ou je vous flanque un 2 dont vous me direz des nouvelles !

— Partie d'Amiens en m'embarquant sur la Somme, je remonte... etc., etc... canaux... etc., et j'arrive à Marseille, seulement au bout d'un temps qui varie entre six mois et deux ans.

— Ça, c'est pas votre affaire. Système orographique de la Russie, et vivement.

(Heu ! je ne peux pas dire que je brille particulièrement par la connaissance du système orographique de la Russie, mais je m'en tire à peu près sauf quelques lacunes qui semblent regrettables à l'examinateur.)

— Et les Balkans, vous les supprimez, alors ? (Cet homme parle comme un pétard.)

— Que non pas, Monsieur, je les gardais pour la bonne bouche.

— C'est bon, allez-vous en.

On s'écarte sur mon passage avec un peu d'indignation. Ces chères petites belles !

Je me repose, on ne m'appelle pas, et j'entends avec épouvante Marie Belhomme qui répond à Roubaud que « pour préparer de l'acide sulfurique, on verse de l'eau sur de la chaux, que ça se met à bouillonner ; alors on recueille le gaz dans un ballon... » Elle a sa figure des vastes gaffes et des stupidités sans bornes ; ses mains immenses, longues et étroites, s'appuient sur la table ; ses yeux d'oiseau sans cervelle brillent et tournent ; elle débite, avec une volubilité extrême, des inepties monstrueuses. Il n'y a rien à faire ; on lui soufflerait dans l'oreille qu'elle n'entendrait pas ! Anaïs l'écoute aussi et s'amuse de toute sa bonne âme. Je lui demande :

— Tu as passé quoi, déjà ?

— Le chant, l'histoire, la jographie...

— Méchant, le vieux Lacroix ?

— Oui, qu'il est ch'tit ! Mais il m'a demandé des choses faciles, guerre de Trente Ans, les traités. Dis donc, Marie déraille !

— Dérailler est un mot qui me semble faible.

La petite Luce, émue et ébouriffée, vient à nous :

— J'ai passé la jographie, l'histoire, j'ai bien répondu, ah ! que j'ai du goût[5] !

---

5. Locution fresnoise : « je suis contente »

— Te voilà, arnie ? moi je vais boire à la pompe, je ne peux plus tenir, qui vient ac'moi ?

Personne ; elles n'ont pas soif ou elles ont peur de manquer un appel. Dans une espèce de parloir, en bas, je trouve l'élève Aubert, les joues encore plaquées du rouge de son désespoir de tout à l'heure et les yeux en poches ; elle écrit à sa famille sur une petite table, tranquille maintenant et contente de rentrer à la ferme. Je lui dis :

— Eh bien, vous n'avez rien voulu savoir, tout à l'heure ?

Elle lève des yeux de veau :

— Moi, ça m'fait peur, tout ça, et ça me mange les sangs. Ma mère m'a mise en pension, mon père voulait pas, il disait que j'étais bonne à tenir la maison comme mes sœurs, et à faire la lessive et à pieucher le jardin, ma mère a pas voulu, c'est elle qu'on a écoutée. On m'a rendue malade à force de me faire apprendre, et vous voyez ce que ça fait aujourd'hui. Je l'avais prédit ! Ils me croiront à présent !

Et elle se remet à écrire paisiblement.

Là-haut, dans la salle, il fait chaud à mourir ; ces petites, presque toutes rouges et luisantes (une chance que je ne suis pas une nature rouge !) sont affolées, tendues, elles guettent leur nom qu'on appellera, avec l'obsession de ne pas répondre de bêtises. Ne sera-t-il pas bientôt midi, qu'on s'en aille ?

Anaïs revient de la physique-et-chimie ; elle n'est pas rouge, elle, comment serait-elle rouge ? Dans une chaudière bouillante, je crois qu'elle resterait jaune et froide.

— Eh bien, ça va ?

— Ma foi, j'ai fini. Tu sais que Roubaud interroge en anglais par-dessus le marché ; il m'a fait lire des phrases et traduire ; je ne sais pas pourquoi il se tordait quand je lisais en anglais ; est-il bête !

C'est la prononciation ! Dame, M{^{lle}} Aimée Lanthenay, qui nous donne des leçons, ne parle pas l'anglais avec une pureté excessive, je m'en doute. De sorte que, tout à l'heure, cet imbécile de professeur se paiera ma tête puisque je ne prononce pas mieux, moi ! Encore quelque chose de gai ! J'enrage de penser que cet idiot rira de moi.

Midi. Ces messieurs se lèvent et nous procédons au raffut[6] du départ. Lacroix, hérissé et les yeux hors de la tête, annonce que la petite fête recommencera à 2 h. 1/2. Mademoiselle nous trie avec peine dans le remous de ces jeunesses bavardes et nous emmène au restau-

---

6. Tapage.

Elle me tient encore rigueur, à cause de mon « odieuse » conduite avec le père Lacroix ; mais ça m'est si égal ! La chaleur pèse, je suis fatiguée et sans voix…

Ah ! les bois, les chers bois de Montigny ! À cette heure-ci, je le sais bien, comme ils bourdonnent ! Les guêpes et les mouches qui pompent dans les fleurs des tilleuls et des sureaux font vibrer toute la forêt comme un orgue ; et les oiseaux ne chantent pas, car à midi ils se tiennent debout sur les branches, cherchent l'ombre, lissent leurs plumes, et regardent le sous-bois avec des yeux mobiles et brillants. Je serais couchée, au bord de la Sapinière d'où l'on voit toute la ville, en bas, au-dessous de soi, avec le vent chaud sur ma figure, à moitié morte d'aise et de paresse.

… Luce me voit partie, complètement absente, et me tire par la manche avec son sourire le plus aguicheur. Mademoiselle lit des journaux ; mes camarades échangent des bouts de phrase ensommeillés. Je geins et Luce proteste doucement :

— Tu ne me parles plus jamais, aussi ! Toute la journée on passe les examens, le soir on se couche, et à table tu es de si mauvaise humeur que je ne sais plus quand te trouver !

— Bien simple ! Ne me cherche pas !

— Oh ! que tu n'es pas gentille ! Tu ne vois même pas toute ma patience à t'attendre, à supporter tes façons de toujours me rebuter…

La grande Anaïs rit comme une porte mal graissée, et la petite s'arrête très intimidée. C'est vrai pourtant qu'elle a une patience solide. Et dire que tant de constance ne lui servira à rien, triste ! triste !

Anaïs suit son idée ; elle n'a pas oublié les incohérentes réponses de Marie Belhomme, et, bonne rosse, demande gentiment à la malheureuse, hébétée et immobile :

— Quelle question t'a-t-on posée, en physique et chimie ?

— Ça n'a pas d'importance, grogne Mademoiselle, hargneuse ; de toutes façons elle aura répondu des bêtises.

— Je ne sais plus, moi, fait la pauvre Marie démontée, l'acide sulfurique, je crois…

— Et qu'est-ce que vous avez raconté ?

— Oh ! heureusement je savais un peu, Mademoiselle ; j'ai dit qu'on versait de l'eau sur de la chaux, que les bulles de gaz qui se formaient étaient de l'acide sulfurique.

— Vous avez dit cela ? articule Mademoiselle avec des envies de mordre...

Anaïs se dévore les ongles de joie. Marie foudroyée n'ouvre plus la bouche, et la Directrice nous emmène, raide, rouge, marchant au pas accéléré ; nous trottons derrière comme des petits chiens, et c'est tout juste si nous ne tirons pas la langue sous ce soleil écrasant.

Nous ne faisons plus guère attention à nos concurrentes étrangères qui ne nous regardent pas davantage. La chaleur et l'énervement nous ôtent toute coquetterie, toute animosité. Les élèves de l'école supérieure de Villeneuve, les « vert pomme » comme on les appelle — à cause du ruban vert dont elles sont colletées, cet affreux vert cru dont les pensionnats gardent la spécialité — affectent bien encore des airs prudes et dégoûtés en passant près de nous (pourquoi ? on ne saura jamais) ; mais tout ça se tasse et se calme ; on songe déjà au départ du lendemain matin, on songe avec délices qu'on fera la « gnée »[7] aux camarades recalées, à celles qui n'ont pu se présenter pour cause de « faiblesse générale ». Ce que la grande Anaïs va se pavaner, parler de l'École Normale comme si c'était une propriété de rapport, peuh ! Je n'ai pas assez d'épaules pour les lever.

Les examinateurs reparaissent enfin ; ils s'épongent, ils sont laids et luisants. Dieu ! je n'aimerais pas être mariée par ce temps-là ! Rien que l'idée de coucher avec un monsieur qui aurait chaud comme eux... (D'ailleurs, l'été, j'aurai deux lits)... Et puis dans cette salle surchauffée, l'odeur est affreuse ; beaucoup de ces petites filles sont mal tenues en dessous, sûrement. Je voudrais bien m'en aller !

Affalée sur une chaise, j'écoute vaguement les autres en attendant mon tour ; je vois celle, heureuse entre toutes, qui « a fini » la première. Elle a subi toutes les questions, elle respire, elle traverse la salle, escortée des compliments, des envies, des « tu en as une chance ! » Bientôt une autre la suit, la rejoint dans la cour, où les « délivrées » se reposent et échangent leurs impressions.

Le père Sallé, détendu un peu par ce soleil qui chauffe sa goutte et ses rhumatismes, se repose, forcément, car l'élève qu'il attend est occupée ailleurs ; si je risquais une tentative sur sa vertu ! Doucement je m'approche et je m'assieds sur la chaise en face de lui.

— Bonjour, monsieur Sallé.

---

7. Faire bisquer.

Il me regarde, assure ses lunettes, clignote et ne me voit pas.

— Claudine, vous savez bien

— Ah !... comment donc ! Bonjour, ma chère enfant ! Votre père va bien ?

— Très bien, je vous remercie.

— Eh bien, ça marche l'examen ? Êtes-vous contente ? Avez-vous bientôt fini ?

— Hélas, je le voudrais ! Mais j'ai encore à passer la physique-et-chimie, la littérature, que vous représentez, l'anglais et la musique. Mme Sallé se porte bien ?

— Ma femme, elle se promène dans le Poitou ; elle ferait bien mieux de me soigner, mais...

— Écoutez, monsieur Sallé, puisque vous me tenez, débarrassez-moi de la littérature.

— Mais je n'en suis pas à votre nom, loin de là ! Revenez tout à l'heure...

— Monsieur Sallé, qu'est-ce que ça peut bien faire ?

— Ça fait, ça fait que je jouissais d'un instant de repos et que je l'avais bien mérité. Et puis, ce n'est pas dans le programme, on ne doit pas rompre l'ordre alphabétique.

— Monsieur Sallé, soyez bon. Vous ne me demanderez presque rien. Vous savez bien que j'en sais plus que n'en exige le programme, sur les bouquins de littérature. Je suis souris dans la bibliothèque de papa.

— Heu... oui, c'est vrai. Je peux bien faire ça pour vous. J'avais l'intention de vous demander ce que c'étaient que les aèdes et les troubadours, et le Roman de la Rose, etc.

— Reposez-vous, Monsieur Sallé. Les troubadours, ça me connaît : je les vois tous sous la forme du petit chanteur Florentin, comme ça. Je me lève et je prends la pose : le corps appuyé sur la jambe droite, l'ombrelle verte du père Sallé me servant de mandoline. Heureusement nous sommes seuls en ce coin ; Luce me regarde de loin et bée de surprise. Ce pauvre homme goutteux, ça le distrait un peu ; il rit.

— ... Ils ont une toque en velours, les cheveux bouclés, souvent même un costume mi-partie (en bleu et jaune ça fait très bien) ; leur mandoline pendue à un cordon de soie, ils chantent la petite chose du *Passant* : « Mignonne, voici l'avril ». C'est ainsi, Monsieur Sallé, que je me représente les troubadours. Nous avons aussi le troubadour premier empire.

— Mon enfant, vous êtes un peu folle, mais je me délasse avec vous. Qu'est-ce que vous pouvez bien appeler les troubadours premier empire, Dieu juste ? Parlez tout bas, ma petite Claudine, si ces messieurs nous voyaient.

— Chut ! les troubadours premier empire, je les ai connus par des chansons que chantait papa. Écoutez bien.

Je fredonne tout bas :

> Brûlant d'amour et partant pour la guerre,
> Le casque en tête et la lyre à la main,
> Un troubadour à sa jeune bergère
> En s'éloignant répétait ce refrain.
> Mon bras à ma patrie,
> Mon cœur à mon amie,
> Mourir content pour la gloire et l'amour,
> C'est le refrain du joyeux troubadour !

Le père Sallé rit de tout son cœur :

— Mon Dieu ! que ces gens étaient ridicules ! Je sais bien que nous le serons autant qu'eux dans vingt ans, mais cette idée d'un troubadour avec un casque et une lyre !... Sauvez-vous vite, mon enfant, allez, vous aurez une bonne note ; mes amitiés à votre père, dites-lui que je l'aime bien, et qu'il apprend de belles chansons à sa fille !

— Merci, monsieur Sallé, adieu ; merci encore de ne m'avoir pas interrogée ; je ne dirai rien, soyez tranquille !

Voilà un brave homme ! ça m'a rendu un peu de courage, et j'ai l'air si gaillard que Luce me demande : « Tu as donc bien répondu ? Qu'est-ce qu'il t'a demandé ? Pourquoi prenais-tu son ombrelle ?

— Ah ! voilà ! Il m'a demandé des choses très difficiles sur les troubadours, sur la forme des instruments dont ils se servaient ; une chance que je savais tous ces détails-là !

— La forme des instruments... non, vrai, je tremble en pensant qu'il pouvait me le demander ! La forme des... mais ce n'est pas dans le programme ! Je le dirai à Mademoiselle !

— Parfaitement, nous ferons une réclamation. Tu as fini, toi ?

— Oui, merci ! J'ai fini. J'ai cent kilos de moins sur la poitrine, je t'assure ; je crois qu'il n'y a plus que Marie à passer.

— « Mademoiselle Claudine » ! fait une voix derrière nous. Ah ! ah ! c'est Roubaud. Je m'assieds devant lui, réservée et convenable ; il fait le gentil, il est le professeur mondain de l'endroit, je parie, mais il m'en veut encore, le rancunier, d'avoir trop vite écarté son madrigal botticellique... C'est d'une voix un peu grincheuse qu'il me demande :

— Vous ne vous êtes pas endormie sous les frondaisons, aujourd'hui, Mademoiselle ?

— Est-ce une question qui fait partie du programme, Monsieur ?

(Il toussote. J'ai commis une grosse maladresse pour le plaisir de le vexer. Tant pis !)

— Veuillez me dire comment vous vous y prendriez pour vous procurer de l'encre.

— Mon Dieu, Monsieur, il y a bien des manières ; la plus simple serait encore d'aller en demander chez le papetier du coin...

— La plaisanterie est aimable, mais ne suffirait pas à vous obtenir une note somptueuse. Tâchez de me dire avec quels ingrédients vous fabriqueriez de l'encre ?

— Noix de galle... tannin... oxyde de fer... gomme...

— Vous ne connaissez pas les proportions ?

— Non.

— Tant pis ! Pouvez-vous me parler du mica ?

— Je n'en ai jamais vu ailleurs que dans les petites vitres des Salamandres.

— Vraiment ? Tant pis encore ! La mine des crayons, de quoi est-elle faite ?

— Avec de la plombagine, une pierre tendre qu'on scie en baguettes et qu'on enferme dans deux moitiés de cylindre en bois.

— C'est le seul usage de la plombagine ?

— Je n'en connais pas d'autres.

— Tant pis, toujours ! On ne fait que des crayons avec ?

— Oui, mais on en fait beaucoup ; il y a des mines en Russie, je crois. On consomme dans le monde entier une quantité fabuleuse de crayons, surtout les examinateurs qui croquent des portraits de candidates sur leur calepin...

(Il rougit, et s'agite.)

— Passons à l'anglais.

Et, ouvrant un petit recueil de Contes de Miss Edgeworth :

— Veuillez me traduire quelques phrases.

— Traduire, oui, mais lire... c'est autre chose !

— Pourquoi ?

— Parce que notre professeur d'anglais prononce d'une façon ridicule ; je ne sais pas prononcer autrement.

— Bah ! qu'est-ce que ça fait ?

— Ça fait que je n'aime pas être ridicule.

— Lisez un peu, je vous arrêterai tout de suite.

Je lis, mais tout bas, en esquissant à peine les syllabes, et je traduis les phrases avant d'avoir articulé les derniers mots. Roubaud, malgré lui, pouffe de tant d'empressement à ne pas montrer mon insuffisance en anglais, et j'ai envie de le griffer. Comme si c'était ma faute !

— C'est bien. Voulez-vous me citer quelques verbes irréguliers, avec leur forme au présent et au participe passé ?

— *To see*, voir, *I saw, seen. To be*, être, *I was, been. To drink*, boire, *I drank, drunk. To...*

— Assez, je vous remercie. Bonne chance, Mademoiselle.

— Vous êtes trop bon, Monsieur.

J'ai su le lendemain que ce tartufe bien mis m'avait collé une très mauvaise note, trois points au-dessous de la moyenne, de quoi me faire recaler, si les notes de l'écrit, la composition française surtout, n'avaient plaidé en ma faveur. Fiez-vous à ces sournois prétentieusement cravatés, qui lissent leurs moustaches et crayonnent votre portrait en vous coulant des regards ! Il est vrai que je l'avais vexé, mais c'est égal ; les bouledogues francs, comme le père Lacroix, valent cent fois mieux !

Délivrée de la physique et chimie ainsi que de l'anglais, je m'assieds et m'occupe de mettre un peu d'art dans le désordre de mes cheveux. Luce vient me trouver, roule complaisamment mes boucles sur son doigt, toujours chatte et frôleuse ! Elle a du courage, par cette température !

— Où sont les autres, petite ?

— Les autres ? Elles ont fini toutes, elles sont en bas dans la cour avec Mademoiselle, et toutes celles des autres écoles qui ont fini sont là aussi.

Le fait est que la salle se vide rapidement.

Cette grosse bonne femme de Mlle Michelot m'appelle enfin. Elle est rouge et fatiguée à faire pitié à Anaïs elle-même. Je m'assieds ; elle me considère sans rien dire, d'un gros œil perplexe et débonnaire. Quoi ?

— Vous êtes... musicienne, m'a dit Mlle Sergent.

— Oui, Mademoiselle, je joue du piano.

Elle s'exclame en levant les bras :

— Mais alors, vous en savez bien plus que moi !

(Ça lui est parti du cœur ; je ne peux pas m'empêcher de rire.)

— Ma foi, écoutez, je vais vous faire déchiffrer et puis voilà tout. Je vais vous chercher quelque chose de difficile, vous vous en tirerez toujours.

Ce qu'elle a trouvé de difficile, c'est un exercice assez simple, mais qui, tout en doubles croches, avec sept bémols à la clef, lui a semblé « noir » et redoutable. Je le chante *allegro vivace*, entourée d'un cercle admiratif de petites filles qui soupirent d'envie. Mlle Michelot hoche la tête et m'adjuge, sans insister davantage, un 20 qui fait loucher l'auditoire.

Ouf ! C'est donc fini ! On va rentrer à Montigny, on va retourner à l'école, courir les bois, assister aux ébats de nos institutrices (pauvre petite Aimée, elle doit languir, toute seule !) Je dévale dans la cour, Mlle Sergent n'attendait plus que moi et se lève à ma vue.

— Eh bien ! c'est terminé ?

— Oui, Dieu merci ! J'ai 20 en musique.

— Vingt en musique !

Les camarades ont crié ça en chœur, n'en croyant pas leurs oreilles.

— Il ne manquerait plus que ça, que vous n'eussiez pas 20 en musique, dit Mademoiselle d'un air détaché, — flattée au fond.

— C'est égal, dit Anaïs, ennuyée et jalouse, 20 en musique, 19 en composition française... si tu as beaucoup de notes comme celles-là !

— Rassure-toi, douce enfant, l'élégant Roubaud m'aura chichement notée !

— Parce que ? demande Mademoiselle, tout de suite inquiète.

— Parce que je ne lui ai pas dit grand-chose. Il m'a demandé de quel bois on fait les flûtes, non, les crayons, quelque chose comme ça, et puis des histoires sur l'encre... et sur Botticelli, enfin, ça ne « cordait » pas nous deux.

La Directrice s'est rembrunie.

— Je m'étonnerais bien si vous n'aviez pas fait quelque bêtise ! Vous ne vous en prendrez pas à d'autres qu'à vous si vous échouez.

— Hé, qui sait ? Je m'en prendrai à M. Antonin Rabastens ; il m'avait inspiré une violente passion, et mes études en ont singulièrement souffert.

Sur ce, Marie Belhomme déclare, en joignant ses mains de sage-femme, que « si elle avait un amoureux, elle ne le dirait pas si effrontément ». Anaïs me regarde en coin pour savoir si je plaisante ou non, et

Mademoiselle, haussant les épaules, nous rentre à l'hôtel, traînardes, égrenées, si musardes qu'elle doit toujours en attendre quelqu'une au détour des rues. On dîne, on bâille ; — à neuf heures la fièvre nous reprend d'aller lire le nom des élues, à la porte de ce laid paradis. « Je n'emmène personne, déclare Mademoiselle, j'irai seule, vous attendrez. » Mais un tel concert de gémissements s'élève qu'elle s'attendrit et nous laisse venir.

Nous nous sommes encore précautionnées de bougies, inutiles, cette fois, une main bienveillante ayant accroché une grosse lanterne au-dessus de l'affiche blanche où sont inscrits nos noms... eh ! là ! je m'avance un peu trop en disant *nos*... si le mien allait ne pas se trouver sur la liste ? Anaïs s'évanouirait de bonheur ! Au milieu des exclamations, des poussées, des battements de mains, je lis, heureusement : Anaïs, Claudine, etc... Toutes, donc ? Hélas, non, pas Marie : « Marie est refusée » murmure Luce. « Marie n'y est pas » chuchote Anaïs, qui cache difficilement sa joie mauvaise.

La pauvre Marie Belhomme reste plantée, toute pâle, devant la méchante feuille, qu'elle considère de ses yeux brillants d'oiseau, agrandis et ronds ; puis, les coins de sa bouche se tirent et elle éclate en pleurs bruyants... Mademoiselle l'emmène, ennuyée ; nous suivons, sans songer aux passants qui se retournent, Marie gémit et sanglote tout haut.

— Voyons, voyons, ma petite fille, dit Mademoiselle, vous n'êtes pas raisonnable. Ce sera pour le mois d'octobre, vous serez plus heureuse... Quoi donc, ça vous fait deux mois à travailler encore...

— Hheu ! se lamente l'autre, inconsolable.

— Vous serez reçue, je vous dis ! Tenez, je vous promets, je vous promets que vous serez reçue ! Êtes-vous contente ?

Effectivement, cette affirmation produit un heureux effet. Marie ne pousse plus que des petits grognements de chien d'un mois qu'on empêche de téter, et marche en se tamponnant les yeux.

Son mouchoir est à tordre, et elle le tord ingénument, en passant sur le pont. Cette rosse d'Anaïs dit à demi-voix : « Les journaux annoncent une forte crue de la Lisse... » Marie, qui entend, éclate d'un fou rire mêlé d'un reste de sanglots, et nous pouffons toutes. Et voilà, et la tête mobile de la retoquée a girouetté du côté de la joie ; elle songe qu'elle va être reçue au mois d'octobre, elle s'égaye, et nous ne trouvons rien de plus opportun, par cette soirée accablante, que de sauter à la corde, sur la place (toutes, oui, même les Jaubert !), jusqu'à dix heures, sous la lune.

Le lendemain, Mademoiselle vient nous secouer dans nos lits dès six heures ; pourtant, le train ne part qu'à dix ! « Allons, allons, petites louaches[8], il faut refaire les valises, déjeuner, vous n'aurez pas trop de temps ! » Elle vibre, dans un état de trépidation extraordinaire, ses yeux aigus brillent et pétillent, elle rit, bouscule Luce qui chancelle de sommeil, bourre Marie Belhomme qui se frotte les yeux, en chemise, les pieds dans ses pantoufles, sans reprendre la conscience nette des choses réelles. Nous sommes toutes éreintées, nous, mais qui reconnaîtrait en Mademoiselle la duègne qui nous chaperonna ces trois jours ? Le bonheur la transfigure, elle va revoir sa petite Aimée, et, d'allégresse ne cesse de sourire aux anges, dans l'omnibus qui nous remmène à la gare. Marie semble un peu mélancolique de son échec, mais je pense que c'est par devoir qu'elle affiche une mine contrite. Et nous jacassons éperdument, toutes à la fois, chacune racontant son examen à cinq autres qui n'écoutent pas.

— Ma vieille ! s'écrie Anaïs, quand j'ai entendu qu'il me demandait les dates des...

— J'ai défendu cent fois qu'on s'appelle « ma vieille » interrompt Mademoiselle.

— Ma vieille, recommence tout bas Anaïs, je n'ai eu que le temps d'ouvrir mon petit calepin dans ma main ; le plus fort, c'est qu'il l'a vu, ma pure parole, et qu'il n'a rien dit !

— Menteuse des menteuses ! crie l'honnête Marie Belhomme, les yeux hors de la tête, j'étais là, je regardais, il n'a rien vu du tout ; il te l'aurait ôté, on a bien ôté le décimètre à une des Villeneuve.

— Je te conseille de parler ! va donc raconter à Roubaud que la Grotte du Chien est pleine d'acide sulfurique !

Marie baisse la tête, devient rouge, et recommence à pleurer au souvenir de ses infortunes : je fais le geste d'ouvrir un parapluie et Mademoiselle sort une fois encore de son « espoir charmant » :

— Anaïs, vous êtes une gale ! Si vous tourmentez une seule de vos compagnes, je vous fais voyager seule dans un wagon à part.

— Celui des fumeurs, parfaitement, affirmè-je.

---

8. Chique, parasite du chien.

— Vous, on ne vous demande pas ça. Prenez vos valises, vos collets, ne soyez pas les éternelles engaudres[9] !

Une fois dans le train, elle ne s'occupe pas plus de nous que si nous n'existions pas ; Luce s'endort, la tête sur mon épaule ; les Jaubert s'absorbent dans la contemplation des champs qui filent, du ciel pommelé et blanc ; Anaïs se ronge les ongles ; Marie s'assoupit, elle et son chagrin.

À Bresles, la dernière station avant Montigny, on commence à s'agiter un peu ; dix minutes encore et nous serons là-bas. Mademoiselle tire sa petite glace de poche et vérifie l'équilibre de son chapeau, le désordre de ses rudes cheveux roux crespelés, la pourpre cruelle de ses lèvres, — absorbée, palpitante, et l'air quasi dément ; Anaïs se pince les joues dans le fol espoir d'y amener une ombre de rose ; je coiffe mon tumultueux et immense chapeau. Pour qui faisons-nous tant de frais ? Pas pour Mlle Aimée, nous autres, bien sûr. Eh bien ! pour personne, pour les employés de la gare, pour le conducteur de l'omnibus, le père Racalin, ivrogne de soixante ans, pour l'idiot qui vend les journaux, pour les chiens qui trotteront sur la route...

Voilà la Sapinière, et le bois de Bel Air, et puis le pré communal, et la gare des marchandises, et enfin les freins geignent ! Nous sautons à terre, derrière Mademoiselle qui a couru déjà à sa petite Aimée, joyeuse et sautillante sur le quai. Elle l'a serrée d'une étreinte si vive que la frêle adjointe en a brusquement rougi, suffoquée. Nous accourons près d'elle et lui souhaitons la bienvenue de l'air des écolières sages « ... jour, Mmmselle !... zallez bien, Mmmselle ? »

Comme il fait beau, comme rien ne presse, nous fourrons nos valises dans l'omnibus et nous revenons à pied, flânant le long de la route entre les haies hautes où fleurissent les polygalas, bleus et rose vineux, et les *Ave Maria* aux fleurs en petites croix blanches. Joyeuses d'être lâchées, de ne pas avoir d'Histoire de France à repasser ni de cartes à mettre en couleur, nous courons devant et derrière ces demoiselles, qui marchent bras sur bras, unies et rythmant leur pas. Aimée a embrassé sa sœur, lui a donné une tape sur la joue en lui disant : « Tu vois bien, petite serine, qu'on s'en tire tout de même ! » Et maintenant elle n'a plus d'yeux, d'oreilles que pour sa grande amie.

Désappointée une fois de plus, la pauvre Luce s'attache à ma

---

9. Emplâtres au figuré.

personne et me suit comme une ombre, en murmurant des moqueries et des menaces :

« C'est vraiment la peine qu'on se brège[10] la cervelle pour recevoir des compliments comme ça !... Elles ont bonne touche toutes les deux ; ma sœur pendue à l'autre comme un panier !... Devant tous les gens qui passent, si ça fait pas soupirer ! » Elles s'en fichent pas mal des gens qui passent.

Rentrée triomphale ! Tout le monde sait d'où nous venons, et le résultat de l'examen, télégraphié par Mademoiselle ; les gens se montrent sur leurs portes et nous font des signes amicaux. Marie sent croître sa détresse et disparaît le plus qu'elle peut.

D'avoir quelques jours quitté l'École, nous la voyons mieux en la retrouvant : achevée, parachevée, léchée, blanche, la mairie au milieu, flanquée les deux écoles, garçons et filles, la grande cour dont on a respecté les cèdres, heureusement, et les petits massifs réguliers à la française, et les lourdes portes de fer — beaucoup trop lourdes et trop redoutables — qui nous enferment, et les water-closets à six cabines, trois pour les grandes, trois pour les petites (par une touchante et pudique attention, les cabines des grandes ont des portes pleines, celles des petites : des demi-portes), les beaux dortoirs du premier étage, dont on aperçoit au dehors les vitres claires et les rideaux blancs. Les malheureux contribuables la paieront longtemps. On dirait une caserne, tant c'est beau !

Les élèves nous font une réception bruyante ; Mlle Aimée ayant bonnement confié la surveillance de ses élèves et celle de la première classe à la chlorotique Mlle Griset, pendant sa petite promenade à la gare, les classes sont semées de papiers, hérissées de sabots-projectiles de trognons de pommes-de-moisson... Sur un froncement des sourcils roux de Mlle Sergent, tout rentre dans l'ordre, des mains rampantes ramassent les trognons de pommes, des pieds s'allongent et, silencieusement, réintègrent les sabots épars.

Mon estomac crie et je vais déjeuner, charmée de retrouver Fanchette, et le jardin, et papa ; — Fanchette blanche qui se cuit et se fait maigrir au soleil, et m'accueille avec des miaulements brusques et étonnés ; — le jardin vert, négligé et envahi de plantes qui se hissent et s'allongent pour trouver le soleil que leur cachent les grands arbres ; —

---

10. Endommage.

et papa qui m'accueille d'une bonne bourrade tendre au défaut de l'épaule :

— Qu'est-ce que tu deviens donc ? Je ne te vois plus !

— Mais, papa, je viens de passer mon examen.

— Quel examen ?

Je vous dis qu'il n'y en a pas deux comme lui ! Complaisamment, je lui narre les aventures de ces derniers jours, pendant qu'il tire sa grande barbe rousse et blanche. Il paraît content. Sans doute, ses croisements de limaces lui auront fourni des résultats inespérés.

Je me suis payé quatre ou cinq jours de repos, de vagabondages aux Matignons, où je trouve Claire, ma sœur de lait, ruisselante de larmes parce que son amoureux vient de quitter Montigny sans daigner même l'en prévenir. Dans huit jours elle possédera un autre promis qui la lâchera au bout de trois mois, pas assez rusée pour retenir les gars, pas assez pratique pour se faire épouser ; et comme elle s'entête à rester sage... ça peut durer longtemps.

En attendant, elle garde ses vingt-cinq moutons, petite bergère un peu opéra-comique, un peu ridicule, avec le grand chapeau cloche qui protège son teint et son chignon (le soleil fait jaunir les cheveux, ma chère !) son petit tablier bleu brodé de blanc, et le roman blanc à titre rouge *En Fête !* qu'elle cache dans son panier. (C'est moi qui lui ai prêté les œuvres d'Auguste Germain pour l'initier à la grande vie ! Hélas, toutes les horreurs qu'elle commettra, j'en serai peut-être responsable.) Je suis sûre qu'elle se trouve poétiquement malheureuse, triste fiancée abandonnée, et qu'elle se plaît, toute seule, à prendre des poses nostalgiques, « les bras jetés comme de vaines armes », ou bien la tête penchée, à demi ensevelie sous ses cheveux épars. Pendant qu'elle me raconte les maigres nouvelles de ces quatre jours, et ses malheurs, c'est moi qui m'occupe des moutons et pousse la chienne vers eux : « Amène-les, Lisette ! Amène-les là-bas ! » c'est moi qui roule les « prrrr... ma guéline ! » pour les empêcher de toucher à l'avoine ; j'ai l'habitude.

« ... Quand j'ai appris par quel train il partait, soupire Claire, je me suis arrangée pour laisser mes moutons à Lisette et je suis descendue au passage à niveau. À la barrière j'ai attendu le train, qui ne va pas trop vite là parce que ça monte. Je l'ai aperçu, j'ai agité mon mouchoir, j'ai envoyé des baisers, je crois qu'il m'a vue... Écoute, je ne suis pas sûre, mais il m'a semblé que ses yeux étaient rouges. Peut-être que ses parents l'ont forcé de revenir... Peut-être qu'il m'écrira... » Va toujours, petite romanesque, ça ne coûte rien d'espérer. Et puis si j'essayais de te détourner, tu ne me croirais pas.

Au bout de cinq jours de trôleries dans les bois, à me griffer les bras et les jambes aux ronces, à rapporter des brassées d'œillets sauvages, de bluets et de sceaux-de-Salomon, à manger des merises amères et des groseilles à maquereau, la curiosité et le mal de l'École me reprennent. J'y retourne.

Je les trouve toutes, les grandes assises sur des bancs à l'ombre, dans la cour, travaillant paresseusement aux ouvrages « d'exposition » ; les petites, sous le préau, en train de barboter à la pompe ; Mademoiselle dans un fauteuil d'osier, son Aimée à ses pieds sur une caisse à fleurs renversée, flânant et chuchotant. À mon arrivée, Mlle Sergent bondit et pivote sur son siège :

— Ah ! vous voilà ! ce n'est pas malheureux ! Vous prenez du bon temps ! Mlle Claudine court les champs, sans songer que la distribution des prix approche, et que les élèves ne savent pas une note du chœur qu'on doit y chanter !

— Mais... Mlle Aimée n'est donc pas professeur de chant ? ni M. Rabastens (Antonin) ?

— Ne dites pas de bêtises ! Vous savez fort bien que Mlle Lanthenay ne peut pas chanter, la délicatesse de sa voix ne le lui permet pas ; quant à M. Rabastens, on a jasé en ville sur ses visites et ses leçons de chant, à ce qu'il paraît. Ah ! Dieu ! votre sale pays de cancans ! Enfin il ne reviendra plus. On ne peut pas se passer de vous pour les chœurs et vous en abusez. Ce soir, à quatre heures, nous diviserons les parties et vous ferez copier les couplets au tableau.

— Je veux bien, moi. Qu'est-ce que c'est, le chœur de cette année ?

— L'*Hymne à la Nature*. Marie, allez le chercher sur mon bureau, Claudine va commencer à le seriner.

C'est un chœur à trois parties, très chœur de pension. Les sopranos piaillent avec conviction :

> *Là-bas au lointain,*
> *L'hymne du matin*
> *S'élève en un doux murmure...*

Cependant que les mezzos, faisant écho aux rimes en *tin*, répètent *tin tin tin*, pour imiter la cloche de l'Angelus. C'est bête à pleurer. Ça plaira beaucoup.

Elle va commencer, cette douce vie, qui consiste à m'égosiller, à chanter trois cents fois le même air, à rentrer aphone à la maison, à m'enrager contre ces petites, réfractaires à tout rythme. Si on me faisait un cadeau, au moins !

Anaïs, Luce, quelques autres, ont heureusement une bonne mémoire de l'oreille, et me suivent de la voix dès la troisième fois. On cesse parce que Mademoiselle a dit : « Assez pour aujourd'hui » ; ce serait trop de cruauté de nous faire chanter longtemps par cette température sénégalienne.

— Et puis, vous savez, ajoute Mademoiselle, défense de fredonner l'*Hymne à la Nature* entre les leçons ! Sinon, vous l'estropierez, vous le déformerez et vous ne serez pas capables de le chanter proprement à la distribution. Travaillez, maintenant, et que je n'entende pas causer trop haut.

On nous garde dehors, les grandes, pour que nous exécutions plus à l'aise les mirifiques travaux destinés à l'exposition des *ouvrages de main* ! (Est-ce que les ouvrages peuvent être autres que « de main » ? Je n'en connais pas de « pied »). Car, après la distribution des prix, la ville entière vient admirer nos travaux exposés, emplissant deux classes : dentelles, tapisseries, broderies, lingeries enrubannées, déposées sur les tables d'étude. Les murs sont tendus de rideaux ajourés, de jetés de lit au crochet sur transparents de couleur, de descentes de lit en mousse de laine verte (du tricot détricoté) piquées de fleurs fausses rouges et roses, toujours en laine ; — de dessus de cheminée en peluche brodée. Mais ces grandes petites filles, coquettes des dessous qu'elles montrent, exposent surtout une quantité de lingeries somptueuses, des chemises en batiste de coton à fleurettes, à empiècements merveilleux, des pantalons forme sabot, jarretés de rubans, des cache-corsets festonnés en haut et en bas, tout ça sur transparents de papier bleu, rouge et mauve avec pancartes où le nom de l'auteur ressort, en belle ronde. Le long des murs s'alignent des tabourets au point de croix où repose soit l'horrible chat dont les yeux sont faits de quatre points verts, un noir au milieu, soit le chien, à dos rouge et à pattes violâtres, qui laisse pendre une langue couleur d'andrinople.

Bien entendu, la lingerie, plus que tout le reste, intéresse les gars, qui viennent visiter l'exposition comme tout le monde ; ils s'attardent aux chemises fleuries, aux pantalons enrubannés, se poussent de l'épaule, rient et chuchotent des choses énormes.

Il est juste de dire que l'École des garçons possède aussi son exposition, rivale de la nôtre. S'ils n'offrent pas à l'admiration des lingeries excitantes, ils montrent d'autres merveilles : des pieds de table habilement tournés, des colonnes torses, (ma chère ! c'est le plus difficile), des assemblages de menuiserie en « queue d'aronde, » des cartonnages ruisselants de colle, et surtout des moulages en terre glaise — joie de l'instituteur, qui baptise cette salle « *Section de sculpture*, » modestement — des moulages, dis-je, qui ont la prétention de reproduire des frises du Parthénon et autres bas-reliefs, noyés, empâtés, piteux. La Section de dessin n'est pas plus consolante : les têtes des Brigands des Abruzzes louchent, le Roi de Rome a une fluxion, Néron grimace horriblement, et le président Loubet dans un cadre tricolore, menuiserie et cartonnage combinés, a envie de vomir (c'est qu'il songe à son ministère, explique Dutertre, toujours enragé de n'être pas député). Aux murs, des lavis mal lavés, des plans d'architecture et la « vue générale anticipée (*sic*) de l'Exposition de 1900, » aquarelle qui mérite le prix d'honneur.

Et pendant le temps qui nous sépare encore des vacances, on laissera au rancart tous les livres, on travaillera mollement dans l'ombre des murs, en se lavant les mains toutes les heures — prétexte à rôderie — pour ne pas tacher de moiteur les laines claires et les linges blancs ; j'expose seulement trois chemises de linon, roses, forme bébé, avec les pantalons pareils, *fermés*, détail qui scandalise mes camarades, unanimes à trouver cela « inconvenant, » parole d'honneur !

Je m'installe entre Luce et Anaïs, voisine elle-même de Marie Belhomme, car nous nous tenons, par habitude, en un petit groupe. Pauvre Marie ! Il lui faut retravailler pour l'examen d'octobre... Comme elle s'ennuyait à périr dans la classe vide, Mademoiselle la laisse par pitié venir avec nous ; elle lit dans des Atlas, dans des Histoires de France quand je dis qu'elle lit... son livre est ouvert sur ses genoux, elle penche la tête et glisse des regards vers nous, tendant l'oreille à ce que nous disons. Je prévois le résultat de l'examen d'octobre !

— Je sèche de soif ! As-tu ta bouteille ? me demande Anaïs.
— Non, pas pensé à l'apporter, mais Marie doit avoir la sienne.
Encore une de nos coutumes immuables et ridicules, ces bouteilles.

Dès les premiers jours de grosse chaleur, il est convenu que l'eau de la pompe devient imbuvable (elle l'est en tout temps), et chacune apporte au fond du petit panier, — quelquefois dans la serviette de cuir ou le sac de toile — une bouteille pleine de boisson fraîche. C'est à qui réalisera le mélange le plus baroque, les liquides les plus dénaturés. Pas de coco, c'est bon pour la petite classe ! À nous l'eau vinaigrée qui blanchit les lèvres et tiraille l'estomac, les citronnades aiguës, les menthes qu'on fabrique soi-même avec les feuilles fraîches de la plante, l'eau-de-vie chipée à la maison et empâtée de sucre, le jus des groseilles vertes qui fait *regipper*[11]. La grande Anaïs déplore amèrement le départ de la fille du pharmacien, qui nous fournissait jadis des flacons pleins d'alcool de menthe trop peu additionné d'eau, ou encore d'eau de Botot sucrée ; moi qui suis une nature simple, je me borne à boire du vin blanc coupé d'eau de Seltz, avec du sucre et un peu de citron. Anaïs abuse du vinaigre et Marie du jus de réglisse, si concentré qu'il tourne au noir. L'usage des bouteilles étant interdit, chacune, je le répète, apporte la sienne, fermée d'un bouchon que traverse un tuyau de plume, ce qui nous permet de boire en nous penchant, sous prétexte de ramasser une bobine, sans déplacer la bouteille couchée dans le panier, le bec dehors. À la petite récréation d'un quart d'heure (à neuf heures et à trois heures), tout le monde se précipite à la pompe pour inonder les bouteilles et les rafraîchir un peu. Il y a trois ans, une petite est tombée avec sa bouteille, s'est crevé un œil ; son œil est tout blanc, maintenant. À la suite de cet accident, on a confisqué tous les récipients, tous, pendant une semaine... et puis quelqu'une a rapporté le sien, exemple suivi par une autre le jour suivant... le mois d'après, les bouteilles fonctionnaient régulièrement. Mademoiselle ignore peut-être cet accident qui date d'avant son arrivée, — ou bien elle préfère fermer les yeux pour que nous la laissions tranquille.

Rien ne se passe, en vérité. La chaleur nous ôte tout entrain : Luce m'assiège moins de ses importunes câlineries ; des velléités de querelles s'éveillent à peine pour tomber tout de suite ; c'est la flemme, quoi, et les orages brusques de juillet, qui nous surprennent dans la cour, nous balaient sous des trombes de grêle, — une heure après, le ciel est pur.

---

11. Mot intraduisible indiquant l'impression produite par les saveurs astringentes.

On a joué une méchante farce à Marie Belhomme qui s'était vantée de venir à l'École sans pantalon, à cause de la chaleur.

Nous étions quatre, une après-midi, assises sur un banc dans l'ordre que voici :

Marie - Anaïs - Luce - Claudine.

Après s'être fait dûment expliquer mon plan, tout bas, mes deux voisines se lèvent pour se laver les mains, et le milieu du banc reste vide, Marie à un bout, moi à l'autre. Elle dort à moitié sur son arithmétique. Je me lève brusquement ; le banc bascule : Marie, réveillée en sursaut, tombe les jambes en l'air, avec un de ces cris de poule égorgée dont elle a le secret, et nous montre... qu'effectivement elle ne porte pas de pantalon. Des huées, des rires énormes éclatent ; la Directrice veut tonner et ne peut pas, prise elle-même d'un fou rire ; et Aimée Lanthenay préfère s'en aller, pour ne pas offrir à ses élèves le spectacle de ses tortillements de chatte empoisonnée.

Dutertre ne vient plus depuis des temps. On le dit aux bains de mer, quelque part, où il lézarde et flirte (mais où prend-il de l'argent ?) Je le vois, en flanelle blanche, en chemises molles, avec des ceintures trop larges et des souliers trop jaunes ; il adore ces costumes un peu rastas, très rasta lui-même sous ces teintes claires, trop hâlé et d'yeux trop brillants, les dents pointues et la moustache d'un noir roussi comme si on l'avait flambée. Je n'ai guère pensé à sa brusque attaque dans le couloir vitré — l'impression a été vive mais courte — et puis, avec lui, on sait si bien que ça ne tire pas à conséquence ! Je suis peut-être la trois centième petite fille qu'il tente d'attirer chez lui ; l'incident n'a d'intérêt ni pour lui ni pour moi. Ça en aurait si le coup avait réussi, voilà tout.

Déjà nous songeons beaucoup aux toilettes de la distribution des prix. Mademoiselle se fait broder une robe de soie noire par sa mère, fine travailleuse qui exécute dessus, au plumetis, de grands bouquets, des guirlandes minces qui suivent le bas de la jupe, des branches qui grimpent sur le corsage, tout cela en soies violettes nuancées, passées, — quelque chose de très distingué, un peu « dame âgée » peut-être, mais de coupe impeccable ; toujours sombrement et simplement vêtue, le chic de ses jupes éclipse toutes les notairesses, receveuses, commerçantes et rentières d'ici ! C'est sa petite vengeance de femme laide et bien faite.

Mlle Sergent s'occupe aussi d'habiller gentiment sa petite Aimée pour ce grand jour. On a fait venir des échantillons du Louvre, du Bon Marché, et les deux amies choisissent ensemble, absorbées, devant nous, dans la cour où nous travaillons à l'ombre. Je pense que voilà une robe qui ne coûtera pas cher à Mlle Aimée ; de vrai, elle aurait bien tort d'agir autrement, ce n'est pas avec ses 75 francs par mois — desquels il faut retrancher trente francs, sa pension (qu'elle ne paie pas) autant pour celle de sa sœur (qu'elle économise) et vingt francs qu'elle envoie à ses parents, je le sais par Luce — ce n'est pas avec ces appointements, je dis, qu'elle paierait la gentille robe de mohair blanc dont j'ai vu l'échantillon.

Parmi les élèves, c'est très bien porté de ne point paraître s'occuper de sa toilette de distribution. Toutes y réfléchissent un mois à l'avance, tourmentent les mamans pour obtenir des rubans, des dentelles, ou seulement des modifications qui moderniseront la robe de l'an passé, — mais il est de bon goût de n'en rien dire ; on se demande avec une curiosité détachée, comme par politesse : « Comment sera ta robe ? » Et on semble à peine écouter la réponse, faite sur le même ton négligent et dédaigneux.

La grande Anaïs m'a posé la question d'usage, les yeux ailleurs, la figure distraite. Le regard perdu, la voix indifférente, j'ai expliqué : « Oh ! rien d'étonnant... de la mousseline blanche... le corsage en fichu croisé ouvert en pointe... et les manches Louis XV avec un sabot de mousseline arrêtées au coude... C'est tout. »

Nous sommes toutes en blanc pour la distribution ; mais les robes sont ornées de rubans clairs, choux, nœuds, ceintures, dont la nuance, que nous tenons à changer tous les ans, nous préoccupe beaucoup.

— Les rubans ? demande Anaïs du bout des lèvres.

(J'attendais ça).

— Blancs aussi.

— Ma chère, une vraie mariée, alors ! Tu sais, il y en a beaucoup qui seraient noires, dans tout ce blanc-là, comme des puces sur un drap.

— C'est vrai. Par bonheur, le blanc me va assez bien.

(Rage, chère enfant ! On sait qu'avec ta peau jaune tu es forcée de mettre des rubans rouges ou oranges à ta robe blanche, pour ne pas avoir l'air d'un citron.)

— Et toi ? rubans oranges ?

— Non, voyons ! J'en avais l'année dernière ! Des rubans Louis XV pékinés, faille et satin, ivoire et coquelicot. Ma robe est en lainage crème.

— Moi, annonce Marie Belhomme, à qui on ne demande rien, c'est de la mousseline blanche, et les rubans couleur pervenche, d'un bleu mauve, très joli !

— Moi, fait Luce, toujours nichée dans mes jupes ou tapie dans mon ombre, j'ai la robe, seulement je ne sais pas quels rubans y mettre ; Aimée les voudrait bleus…

— Bleus ? ta sœur est une gourde, sauf le respect que je lui dois. Avec des yeux verts comme les tiens, on ne prend pas de rubans bleus, ça fait grincer des dents. La modiste de la place vend des rubans très jolis, en glacé vert et blanc… ta robe est blanche ?

— Oui, en mousseline.

— Bon ! Maintenant, tourmente ta sœur pour qu'elle t'achète les rubans verts.

— Pas besoin, c'est moi qui les achète.

— C'est encore mieux. Tu verras que tu seras gentille ; il n'y en aura pas trois qui oseront risquer des rubans verts, c'est trop difficile à porter.

Cette pauvre gosse ! Pour la moindre amabilité que je lui dis, sans le faire exprès, elle s'illumine…

Mlle Sergent, à qui l'exposition proche inspire des inquiétudes, nous bouscule, nous presse ; les punitions pleuvent, punitions qui consistent à faire après la classe vingt centimètres de dentelle, un mètre d'ourlet ou vingt rangs de tricot. Elle travaille aussi, elle, à une paire de splendides rideaux de mousseline qu'elle brode fort joliment, quand son Aimée lui en laisse le temps. Cette gentille fainéante d'adjointe, paresseuse comme une chatte qu'elle est, soupire et s'étire pour cinquante points de tapisserie, devant toutes les élèves, et Mademoiselle lui dit, sans oser la gronder que « c'est un exemple déplorable pour nous ». Là-dessus l'insubordonnée jette son ouvrage en l'air, regarde son amie avec des yeux scintillants, et se jette sur elle pour lui mordiller les mains. Les grandes sourient et se poussent du coude, les petites ne sourcillent pas.

Un grand papier, estampillé de la Préfecture, timbré de la mairie, trouvé par Mademoiselle dans la boîte aux lettres, a troublé singulièrement cette matinée, fraîche par hasard ; toutes les têtes travaillent, et toutes les langues. La Directrice ouvre le pli, le lit, le relit et ne dit rien. Sa toquée de petite compagne, impatientée de ne rien savoir, jette dessus des pattes vives et exigeantes et pousse des « Ah ! » et des « Ça va en faire des embarras ! » si forts que, violemment intriguées, nous palpitons.

— Oui, lui dit Mademoiselle, j'étais avertie, mais j'attendais la feuille officielle ; c'est un des amis du docteur Dutertre…

— Mais ce n'est pas tout ça, il faut le dire aux élèves, puisqu'on va pavoiser, puisqu'on va illuminer, puisqu'il y aura un banquet… Regardez les donc, elles cuisent d'impatience !

Si nous cuisons !…

— Oui, il faut leur annoncer. Mesdemoiselles, tâchez de m'écouter et de comprendre ! Le ministre de l'Agriculture, M. Jean Dupuy, viendra au chef-lieu à l'occasion du prochain comice agricole, et en profitera pour inaugurer les Écoles neuves ; la ville sera pavoisée, illuminée, il y aura réception à la gare… et puis vous m'ennuyez, vous saurez bien tout ça puisque le tambour de ville le criera, tâchez seulement d'*apletter* plus que ça, que vos ouvrages soient prêts !

Un silence profond. Et puis nous éclatons ! Des exclamations partent, se mêlent, et le tumulte croît, troué d'une petite voix pointue : « Est-ce que le ministre va nous interroger ? » On hue Marie Belhomme, la cruche, qui a demandé ça.

Mademoiselle nous fait mettre en rang, quoique l'heure ne soit pas encore venue, et nous lâche, criardes et bavardes, pour aller éclaircir ses idées et prendre des dispositions en vue de l'événement inouï qui se prépare.

— Ma vieille, qu'est-ce que tu dis de ça ? me demande Anaïs dans la rue.

— Je dis que nos vacances commenceront huit jours plus tôt, ça ne me fait pas rire ; je m'ennuie quand je ne peux pas venir à l'école.

— Mais il va y avoir des fêtes, des bals, des jeux sur les places.

— Oui, et beaucoup de gens devant qui parader, je t'entends bien ! Tu sais, nous serons très en vue, Dutertre, qui est l'ami particulier du nouveau ministre (c'est à cause de lui que cette Excellence de fraîche date se risque dans un trou comme Montigny), nous mettra en avant…

— Non ? tu crois ?

— Sûr ! C'est un coup qu'il a monté pour dégommer le député !

Elle s'en va radieuse, rêvant de fêtes officielles pendant lesquelles dix mille paires d'yeux la contempleront !

Le tambour de ville a crié la nouvelle ; on nous promet des joies sans fin : arrivée du train ministériel à neuf heures, les autorités municipales, les élèves des deux Écoles, enfin tout ce que la population de Montigny compte de plus remarquable attendra le ministre près de la gare, à l'entrée de la ville, et le conduira à travers les rues pavoisées, au sein des Écoles. Là, sur une estrade, il parlera ! Et dans la grande salle de la mairie il banquètera en nombreuse compagnie. Puis, distribution des prix aux grandes personnes (car M. Jean Dupuy apporte quelques petits rubans violets et verts aux obligés de son ami Dutertre, qui réussit là un coup de maître). Le soir, grand bal dans la salle du banquet. La fanfare du chef lieu (quelque chose de propre !) prêtera son gracieux concours. Enfin le maire invite les habitants à pavoiser leurs demeures et à les décorer de verdure. Ouf ! Quel honneur pour nous !

Ce matin, en classe, Mademoiselle nous annonce solennellement — on voit tout de suite que de grandes choses se préparent — la visite de son cher Dutertre, qui nous donnera, avec sa complaisance habituelle, d'amples détails sur la façon dont on réglera la cérémonie.

Là-dessus, il ne vient pas.

L'après-midi seulement, vers quatre heures, à l'instant où nous plions dans les petits paniers nos tricots, dentelles et tapisseries, Dutertre entre, comme toujours, en coup de vent, sans frapper. Je ne l'avais pas revu depuis son « attentat », il n'a pas changé : vêtu avec son habituelle négligence recherchée, — chemise de couleur, vêtements presque blancs, une grande régate claire prise dans la ceinture qui lui sert de gilet — Mlle Sergent, comme Anaïs, comme Aimée Lanthenay, comme toutes, trouvent qu'il s'habille d'une façon suprêmement distinguée.

En parlant à ces demoiselles, il laisse errer ses yeux de mon côté, des yeux allongés, tirés sur les tempes, des yeux d'animal méchant, qu'il sait rendre doux. Il ne m'y prendra plus à me laisser emmener dans le couloir ; c'est fini, ce temps-là !

— Eh bien, petites, s'écrie-t-il, vous êtes contentes de voir un ministre ?

On répond par des murmures indistincts et respectueux.

— Attention ! Vous allez lui faire à la gare une réception soignée, toutes en blanc ! Ce n'est pas tout ; il faut, pour lui offrir des bouquets, trois grandes, dont l'une récitera un petit compliment ; ah, mais !

Nous échangeons des regards de timidité feinte et d'effarouchement menteur.

— Ne faites pas les petites dindes ! il en faut une en blanc pur, une en blanc avec rubans bleus, une en blanc avec rubans rouges, pour figurer un drapeau d'honneur, eh ! eh ! un petit drapeau pas vilain du tout ! Tu en es bien entendu, du drapeau, toi (c'est moi, ça) tu es décorative, et puis j'aime qu'on te voie. Comment sont tes rubans pour la distribution des prix ?

— Dame, cette année, c'est blanc partout.

— C'est bon, espèce de petite vierge, tu feras le milieu du drapeau. Et tu réciteras un speech à mon ministre d'ami, il ne s'embêtera pas à te regarder, sais-tu ?

(Il est complètement fou de lâcher ici de pareilles choses ! Mlle Sergent me tuera !)

— Qui a des rubans rouges ?

— Moi ! crie Anaïs qui palpite d'espérance.

— Bon, toi, je veux bien.

C'est un demi-mensonge de cette enragée, puisque ses rubans sont pékinés.

— Qui a des bleus ?

— Moi, Mon... sieur, bégaye Marie Belhomme, étranglée de peur.

— Ça va bien, vous ne serez pas répugnantes toutes trois. Et puis, vous savez, pour les rubans, allez-y gaiement, faites des folies, c'est moi qui paye ! (hum !) Des belles ceintures, des nœuds ébouriffants, et je vous commande des bouquets à vos couleurs !

— Si loin ! dis-je. Ils auront le temps de se faner.

— Tais-toi, gamine, tu n'auras jamais la bosse du respect. J'aime à croire que tu en possèdes déjà d'autres plus agréablement situées ?

Toute la classe s'esclaffe avec entraînement ; Mademoiselle rit jaune. Quant à Dutertre, je jurerais qu'il est ivre !

On nous met à la porte avant son départ. Ce que j'entends de « Ma chère, on peut le dire que tu as de la chance ! Pour toi tous les honneurs, quoi ! Ça ne serait pas tombé sur une autre, pas de danger ! » Je ne réponds rien, mais je m'en vais consoler cette pauvre petite Luce, toute triste de n'avoir pas été choisie dans le drapeau : « Va, le vert t'ira mieux que tout... et puis c'est ta faute, pourquoi ne t'es-tu pas mise en avant comme Anaïs ? »

— Oh ! soupire la petite, ça ne fait rien. Je perds la tête devant le monde et j'aurais fait quelque bêtise. Mais je suis contente que tu récites le compliment et pas la grande Anaïs.

Papa, averti de la part glorieuse que je prendrai à l'inauguration des écoles, a froncé son nez bourbon pour demander : « Mille dieux ! va-t-il falloir que je me montre là-bas ?
— Pas du tout, papa, tu restes dans l'ombre !
— Alors, parfait, je n'ai pas à m'occuper de toi ?
— Bien sûr que non, papa, ne change pas tes habitudes ! »

La ville et l'école sont sens dessus-dessous. Si ça continue, je n'aurai plus le temps de rien raconter. Le matin nous arrivons en classe dès sept heures, et il s'agit bien de classe ! La Directrice a fait venir du chef-lieu des ballots énormes de papier de soie, rose, bleu-tendre, rouge, jaune, blanc ; dans la classe du milieu nous les éventrons, — les plus grandes constituées en commis principaux et allez, allez compter les grandes feuilles légères, les plier en six dans leur longueur, les couper en six bandes, et attacher ces bandes en petits monceaux qui sont portés au bureau de Mademoiselle. Elle les découpe sur les côtés, en dents rondes à l'emporte-pièce, Mlle Aimée les distribue ensuite à toute la première classe, à toute la seconde classe. Rien à la troisième, ces gosses trop petites gâcheraient le papier, le joli papier, dont chaque bande deviendra une rose chiffonnée et gonflée, au bout d'une tige en fil d'archal.

Nous vivons dans la joie ! Les livres et les cahiers dorment sous les pupitres fermés, et c'est à qui se lèvera la première pour courir tout de suite à l'École transformée en atelier de fleuristes.

Je ne paresse plus au lit, non, et je me presse tant d'arriver tôt que j'attache ma ceinture dans la rue. Quelquefois nous sommes déjà toutes réunies dans les classes quand ces demoiselles descendent enfin, et elles en prennent à leur aise aussi, au point de vue toilette ! Mademoiselle Sergent s'exhibe en peignoir de batiste rouge (sans corset, fièrement) ; sa câline adjointe la suit, en pantoufles, les yeux ensommeillés et tendres. On vit en famille ; avant-hier matin Mlle Aimée, s'étant lavé la tête, est descendue les cheveux défaits et encore humides, des cheveux dorés doux comme de la soie, assez courts, annelés mollement à l'extrémité ; elle ressemblait à un polisson de petit page, et sa Directrice, sa bonne Directrice, la buvait des yeux.

La cour est désertée ; les rideaux de serge, tirés, nous enveloppent d'une atmosphère bleue et fantastique. Nous nous mettons à l'aise, Anaïs quitte son tablier et retrousse ses manches comme une pâtissière ; la petite Luce, qui saute et court derrière moi tout le long du jour, a relevé en laveuse sa robe et son jupon, prétexte pour montrer ses mollets ronds et ses chevilles fragiles. Mademoiselle, apitoyée, a permis à Marie Belhomme de fermer ses livres ; en blouse de toile à rayures noires et blanches, l'air toujours un peu pierrot, elle voltige avec nous, coupe les bandes de travers, se trompe, s'accroche les pieds dans les fils d'archal, se désole et se pâme de joie dans la même minute, inoffensive et si douce qu'on ne la taquine même pas.

Mlle Sergent se lève et tire le rideau d'un geste brusque, du côté de la cour des garçons. On entend, dans l'école en face, des braillements de jeunes voix rudes et mal posées : c'est Monsieur Rabastens qui enseigne à ses élèves un chœur républicain. Mademoiselle attend un instant, puis fait un signe du bras, les voix se taisent là-bas, et le complaisant Antonin accourt, nu-tête, la boutonnière fleurie d'une rose de France.

— Soyez donc assez aimable pour envoyer deux de vos élèves à l'atelier, vous leur ferez couper ce fil d'archal en bouts de vingt-cinq centimètres.

— Incontinint, Mademoiselle. Vous travaillez toujours à vos fleurs ?

— Ce n'est pas fini de sitôt ; il faut cinq mille roses rien que pour l'école seule, et nous sommes encore chargées de décorer la salle du banquet !

Rabastens s'en va, courant nu-tête sous le soleil féroce. Un quart d'heure après, on frappe à notre porte, qui s'ouvre devant deux grands nigauds de quatorze à quinze ans ; ils rapportent les fils de fer, ne savent que faire de leurs longs corps, rouges et stupides, excités de tomber au milieu d'une cinquantaine de fillettes qui, les bras nus, le cou nu, le corsage ouvert, rient méchamment des deux gars. Anaïs les frôle en passant, j'accroche doucement à leurs poches des serpents de papier, ils s'échappent enfin, contents et malheureux, tandis que Mademoiselle prodigue des « Cht ! » qu'on écoute peu.

Avec Anaïs je suis plieuse et coupeuse, Luce empaquette et porte à la Directrice, Marie met en tas. À onze heures du matin, et à trois heures de l'après-midi, on laisse tout et on se groupe pour répéter l'*Hymne à la Nature*. Vers cinq heures, on s'attife un peu, les petites glaces sortent des poches ; des gamines de la deuxième classe, complaisantes, nous tendent leur tablier noir derrière les vitres d'une fenêtre ouverte ; devant ce sombre miroir nous remettons nos chapeaux, j'ébouriffe mes boucles, Anaïs rehausse son chignon affaissé, et l'on s'en va.

La ville commence à se remuer autant que nous ; songez donc, M. Jean Dupuy arrive dans six jours ! Les gars partent le matin dans des carrioles, chantant à pleine gorge et fouettant à tour de bras la rosse qui les traîne ; ils vont dans les bois de la commune — et dans les bois privés aussi, j'en suis sûre — « choisir » leurs arbres et les marquer ; des sapins surtout, des ormes, des trembles aux feuilles veloutées périront par centaines, il faut bien faire honneur à ce récent ministre ! Le soir, sur la place, sur les trottoirs, les jeunes filles chiffonnent des roses de papier et chantent pour attirer les gars qui viennent les aider. Grand Dieu, qu'ils doivent donc hâter la besogne ! Je vois ça d'ici, ils s'y emploient des deux mains.

Des menuisiers enlèvent les cloisons mobiles de la grande salle de la mairie où l'on banquètera ; une grande estrade pousse dans la cour. Le médecin-délégué-cantonal Dutertre fait de courtes et fréquentes apparitions, approuve tout ce qu'on édifie, tape sur les épaules des hommes, pince les mentons féminins, paye à boire et disparaît pour revenir bientôt. Heureux pays ! Pendant ce temps-là on ravage les bois, on braconne jour et nuit, on se bat dans les cabarets, et une vachère du Chêne-Fendu a donné son nouveau-né à manger aux cochons. (Au bout de quelques jours on a mis fin aux poursuites, Dutertre ayant réussi à prouver l'irresponsabilité de cette fille... On ne s'occupe déjà plus de l'affaire). Grâce à ce système-là il empoisonne le pays, mais il s'est constitué, de deux cents chenapans, des âmes damnées qui tueraient et mourraient pour lui. Il sera nommé député. Qu'importe le reste !

Nous, mon Dieu ! nous faisons des roses. Cinq ou six mille roses, ce n'est pas une petite affaire. La petite classe s'occupe tout entière à fabriquer des guirlandes de papier plissé, de couleurs tendres, qui flotteront un peu partout au gré de la brise. Mademoiselle craint que ces préparatifs ne soient pas terminés à temps, et nous donne à emporter chaque soir une provision de papier de soie et de fil de fer ; nous travaillons chez nous après dîner, avant dîner, sans repos ; les tables, dans toutes les maisons, s'encombrent de roses blanches, bleues, rouges, roses et jaunes, gonflées, raides et fraîches au bout de leurs tiges. Ça tient tant de place, qu'on ne sait où les mettre ; elles débordent partout, fleurissent en tas multicolores, et nous les rapportons le matin en bottes, avec l'air d'aller souhaiter la fête à des parents.

La Directrice, bouillonnante d'idées, veut encore faire construire un arc de triomphe à l'entrée des écoles ; les montants s'épaissiront de branches de pins, de feuillages échevelés, piqués de roses en foule. Le fronton portera cette inscription, en lettres de roses roses, sur un fond de mousse :

SOYEZ LES BIENVENUS !

C'est gentil, hein ?

Moi aussi, j'ai eu ma trouvaille : j'ai suggéré l'idée de couronner de fleurs le drapeau, c'est-à-dire nous.

— Oh ! oui, ont crié Anaïs et Marie Belhomme.

— Ça va. (Pour ce que ça nous coûte !) Anaïs, tu seras couronnée de coquelicots ; Marie tu te diadèmeras de bluets, et moi, blancheur, candeur, pureté, je mettrai...

— Quoi ? des fleurs d'oranger ?

— Je les mérite encore, Mademoiselle ! Plus que vous-même sans doute !

— Les lis te semblent-ils assez immaculés ?

— Tu m'*arales* ! Je prendrai des marguerites ; tu sais bien que le bouquet tricolore est composé de marguerites, de coquelicots, et de bluets. Allons chez la modiste.

D'un air dégoûté et supérieur, nous choisissons ; la modiste mesure notre tour de tête et nous promet « ce qui se fait de mieux ».

Le lendemain, nous recevons trois couronnes qui me navrent : des diadèmes renflés au milieu comme ceux des mariées de campagne ; le moyen d'être jolie avec ça ! Marie et Anaïs, ravies, essayent les leurs au milieu d'un cercle admirant de gosses ; moi, je ne dis rien, mais j'emporte mon ustensile à la maison où je le démolis commodément. Puis, sur la même armature de fil de fer, je reconstruis une couronne fragile, mince, les grandes marguerites en étoiles posées comme au hasard, prêtes à se détacher ; deux ou trois fleurs pendent en grappes près des oreilles, quelques-unes roulent par derrière dans les cheveux ; j'essaye mon œuvre sur ma tête ; je ne vous dis que ça ! Pas de danger que j'avertisse les deux autres !

Un surcroît de besogne nous arrive : les papillotes ! Vous ne savez pas, vous ne pouvez pas savoir. Apprenez qu'à Montigny une élève n'assisterait pas à une distribution de prix, à une solennité quelconque, sans être dûment frisée ou ondulée. Rien d'étrange à cela, certes, quoiques ces tire-bouchons raides et ces torsions excessives donnent plutôt aux cheveux l'aspect de balais irrités ; mais les mamans de toutes ces petites filles, couturières, jardinières, femmes d'ouvriers et boutiquières, n'ont pas le temps, ni l'envie, ni l'adresse de papilloter toutes ces têtes. Devinez à qui revient ce travail, parfois peu ragoûtant ? Aux institutrices et aux élèves de la première classe ! Oui, c'est fou, mais quoi, c'est l'habitude, et ce mot-là répond à tout. Une semaine avant les distributions de prix, des petites nous harcèlent et s'inscrivent sur nos listes. Cinq ou six pour chacune de nous, au moins ! Et pour une tête propre aux jolis cheveux souples, combien de tignasses grasses — sinon habitées !

Aujourd'hui nous commençons à papilloter ces gamines de huit à onze ans ; accroupies à nos pieds sur des petits bancs, ou par terre, elles nous abandonnent leurs têtes, et, comme bigoudis, nous employons des feuilles de nos vieux cahiers. Cette année, je n'ai voulu accepter que quatre victimes, et choisies dans les propres encore ; chacune des autres grandes frise six petites ! Besogne peu facile, car les filles de ce pays possèdent presque toutes des crinières abondamment fournies. À midi, nous appelons le troupeau docile ; je commence par une blondinette aux cheveux légers qui bouclent mollement, de façon naturelle.

— Comment ? qu'est-ce que tu viens faire ici ? avec des cheveux comme ça, tu veux que je te les frise ? C'est un massacre !

— Tiens ! mais bien sûr que je veux qu'on me frise ! Pas frisée, un jour de Prix, un jour de Ministre ? On n'aurait jamais vu ça !

— Tu seras laide comme quatorze péchés capitaux ! Tu auras des cheveux raides, une tête de loup.

— Ça m'est égal, je serai frisée, au moins.

Puisqu'elle y tient ! Et dire que toutes pensent comme celle-ci ! Je parie que Marie Belhomme elle-même...

— Dis donc, Marie, toi qui tirebouchonnes naturellement, je pense bien que tu restes comme tu es ?

Elle en crie d'indignation :

— Moi ? Rester comme ça ? Tu n'y songes pas ! J'arriverais à la distribution avec une tête plate !

— Mais moi, je ne me frise pas.

— Toi, ma chère, tu « boucles » assez serré, et puis tes cheveux font le nuage assez facilement... et puis on sait que tes idées ne sont jamais pareilles à celles des autres.

En parlant, elle roule avec animation — avec trop d'animation, — les longues mèches couleur de blé mûr de la fillette assise devant elle et ensevelie dans sa chevelure, — une broussaille d'où sortent parfois des gémissements pointus.

Anaïs malmène, non sans méchanceté, sa patiente, qui hurle.

— Aussi, elle a trop de cheveux, celle-là ! dit-elle en guise d'excuse.

Quand on croit avoir fini on est à moitié ; tu l'as voulu, tu y es, tâche de ne pas crier !

On frise, on frise... le couloir vitré s'emplit des bruissements du papier plié qu'on tord sur les cheveux. Notre travail achevé, les gamines se relèvent en soupirant et nous exhibent des têtes hérissées de copeaux de papier, où l'on peut lire encore : « Problèmes... morale... duc de Richelieu... » Elles sont hideuses ! Pendant ces quatre jours, elles se promènent, ainsi fagotées, par les rues, en classe, sans honte. Puisqu'on vous dit que c'est l'habitude.

... On ne sait plus comment on vit ; tout le temps dehors, trottant n'importe où, portant ou rapportant des roses, quêtant — nous quatre, Anaïs, Marie, Luce et moi — réquisitionnant partout des fleurs, naturelles celles-là, pour orner la salle du banquet, nous entrons (envoyées par Mademoiselle qui compte sur nos jeunes frimousses pour désarmer les formalistes) chez des gens que nous n'avons jamais vus ; ainsi, chez Paradis, le receveur de l'enregistrement, parce que la rumeur publique l'a dénoncé comme le possesseur de rosiers nains en pots, de petites merveilles. Toute timidité perdue, nous pénétrons dans son logis tranquille et « Bonjour, Monsieur ! Vous avez de beaux rosiers, nous a-t-on dit, c'est pour les jardinières de la salle du banquet, vous savez bien, nous venons de la part, etc., etc. » Le pauvre homme balbutie quelque chose dans sa grande barbe, et nous précède armé d'un sécateur. Nous repartons chargées, des pots de fleurs dans les bras, riant, bavardant, répondant effrontément aux gars qui travaillent tous à dresser, au débouché de chaque rue, les charpentes des arcs de triomphe et nous interpellent : « Hé ! les gobettes, si vous avez besoin de quelqu'un, on vous trouverait encore ça... heullà t'y possible ! en v'là justement qui tombent ! Vous perdez quelque chose, ramassez-le donc ! » Tout le monde se connaît, tout le monde se tutoie...

Hier et aujourd'hui les gars sont partis à l'aube, dans des carrioles, et ne reviennent qu'à la tombée du jour, ensevelis sous les branches de buis, de mélèzes, de thuyas, sous des charretées de mousse verte qui sent le marais : et après ils vont boire, comme de juste. Je n'ai jamais vu en semblable effervescence cette population de bandits qui, d'ordinaire, se fichent de tout, même de la politique ; ils sortent de leurs bois, de leurs taudis, des taillis où ils guettent les gardeuses de vaches, pour fleurir Jean Dupuy ! C'est à n'y rien comprendre ! La bande à Louchard, six ou sept terribles vauriens dépeupleurs de forêts, passent en chantant, invisibles sous des monceaux de lierre en guirlandes, qui traînent derrière eux avec un chuchotement doux.

Les rues luttent entre elles, la rue du Cloître édifie trois arcs de triomphe, parce que la Grande Rue en promettait deux, un à chaque bout. Mais la Grande-Rue se pique au jeu et construit une merveille, un château moyen âge tout en branches de pin égalisées aux ciseaux, avec des tours en poivrières. La rue des Fours-Banaux, tout près de l'école, subissant l'influence artistico-champêtre de Mlle Sergent, se borne à tapisser complètement les maisons qui la bordent en branches chevelues et désordonnées, puis à tendre des lattes, d'une maison à l'autre et à couvrir ce toit de lierres retombants et enchevêtrés ; résultat : une charmille obscure et verte, délicieuse, où les voix s'étouffent comme dans une chambre étoffée ; les gens passent et repassent dessous par plaisir. Furieuse alors, la rue du Cloître perd toute mesure et relie l'un à l'autre ses trois arcs triomphaux par des faisceaux de guirlandes moussues, piquées de fleurs, pour avoir, elle aussi, sa charmille. Là-dessus, la Grande-Rue se met tranquillement à dépaver ses trottoirs, et dresse un bois, mon Dieu, oui, un vrai petit bois de chaque côté, avec de jeunes arbres déracinés et replantés. Il ne faudrait pas plus de quinze jours de cette émulation batailleuse pour que tout le monde s'entr'égorgeât.

Le chef-d'œuvre, le bijou, c'est notre École, ce sont nos Écoles. Quand tout sera fini, on ne verra pas transparaître un pouce carré de muraille sous les verdures, les fleurs et les drapeaux. Mademoiselle a réquisitionné une armée de gars ; les plus grands élèves, les sous-maîtres, elle dirige tout ça, les mène à la baguette, ils lui obéissent sans souffler. L'arc de triomphe de l'entrée a vu le jour ; grimpées sur des échelles, Mesdemoiselles et nous quatre avons passé trois heures à « écrire » en roses roses

SOYEZ LES BIENVENUS

au fronton, pendant que les gars se distrayaient à reluquer nos mollets. De là-haut, des toits, des fenêtres, de toutes les aspérités des murs, s'échappe et ruisselle un tel flot de branches, de guirlandes, d'étoffes tricolores, de cordages masqués sous le lierre, de roses pendantes, de verdures traînantes, que le vaste bâtiment semble, au vent léger, onduler de la base au faîte, et se balancer doucement. On entre à l'école en soulevant un rideau bruissant de lierre fleuri, et la féerie continue : des cordons de roses suivent les angles, relient les murs, pendent aux fenêtres ; c'est adorable.

Malgré notre activité, malgré nos invasions audacieuses chez les propriétaires de jardins, nous nous sommes vues sur le point de manquer de fleurs, ce matin. Consternation générale ! Des têtes papillotées se penchent, s'agitent autour de Mademoiselle qui réfléchit les sourcils froncés.

— Tant pis, il m'en faut ! s'écrie-t-elle. Toute l'étagère de gauche en manque, il faudrait des fleurs en pot. Les promeneuses, ici, tout de suite !

— Voilà, Mademoiselle !

Nous jaillissons, toutes quatre (Anaïs, Marie, Luce, Claudine), nous jaillissons du remous bourdonnant, prêtes à courir.

— Écoutez-moi. Vous allez trouver le père Caillavaut...

— Oh !!!...

Nous ne l'avons pas laissée achever. Dame, écoutez donc, le père Caillavaut est un vieil Harpagon, détraqué, mauvais comme la peste, riche démesurément, qui possède une maison et des jardins splendides, où personne n'entre que lui et son jardinier. Il est redouté comme fort méchant, haï comme avare, respecté comme mystère vivant. Et Mademoiselle voudrait que nous lui demandions des fleurs ! Elle n'y songe pas !

— ... Ta ta ta ! on dirait que je vous envoie à l'abattoir ! Vous attendrirez son jardinier, et vous ne le verrez seulement pas, lui, le père Caillavaut. Et puis, quoi ? vous avez des jambes pour vous sauver, en tous cas ? Trottez !

J'emmène les trois autres qui manquent d'enthousiasme, car je me sens une envie ardente, mêlée d'une vague appréhension, de pénétrer chez le vieux maniaque. Je les stimule : « Allons, Luce, allons, Anaïs ! on va voir des choses épatantes, nous raconterons tout aux autres... vous savez, ça se compte, les personnes qui sont entrées chez le père Caillavaut ! »

Devant la grande porte verte, où débordent par dessus le mur des acacias fleuris et trop parfumés, aucune n'ose tirer la chaîne de la cloche. Je me pends après, déchaînant ainsi un tocsin formidable ; Marie a fait trois pas pour fuir, et Luce tressaillante se cache bravement derrière moi. Rien, la porte reste close. Une seconde tentative n'a pas plus de succès. Je soulève alors le loquet qui cède, et, comme des souris, une à une, nous entrons, inquiètes, laissant la porte entrebâillée.

Une grande cour sablée, très bien tenue, devant la belle maison blanche aux volets clos sous le soleil ; la cour s'élargit en un jardin vert, profond et mystérieux à cause des bosquets épais. Plantées là nous regardons sans oser bouger : toujours personne, et pas un bruit. À droite de la maison, les serres fermées et pleines de plantes merveilleuses. L'escalier de pierre s'évase doucement jusqu'à la cour sablée, chaque degré supporte des géraniums enflammés, des calcéolaires aux petits ventres tigrés, des rosiers nains qu'on a forcés à trop fleurir. L'absence évidente de tout propriétaire me rend courage : « Ah ! ça, viendra-t-on ? nous n'allons pas prendre racine dans les jardins de l'Avare-au-Bois-dormant !

— Chut ! fait Marie effrayée.

— Quoi, chut ? Au contraire, il faut appeler ! Hé, là-bas, Monsieur ! Jardinier !

Pas de réponse, silence toujours. Je m'avance contre les serres, et, le nez collé aux vitres, je cherche à deviner l'intérieur ; une espèce de forêt d'émeraude sombre, piquée de taches éclatantes, des fleurs exotiques, sûrement.

La porte est fermée.

— Allons-nous en, chuchote Luce mal à l'aise.

— Allons-nous en, répète Marie plus troublée encore. Si le vieux sortait de derrière un arbre !

Cette idée les fait s'enfuir vers la porte, je les rappelle de toute ma force.

— Que vous êtes cruches ! Vous voyez bien qu'il n'y a personne. Écoutez-moi : vous allez choisir chacune deux ou trois pots, des plus beaux sur l'escalier ; nous les emporterons là-bas, sans rien dire, et je crois que nous aurons un vrai succès !

Elles ne bougent pas, tentées, sûrement, mais craintives. Je m'empare de deux touffes de « sabots-de-Vénus » piquetés comme des œufs de mésange, et je fais signe que j'attends. Anaïs se décide à m'imiter, se charge de deux géraniums doubles, Marie imite Anaïs, Luce aussi, et toutes les quatre, nous marchons prudemment. Près de la porte la peur nous ressaisit, absurde, nous nous pressons comme des brebis dans l'ouverture étroite de la porte, et nous courons jusqu'à l'École, où Mademoiselle nous accueille avec des cris de joie. Toutes à la fois, nous racontons l'odyssée. La Directrice, étonnée, reste un instant perplexe, et conclut avec insouciance : « Bah ! nous verrons bien ! Ce n'est qu'un prêt, en somme, — un peu forcé. » Nous n'avons jamais, jamais, entendu parler de rien, mais le père Caillavaut a hérissé de tessons et de fers de lance ses murs ; (ce vol nous a valu une certaine considération, ici on se connaît en brigandage). Nos fleurs furent placées au premier rang, et puis, ma foi, dans le tourbillon de l'arrivée ministérielle, on oublia complètement de les rendre ; elles embellirent le jardin de Mademoiselle.

[Ce jardin est depuis pas mal de temps l'unique sujet de discorde entre Mademoiselle et sa grosse femme de mère ; celle-ci, restée tout à fait paysanne, bêche, désherbe, traque les escargots dans leurs derniers retranchements, et n'a pas d'autre idéal que de faire pousser des carrés de choux, des carrés de poireaux, des carrés de pommes de terre, — de quoi nourrir toutes les pensionnaires sans rien acheter, enfin. Sa fille, nature affinée, rêve de charmilles épaisses, de fleurs en buissons, de tonnelles enguirlandées de chèvrefeuille, — des plantes inutiles, quoi ! De sorte qu'on peut voir tantôt la mère Sergent donner des coups de pioche méprisants aux petits vernis du Japon, aux bouleaux pleureurs, tantôt Mademoiselle danser d'un talon irrité sur les bordures d'oseille et les ciboulettes odorantes. Cette lutte nous tord de joie. Il faut être juste et reconnaître aussi que, partout ailleurs qu'au jardin et à la cuisine, Mme Sergent s'efface complètement, ne paraît jamais en visite, ne donne pas son avis dans les discussions, et porte bravement le bonnet tuyauté.]

Le plus amusant, en ce peu d'heures qui nous reste, c'est d'arriver à l'École et de repartir à travers les rues méconnaissables, transformées en allées de forêt, en décors de parc, tout embaumées de l'odeur pénétrante des sapins coupés. On dirait que les bois qui cernent Montigny l'ont envahi, sont venus, presque, l'ensevelir... On n'aurait pas rêvé, pour cette petite ville perdue dans les arbres, une parure plus jolie, plus seyante... (je ne peux pourtant pas dire plus « adéquate », c'est un mot que j'ai en horreur.)

Les drapeaux, qui enlaidiront et banaliseront ces allées vertes, seront tous en place demain, et aussi les lanternes vénitiennes et les veilleuses de couleur. Tant pis !

On ne se gêne pas avec nous, les femmes et les gars nous appellent au passage : « Eh ! vous qui avez l'habitude, allons, venez nous *ainder*, un peu à piquer des roses ! »

On « ainde » volontiers, on grimpe aux échelles ; mes camarades se laissent — mon Dieu ! pour le ministre ! — chatouiller un peu la taille et quelquefois les mollets ; je dois dire que jamais on ne s'est permis ces facéties sur la fille du « Monsieur aux limaces. » Aussi bien, avec ces gars qui n'y songent plus la main tournée, c'est inoffensif et pas même blessant ; je comprends que les élèves de l'École se mettent au diapason. Anaïs permet toutes les libertés et soupire après les autres ; Féfed la descend de dessus l'échelle en la portant dans ses bras. Touchant, dit Zéro, lui fourre sous les jupes des branches de pin piquantes ; elle pousse des petits cris de souris prise dans une porte et ferme à demi des yeux pâmés, sans force pour même simuler une défense.

Mademoiselle nous laisse un peu reposer, de peur que nous ne soyons trop défraîchies pour le grand jour. Je ne sais pas d'ailleurs, ce qui resterait à faire, tout est fleuri, tout est en place ; les fleurs coupées trempent à la cave dans des seaux d'eau fraîche, on les sèmera un peu partout au dernier moment. Nos trois bouquets sont arrivés ce matin dans une grande caisse fragile ; Mademoiselle n'a pas voulu même qu'on la déclouât complètement, elle a enlevé une planche, soulevé un peu les papiers de soie qui enlinceulent les fleurs patriotiques, et la ouate d'où sortait une odeur mouillée : et tout de suite la mère Sergent a descendu à la cave la caisse légère où roulent des cailloux d'un sel que je ne connais pas, qui empêche les fleurs de se flétrir.

Soignant ses premiers sujets, la Directrice nous envoie, Anaïs, Marie, Luce et moi, nous reposer au jardin, sous les noisetiers. Affalées à l'ombre sur le banc vert, nous ne songeons pas à grand-chose ; le jardin bourdonne. Comme piquée par une mouche, Marie Belhomme sursaute et se met soudain à dérouler une des grosses papillotes qui grelottent depuis trois jours autour de sa tête.

— … s'tu fais ?

— Voir si c'est frisé, tiens !

— Et si ce n'était pas assez frisé ?

— Dame, j'y mettrais de l'eau ce soir en me couchant. Mais tu vois, c'est très frisé, c'est bien !

Luce imite son exemple et pousse un petit cri de déception :

— Ah ! C'est comme si je n'avais rien fait ! Ça tirebouchonne au bout, et rien du tout en haut, ou presque rien !

Elle a en effet de ces cheveux souples et doux comme de la soie, qui fuient et glissent sous les doigts, sous les rubans, et ne font que ce qu'ils veulent.

— C'est tant mieux, lui dis-je, ça t'apprendra. Te voilà bien malheureuse de n'avoir pas la tête comme un rince-bouteilles !

Mais elle ne se console pas, et comme leurs voix m'ennuient, je m'en vais plus loin me coucher sur le sable, dans l'ombre que font les marronniers. Je ne me sens pas trois idées nettes, la chaleur, la fatigue...

Ma robe est prête, elle me va bien... je serai jolie demain, plus que la grande Anaïs, plus que Marie : ce n'est pas difficile, ça fait plaisir tout de même. Je vais quitter l'école, papa m'enverra à Paris chez une tante riche et sans enfants, je ferai mon entrée dans le monde, et mille gaffes en même temps... Comment me passer de la campagne, avec cette faim de verdure qui ne me quitte guère ? Ça me paraît insensé de songer que je ne viendrai plus ici, que je ne verrai plus Mademoiselle, sa petite Aimée aux yeux d'or, plus Marie la toquée, plus Anaïs la rosse, plus Luce, gourmande de coups et de caresses... j'aurai du chagrin de ne plus vivre ici... Et puis, pendant que j'ai le temps, je peux bien me dire quelque chose : c'est que Luce me plaît, au fond, plus que je ne veux me l'avouer ; j'ai beau me répéter son peu de beauté vraie, sa câlinerie animale et traîtresse, la fourberie de ses yeux, n'empêche qu'elle possède un charme à elle, d'étrangeté, de faiblesse, de perversité encore naïve, — et la peau blanche, et les mains fines au bout des bras ronds, et les pieds mignons. Mais jamais, elle n'en saura rien ! Elle pâtit à cause de sa sœur que Mlle Sergent m'a enlevée de vive force. Plutôt que de lui rien avouer, je m'arracherais la langue !

Sous les noisetiers, Anaïs décrit à Luce sa robe de demain ; je me rapproche, en veine de mauvaiseté, et j'entends :

— Le col ? Il n'y en a pas, de col ! C'est ouvert en V devant et derrière, entouré d'une chicorée de mousseline de soie et fermé par un chou de ruban rouge...

— « Les choux rouges, dits choux frisés, demandent un terrain maigre et pierreux », nous enseigne l'ineffable Bérillon ; ça fera bien l'affaire, hein, Anaïs ? De la chicorée, des choux, c'est pas une robe, c'est un potager.

— Mlle Claudine, si vous venez ici pour dire des choses aussi spirituelles, vous pouviez rester sur votre sable, on n'attendait pas après vous !

— Ne t'échauffe pas ; dis-nous comment est faite la jupe, de quels légumes on l'assaisonnera ? Je la vois d'ici, il y a une frange de persil autour !

Luce s'amuse de tout son cœur, Anaïs se drape dans sa dignité et s'en va ; comme le soleil baisse, nous nous levons aussi.

À l'instant où nous fermons la barrière du jardin, des rires clairs jaillissent, se rapprochent, et Mlle Aimée passe, courant, pouffant, poursuivie par l'étonnant Rabastens qui la bombarde de fleurs de glycines égrenées. Cette inauguration ministérielle autorise d'aimables libertés dans les rues, et à l'École aussi, paraît-il ! Mais Mlle Sergent vient derrière, pâlissante de jalousie et les sourcils froncés ; plus loin nous l'entendons appeler :

« Mlle Lanthenay, je vous ai demandé deux fois si vous aviez donné rendez-vous à vos élèves pour sept heures et demie ». Mais l'autre folle, ravie de jouer avec un homme et d'irriter son amie, court sans s'arrêter et les fleurs de glycine s'accrochent à ses cheveux, glissent dans sa robe... Il y aura une scène ce soir.

À cinq heures, ces demoiselles nous rassemblent à grand'peine, éparses que nous sommes dans tous les coins de la maison. La Directrice prend le parti de sonner la cloche du déjeuner, et interrompt ainsi un galop furieux que nous dansions Anaïs, Marie, Luce et moi, dans la salle du banquet, sous le plafond fleuri.

— Mesdemoiselles, crie-t-elle de sa voix des grands jours, vous allez rentrer chez vous tout de suite et vous coucher de bonne heure ! Demain matin, à sept heures et demie, vous serez toutes réunies ici, habillées, coiffées, de façon qu'on n'ait plus à s'occuper de vous ! On vous remettra des banderoles et des bannières ; Mlles Claudine, Anaïs et Marie prendront leurs bouquets. Le reste... vous le verrez quand vous y serez. Allez-vous en, n'abîmez pas les fleurs en passant par les portes, et que je n'entende plus parler de vous jusqu'à demain matin !

Elle ajoute :

— Mademoiselle Claudine, vous savez votre compliment ?

— Si je le sais ! Anaïs me l'a fait répéter trois fois aujourd'hui.

— Mais... et la distribution des prix ? risque une voix timide.

— Ah ! la distribution des prix, on la fera quand on pourra ! Il est probable d'ailleurs que je vous donnerai simplement les livres ici, et qu'il n'y aura pas cette année de distribution publique, à cause de l'inauguration.

— Mais... les chœurs, l'*Hymne à la Nature* ?...

— Vous les chanterez demain, devant le ministre. Disparaissez !

Cette allocution a consterné pas mal de petites filles qui attendaient la distribution des prix comme une fête unique dans l'année ; elles s'en vont perplexes et pas contentes sous les arceaux de verdure fleurie.

Les gens de Montigny, fatigués et fiers, se reposent assis sur les seuils et contemplent leur œuvre ; les jeunes filles usent le reste du jour qui s'éteint à coudre un ruban, à poser une dentelle au bord d'un décolletage improvisé, pour le grand bal de la Mairie, ma chère !

Demain matin, au jour, les gars sèmeront la jonchée sur le parcours du cortège ; des herbes coupées, des feuilles vertes, mêlées de fleurs et de roses effeuillées. Et si le ministre Jean Dupuy n'est pas content, c'est qu'il sera trop difficile, zut pour lui !

Mon premier mouvement, en ouvrant ce matin les yeux, c'est de courir à la glace ; — dame, on ne sait pas, s'il m'était poussé une fluxion cette nuit ? Rassurée, je me toilette soigneusement : temps admirable, il n'est que six heures ; j'ai le temps de me fignoler. Grâce à la sécheresse de l'air, mes cheveux font bien « le nuage ». Petite figure toujours un peu pâlotte et pointue, mais, je vous assure, les yeux et la bouche ne sont pas mal. La robe bruit légèrement ; la jupe de dessus, en mousseline sans empois, ondule au rythme de la marche et caresse les souliers aigus. La couronne maintenant : Ah ! qu'elle va bien ! Une petite Ophélie toute jeunette, avec des yeux cernés si drôlement !... Oui, on me disait, quand j'étais petite, que j'avais des yeux de grande personne ; plus tard, c'étaient des yeux « pas convenables » ; on ne peut pas contenter tout le monde et soi-même. J'aime mieux me contenter d'abord...

L'ennui, c'est ce gros bouquet serré et rond, qui va m'enlaidir. Bah ! puisque je le refile à Son Excellence...

Toute blanche, je m'en vais, à l'École, par les rues fraîches ; les gars, en train de « joncher », crient de gros, d'énormes compliments à la « petite mariée » qui s'enfuit, sauvage.

J'arrive en avance, et pourtant je trouve déjà une quinzaine de gamines, des petites de la campagne environnante, des fermes lointaines ; c'est habitué à se lever à quatre heures en été. Risibles et attendrissantes, la tête énorme à cause des cheveux gonflés en tortillons raides, elles restent debout pour ne pas chiffonner leurs robes de mousselines, trop passées au bleu, qui se boursouflent, rigides, nouées à la taille par des ceintures groseille ou indigo ; et leurs figures hâlées paraissent toutes noires dans ce blanc. À mon arrivée, elles ont poussé un petit « ah ! » vite contenu, et se taisent maintenant, très intimidées de leurs belles toilettes et de leur frisure, roulant dans leurs mains gantées de fil blanc un beau mouchoir où leur mère a versé du « senti-bon ».

Ces demoiselles ne paraissent pas, mais, à l'étage supérieur, j'entends des petits pas courir... Dans la cour débouchent des nuages blancs, enrubannés de rose, de rouge, de vert et de bleu ; toujours et toujours plus nombreuses, les gamines arrivent, — silencieuses pour la plupart, parce que fort occupées à se toiser, à se comparer, et à pincer la bouche d'un air dédaigneux. On dirait un camp de Gauloises, ces chevelures flottantes, bouclées, crêpées, débordantes, presque toutes blondes... Une galopade dévale l'escalier, ce sont les pensionnaires, — troupeau toujours isolé et hostile — à qui les robes de communiantes servent encore ; derrière elles descend Luce, légère comme un angora blanc, gentille avec ses boucles molles et mobiles, son teint de rose fraîche. Ne lui faudrait-il, comme à sa sœur, qu'une passion heureuse pour l'embellir tout à fait ?

— Comme tu es belle, Claudine ! Et ta couronne n'est pas du tout pareille aux deux autres. Ah ! que tu es heureuse d'être si jolie !

— Mais, mon petit chat, sais-tu que je te trouve, toi, tout à fait amusante et désirable avec tes rubans verts ? Tu es vraiment un bien curieux petit animal ! Où est ta sœur et sa Mademoiselle ?

— Pas prêtes encore ; la robe d'Aimée s'attache sous le bras, tu penses ! C'est Mademoiselle qui la lui agrafe.

— Oui, ça peut durer quelque temps.

D'en haut, la voix de la sœur aînée appelle : « Luce, viens chercher les banderoles ! »

La cour s'emplit de petites et de grandes fillettes, et tout ce blanc, sous le soleil, blesse les yeux (D'ailleurs trop de blancs différents qui se tuent les uns et les autres).

Voici Liline, avec son sourire inquiétant de Joconde sous ses ondulations dorées, et ses yeux glauques ; — et cette jeune perche de « Maltide », couverte jusqu'aux reins d'une cascade de cheveux blé mûr ; — la lignée des Vignale, cinq filles de huit à quatorze ans, toutes secouant des tignasses foisonnantes, comme teintes au henné — Jeannette, petite futée aux yeux malins, marchant sur deux tresses aussi longues qu'elle, blond foncé, pesantes comme de l'or sombre, — et tant, et tant d'autres ; et sous la lumière éclatante ces oisons flamboient.

Marie Belhomme arrive, appétissante dans sa robe crème, rubans bleus, drôlette sous sa couronne de bluets. Mais, bon Dieu, que ses mains sont grandes sous le chevreau blanc !

Enfin, voici Anaïs, et je soupire d'aise à la voir si mal coiffée, en plis cassants, sa couronne de coquelicots pourpres trop près du front lui fait un teint de morte. Avec un touchant accord, Luce et moi, nous accourons au-devant d'elle, nous éclatons en concert de compliments : « Ma chère, ce que tu es bien ! Tu sais, ma chère, décidément, rien ne te va comme le rouge, c'est tout à fait réussi ! »

Un peu défiante d'abord, Anaïs se dilate de joie, et nous opérons une entrée triomphale dans la classe où les gamines, au complet maintenant, saluent d'une ovation le vivant drapeau tricolore.

Un religieux silence s'établit : nous regardons descendre ces demoiselles posément, marche à marche, suivies de deux ou trois pensionnaires chargées de légers drapeaux au bout de grandes lances dorées. Aimée, dame, je suis forcée de le reconnaître, on la mangerait toute vive, tant elle séduit dans sa robe blanche en mohair brillant (une jupe sans couture derrière, rien que cela !) coiffée de paille de riz et de gaze blanche. Petit monstre, va !

Et Mademoiselle la couve des yeux, moulée dans la robe noire, brodée de branches mauves, que je vous ai décrite. Elle, la mauvaise rousse, elle ne peut être jolie, mais sa robe la serre comme un gant, et, l'on ne voit que des yeux qui scintillent sous les bandes ardentes coiffées d'un chapeau noir extrêmement chic.

— Où est le drapeau ? demande-t-elle tout de suite.

Le drapeau s'avance, modeste et content de soi.

— C'est bien ! c'est... très bien ! Venez ici, Claudine... je savais bien que vous seriez à votre avantage. Et maintenant, séduisez-moi ce ministre-là !

Elle examine rapidement tout son bataillon blanc, range une boucle ici, tire un ruban là, ferme la jupe de Luce, qui bâillait, renfonce dans le chignon d'Aimée une épingle glissante, et ayant tout scruté de son œil redoutable, saisit le faisceau des fanions légers, qui portent en or des inscriptions variées : *Vive la France ! Vive la République ! Vive la Liberté ! Vive le Ministre !*... etc., en tout vingt drapeaux qu'elle distribue à Luce, aux Jaubert, à des élues qui s'empourprent d'orgueil, et tiennent la hampe comme un cierge, enviées des simples mortelles qui enragent. Nos trois bouquets noués de flots tricolores, on les tire précieusement de leur ouate comme des bijoux. Dutertre a bien employé l'argent des fonds secrets ; je reçois une botte de camélias blancs, Anaïs une de camélias rouges ; à Marie Belhomme échoit le gros bouquet de bluets larges et veloutés, — car la nature n'ayant point prévu les réceptions ministérielles, a négligé de produire des camélias bleus. Les petites se poussent pour voir, et des bourrades s'échangent déjà, ainsi que des plaintes aigres.

— Assez ! crie Mademoiselle. Croyez-vous que j'aie le temps de faire la police ? Ici, le drapeau ! Marie à gauche, Anaïs à droite, Claudine au milieu, et marchez, descendez dans la cour un peu vite ! Il ferait beau voir que nous manquions l'arrivée du train ! Les porteuses d'oriflammes, suivez, quatre par quatre, les plus grandes en tête...

Nous descendons le perron, nous n'entendons plus ; Luce et les plus grandes marchent derrière nous, les banderoles de leurs fanions claquent légèrement sur nos têtes ; suivies d'un piétinement de moutons nous passons sous l'arc de verdure... SOYEZ LES BIENVENUS !

Toute la foule qui nous attendait dehors, foule endimanchée, emballée, prête à crier « Vive n'importe quoi » ! pousse à notre vue un grand *Ah !* de feu d'artifice. Fières comme de petits paons, les yeux baissés, et crevant de vanité dans notre peau, nous marchons doucement, le bouquet dans nos mains croisées, foulant la jonchée qui abat la poussière ; c'est seulement au bout de quelques minutes que nous échangeons des regards de côté et des sourires enchantés, tout épanouies.

— On a du goût[1] ! soupire Marie en contemplant les allées vertes où nous passons lentement, entre deux haies de spectateurs béants, sous les voûtes de feuillage qui tamisent le soleil laissant filtrer un jour faux et charmant de sous-bois.

— Je te crois qu'on est bien ! On dirait que la fête est pour nous !

Anaïs ne souffle mot, trop absorbée dans sa dignité, trop occupée de chercher, parmi la foule qui s'écarte devant nous, les gars qu'elle connaît et qu'elle pense éblouir. Pas belle aujourd'hui, pourtant, dans tout ce blanc, — non, pas belle ! mais ses yeux minces pétillent d'orgueil quand même. Au carrefour du Marché, on nous crie « Halte ! » Il faut nous laisser rejoindre par l'école des garçons, toute une file sombre qu'on a une peine infinie à maintenir en rangs réguliers ; les gamins nous semblent aujourd'hui fort méprisables, hâlés et gauches

---

1. On s'amuse : locution spéciale au Fresnois.

dans leurs beaux habits ; leurs grosses mains pataudes lèvent des drapeaux.

Pendant la halte, nous nous sommes retournées toutes les trois, en dépit de notre importance : derrière nous, Luce et ses congénères s'appuient belliqueusement aux hampes de leurs fanions ; la petite rayonne de vanité et se tient droite comme Fanchette quand elle fait la belle ; elle rit tout bas de joie, incessamment ! Et jusqu'à perte de vue, sous les arceaux verts, robes bouffantes et chevelures gonflées, s'enfonce et se perd l'armée des Gauloises.

« En marche ! » Nous repartons, légères comme des roitelets, nous descendons la rue du Cloître et nous franchissons enfin cette muraille verte, faite d'ifs taillés aux ciseaux, qui représente un château-fort ; et comme, sur la route, le soleil tape dur, on nous arrête dans l'ombre du petit bois d'acacias tout près de la ville ; nous attendrons là les voitures ministérielles. On se détend un peu.

— Ma couronne tient ? questionne Anaïs.

— Oui... juge toi-même.

Je lui passe une petite glace de poche, prudemment apportée, et nous vérifions l'équilibre de nos coiffures. La foule nous a suivies, mais, trop serrée dans le chemin, elle a éventré les haies qui le bordent, et piétine les champs sans souci du regain. Les gars en délire portent des bottes de fleurs, des drapeaux, et aussi des bouteilles ! (Parfaitement, car je viens d'en voir un s'arrêter, renverser la tête et boire au goulot d'un litre.)

Les dames de la « Société » sont restées aux portes de la ville, assises qui sur l'herbe, qui sur des pliants, toutes sous des ombrelles. Elles attendront là, c'est plus distingué ; il ne sied pas de montrer trop d'empressement.

Là-bas flottent des drapeaux sur les toits rouges de la gare, vers où court la foule ; et son tumulte s'éloigne, Mlle Sergent toute noire et son Aimée toute blanche, déjà essoufflées de nous surveiller et de trotter à côté de nous, en avant, en arrière, s'asseyent sur le talus, les jupes relevées par crainte de se verdir. Nous attendons debout, sans envie de parler, — je repasse dans ma tête le petit compliment un peu zozo, œuvre d'Antonin Rabastens, que je réciterai tout à l'heure :

Monsieur le Ministre,

Les enfants des écoles de Montigny, parés des fleurs de leur terre natale...

(Si jamais on a vu ici des champs de camélias, qu'on le dise !)
... *viennent à vous pleins de reconnaissance...*

Poum !!! une fusillade qui éclate à la gare met debout nos institutrices.

Les cris du populaire nous arrivent en rumeur assourdie qui grandit tout de suite et se rapproche, avec un bruit confus de clameurs joyeuses, de piétinements multiples et de galopades de chevaux... Toutes tendues, nous guettons le détour de la route... Enfin, enfin, débouche l'avant-garde : des gamins poussiéreux qui traînent des branches et braillent, puis des flots de gens, puis deux coupés qui miroitent au soleil, deux ou trois landaus d'où se lèvent des bras agitant des chapeaux... Nous n'avons plus que des yeux pour regarder... D'un trot ralenti les voitures se rapprochent, elles sont là, devant nous, avant que nous ayons eu le temps de nous reconnaître, quand s'ouvre à dix pas de nous la portière du premier coupé.

Un jeune homme en habit noir saute à terre et tend son bras sur lequel s'appuie le Ministre de l'Agriculture. Pas distinguée pour deux sous, l'Excellence, malgré le mal qu'elle se donne pour nous paraître imposante. Même, je le trouve un peu ridicule, ce rogue petit monsieur à ventre de bouvreuil, qui éponge son front quelconque, et ses yeux durs, et sa courte barbe roussâtre, car il dégoutte de sueur. Dame, il n'est pas vêtu de mousseline blanche, lui, et le drap noir sous ce soleil...

Une minute de silence curieux l'accueille, et tout de suite des cris extravagants de « Vive le Ministre ! Vive l'Agriculture ! Vive la République !... » M. Jean Dupuy remercie d'un geste étriqué, mais suffisant. Un gros monsieur, brodé d'argent, coiffé d'un bicorne, la main sur la poignée de nacre d'une petite épée, vient se placer à la gauche de l'illustre, un vieux général à barbiche blanche, haut et voûté, le flanque du côté droit. Et l'imposant trio s'avance, grave, escorté d'une troupe d'habits noirs, à cordons rouges, à brochettes, à Medjidiés. Entre des épaules et des têtes, je distingue la figure triomphante de cette canaille du Dutertre, acclamé par la foule qui le choie en tant qu'ami du ministre, en tant que futur député.

Je cherche des yeux Mademoiselle, je lui demande du menton et des sourcils : « Faut-il y aller du petit speech ? » Elle me fait signe que oui, et j'entraîne mes deux acolytes. Un silence surprenant s'établit soudain ; — mon Dieu ! Comment vais-je oser parler devant tout ce monde ? Pourvu que le sale trac ne m'étrangle pas ! — D'abord, bien ensemble, nous plongeons dans nos jupes, en une belle révérence qui fait faire « fuiiiiii » à nos robes, et je commence, les oreilles tellement bourdonnantes que je ne m'entends pas :

Monsieur le Ministre,

Les enfants des écoles de Montigny, parés des fleurs de leur terre natale, viennent à vous, pleins de reconnaissance...
Et puis, je m'affermis tout de suite et je continue, détaillant la prose où Rabastens se porte garant de notre « inébranlable attachement aux institutions républicaines », aussi tranquille, maintenant, que si je récitais, en classe, *la Robe* d'Eugène Manuel. D'ailleurs, le trio officiel ne m'écoute pas ; le Ministre songe qu'il meurt de soif, les deux autres grands personnages échangent tout bas des appréciations :

— Monsieur le Préfet, d'où sort donc ce petit portrait ?

— N'en sais rien, mon général, elle est gentille comme un cœur.

— Un petit primitif (lui aussi !) si elle ressemble à une fille du Fresnois, je veux qu'on me...

« *Veuillez accepter ces fleurs du sol maternel !* » terminé-je en tendant mon bouquet à Son Excellence.

Anaïs, pincée comme toutes les fois qu'elle vise à la distinction, passe le sien au préfet, et Marie Belhomme, pourpre d'émoi, offre ses fleurs au général.

Le Ministre bredouille une réponse où je saisis les mots de « République... sollicitude du gouvernement... confiance dans l'attachement » ; il m'agace. Puis il reste immobile, moi aussi ; tout le monde attend, quand Dutertre se penchant à son oreille lui souffle « Faut l'embrasser, voyons ! »

Alors il m'embrasse, mais maladroitement (sa barbe rêche me pique). La fanfare du chef-lieu rugit la *Marseillaise*, et, faisant volte-face, nous marchons vers la ville, suivies des porte-fanions ; le reste des Écoles s'écarte pour nous laisser passer, et, devançant le cortège majestueux nous passons sous le « château-fort », nous rentrons sous les voûtes de verdure ; on crie, autour de nous, d'une manière aiguë, forcenée, nous ne semblons vraiment rien entendre ! Droites et fleuries, c'est nous trois qu'on acclame, autant que le ministre... Ah ! si j'avais de l'imagination, je nous verrais tout de suite les trois filles du roi, entrant avec leur père dans une « bonne ville » quelconque ; les gamines en blanc sont nos dames d'honneur, on nous mène au tournoi, où les preux chevaliers se disputeront l'honneur de… Pourvu que ces gars de malheur n'aient pas trop rempli d'huile, les veilleuses de couleur, dès ce matin ! Avec les secousses que donnent aux mâts les gamins grimpés et hurlants, nous serions propres ! Nous ne nous parlons pas, nous n'avons rien à nous dire, assez occupées de cambrer nos tailles à l'usage des gens de Paris, et de pencher la tête dans le sens du vent, pour faire voler nos cheveux…

On arrive dans la cour des écoles, on fait halte, on se masse, la foule reflue de tous côtés, bat les murs et les escalade. Du bout des doigts, nous écartons assez froidement les camarades trop disposées à nous entourer, à nous noyer ; on échange d'aigres « Fais donc attention ! — Et toi, fais donc pas tant ta sucrée ! on t'a assez remarquée depuis ce matin ! » La grande Anaïs oppose aux moqueries un silence dédaigneux ; Marie Belhomme s'énerve ; je me retiens tant que je peux d'ôter un de mes souliers découverts pour l'appliquer sur la figure de la plus rosse des Jaubert qui m'a sournoisement bousculée.

Le ministre, escorté du général, du préfet, d'un tas de conseillers, de secrétaires, de je ne sais pas bien quoi (je connais mal ce monde-là) qui fendent la foule, a gravi l'estrade et s'installe dans le beau fauteuil trop doré que le maire a tiré de son salon tout exprès. (Maigre consolation pour le pauvre homme cloué chez lui par la goutte en ce jour inoubliable !) Monsieur Jean Dupuy sue et s'éponge ; qu'est-ce qu'il ne donnerait pas pour être à demain ! Au fait, on le paye pour ça… Derrière lui, en demi-cercles concentriques, s'asseyent les conseillers généraux, le conseil municipal de Montigny… tous ces gens en nage, ça ne doit pas sentir très bon… Eh ! bien, et nous ? C'est fini, notre gloire ? On nous laisse là en bas, sans que personne nous offre seulement une chaise ? Trop fort ! « Venez, vous autres, on va s'asseoir. » Non sans peine nous nous ouvrons un passage jusqu'à l'estrade, nous le drapeau, et toutes les porte-fanions. Là, tête levée, je hèle à demi-voix Dutertre qui bavarde, penché au dossier de Monsieur le Préfet, tout au bord de l'estrade : « Monsieur ! Hé, Monsieur !... Monsieur Dutertre, voyons… Docteur ! » Il entend cet appel-là mieux que les autres et se penche souriant, montrant ses crocs : « C'est toi ! Qu'est-ce que tu veux ? Mon cœur ? Je te le donne ! » Je pensais bien qu'il était déjà ivre.

— Non, Monsieur, j'aimerais bien mieux une chaise pour moi et d'autres pour mes camarades. On nous abandonne là toutes seules, avec les simples mortelles, c'est navrant.

— Ça crie justice, tout simplement ! Vous allez vous échelonner, assises sur les degrés, que les populations puissent au moins se rincer l'œil, pendant que nous les embêterons avec nos discours. Montez toutes !

On ne se le fait pas répéter. Anaïs, Marie et moi nous grimpons les premières, avec Luce, les Jaubert, les autres porte-bannières derrière nous, embarrassées de leurs lances qui s'accrochent, s'enchevêtrent, et qu'elles tirent rageusement, les dents serrées et les yeux en dessous, parce qu'elles pensent que la foule s'amuse d'elles. Un homme — le sacristain — les prend en pitié et rassemble complaisamment les petits drapeaux qu'il emporte ; bien sûr, les robes blanches, les fleurs, les bannières, ont donné à ce brave homme l'illusion qu'il assistait à une Fête-Dieu un peu plus laïque et, obéissant à une longue habitude, il nous enlève nos cierges, je veux dire nos drapeaux, à la fin de la cérémonie.

Installées et trônantes, nous regardons la foule à nos pieds et les écoles devant nous, ces écoles aujourd'hui charmantes sous les rideaux de verdure, sous les fleurs, sous toute cette parure frissonnante qui dissimule leur aspect sec de casernes. Quant au vil peuple des camarades restées en bas debout, qui nous dévisage envieusement, se pousse du coude, et rit jaune, nous le dédaignons.

Sur l'estrade, on remue des chaises, on tousse, et nous nous détournons à demi pour voir l'orateur. C'est Dutertre, qui, debout au milieu, souple et agité, se prépare à parler, sans papier, les mains vides. Un silence profond s'établit. On entend, comme à la grand'messe, les pleurs aigus d'un mioche qui voudrait bien s'en aller, et, comme à la grand'messe, ça fait rire. Puis :

Monsieur le Ministre,

~

Il ne parle pas plus de deux minutes ; son discours adroit et brutal, plein de compliments grossiers, de rosseries subtiles (dont je n'ai compris que le quart, probablement) est terrible contre le député et gentil pour tout le reste des humains ; pour son glorieux Ministre et cher ami — ils ont dû faire de sales coups ensemble — pour ses chers concitoyens, pour l'institutrice, « si indiscutablement supérieure, Messieurs, que le nombre des brevets, des certificats d'études obtenus par les élèves, me dispense de tout autre éloge ». (Mlle Sergent, assise en bas modestement, baisse la tête sous son voile), pour nous-même, ma foi : « fleurs portant des fleurs, drapeau féminin, patriotique et séduisant » Sous ce coup inattendu, Marie Belhomme perd la tête et se cache les yeux de sa main, Anaïs renouvelle de vains efforts pour rougir, et je ne peux pas m'empêcher d'onduler sur mes reins. La foule nous regarde et nous sourit, et Luce cligne vers moi.

« .... *de la France et de la République !* »

Les applaudissements et les cris durent cinq minutes, violents à faire *bzii* dans les oreilles ; pendant qu'on se calme, la grande Anaïs me dit :

— Ma chère, tu vois Monmond ?

— Où donc ?... oui, je le vois. Eh ! bien, quoi ?

— Il regarde tout le temps la Joublin.

— Ça te donne des cors aux pieds ?

— Non, mais vrai ! Faut avoir de drôles de goûts ! Regarde-le donc ! Il la fait monter sur un banc, et il la soutient ! Je parie qu'il tâte si elle a les mollets fermes.

— Probable. Cette pauvre Jeannette, je ne sais pas si c'est l'arrivée du ministre qui lui donne tant d'émotion ! Elle est rouge comme tes rubans, et elle tressaille.

— Ma vieille, sais-tu à qui Rabastens fait la cour ?

— Non.

— Regarde-le, tu le sauras.

De vrai, le beau sous-maître considère obstinément quelqu'un... Et ce quelqu'un, c'est mon incorrigible Claire, vêtue de bleu pâle, dont les beaux yeux un peu mélancoliques se tournent complaisamment vers l'irrésistible Antonin. Bon ! Encore une fois pincée, ma sœur de lait ! Sous peu, j'entendrai des récits romanesques de rencontres, de joies, d'abandons... Dieu que j'ai faim !

— Tu n'as pas faim, Marie ?

— Si, un peu.

— Moi, je meurs d'inanition. Tu l'aimes, toi, la robe neuve de la modiste ?

— Non, je trouve que c'est criard. Elle croit que tant plus que ça se voit, tant plus que c'est beau. La mairesse a commandé la sienne à Paris, tu sais ?

— Ça lui fait une belle jambe ! Elle porte ça comme un chien habillé. L'horlogère met encore son corsage d'il y a deux ans.

— Tiens ! Elle veut faire une dot à sa fille, elle a raison, c'te femme !

Le petit père Jean Dupuy s'est levé et commence la réplique d'une voix sèche, avec un air d'importance tout à fait réjouissant. Heureusement, il ne parle pas longtemps. On applaudit, nous aussi tant que nous pouvons. C'est amusant, toutes ces têtes qui s'agitent, toutes ces mains qui battent en l'air, à nos pieds, toutes ces bouches noires qui crient. Et quel joli soleil là-dessus ! un peu trop chaud...

Remuement de chaises sur l'estrade, tous ces messieurs se lèvent, on nous fait signe de descendre, on mène manger le ministre, allons déjeuner !

Difficilement, ballottées dans la foule qui se pousse en remous contraires, nous finissons par sortir de la cour, sur la place où la cohue se des serre un peu. Toutes les petites filles blanches s'en vont, seules ou avec les mamans très fières qui les attendaient ; nous trois, aussi, nous allons nous séparer.

— Tu t'es amusée ? demande Anaïs.

— Sûr ! Ça s'est très bien passé, c'était joli !

— Eh ! bien moi, je trouve... Enfin je croyais que ce serait plus drôle... ça manquait un peu d'entrain, voilà !

— Tais-toi, tu me fais mal ! Je sais ce qui te manque, tu aurais voulu chanter quelque chose, toute seule sur l'estrade. La fête t'aurait tout de suite paru plus gaie.

— Va toujours, tu ne m'offenses pas ; on sait ce que ces compliments valent dans ta bouche !

— Moi, confesse Marie, jamais je ne me suis tant amusée. Oh ! ce qu'il a dit pour nous... Je ne savais plus où me musser !... À quelle heure revenons-nous ?

— À deux heures précises. Ça veut dire deux heures et demie ; tu comprends bien que le banquet ne sera pas fini avant. Adieu, à tout à l'heure.

À la maison, papa me demande avec intérêt :

— Il a bien parlé, Méline ?

— Méline ! Pourquoi pas Sully ? C'est Jean Du puy, voyons, papa !

— Oui, oui.

Mais il trouve sa fille jolie et se complaît à la regarder.

Après avoir déjeuné, je me relisse, je redresse les marguerites de ma couronne, je secoue la poussière de ma jupe de mousseline et j'attends patiemment deux heures, résistant de mon mieux à une forte envie de siester. Qu'il fera chaud là-bas, grand Dieu ! Fanchette, ne touche pas à ma jupe, c'est de la mousseline. Non, je ne te prends pas de mouches, tu ne vois donc pas que je reçois le Ministre ?

Je ressors ; les rues bourdonnent déjà et sonnent du bruit des pas qui, tous, descendent vers les écoles. On me regarde beaucoup, ça ne me déplaît pas. Presque toutes mes camarades sont déjà là quand j'arrive ; figures rouges, jupes de mousseline déjà froissées et aplaties, ça n'a plus le neuf de ce matin. Luce s'étire et bâille ; elle a déjeuné trop vite, elle a sommeil, elle a trop chaud, elle « se sent pousser des griffes ». Anaïs, seule, reste la même, aussi pâle, aussi froide, sans mollesse et sans émoi.

Ces demoiselles descendent enfin. Mlle Sergent, les joues cuites, gronde Aimée qui a taché le bas de sa jupe avec du jus de framboise ; la petite gâtée boude et remue les épaules, et se détourne sans vouloir voir la tendre prière des yeux de son amie. Luce guette tout cela, rage et se moque.

— Voyons, y êtes-vous toutes ? gronde Mademoiselle qui, comme toujours, fait éclater sur nos têtes innocentes ses rancunes personnelles.

— Tant pis, partons, je n'ai pas envie de faire le pied de… d'attendre une heure ici. En rangs, et plus vite que ça !

La belle avance ! Sur cette énorme estrade, nous piétinons longtemps, car le Ministre n'en finit pas de prendre son café et les accessoires. La foule moutonne en bas et nous regarde en riant, des faces suantes de gens qui ont beaucoup déjeuné. Ces dames ont apporté des pliants ; l'aubergiste de la rue du Cloître a posé des bancs qu'il loue deux sous la place, les gars et les filles s'y empilent et s'y poussent ; tous ces gens-là, gris, grossiers et rieurs, attendent patiemment en échangeant de fortes gaillardises, qu'ils s'envoient à distance avec des rires formidables. De temps en temps une petite fille blanche se fraie avec peine un passage jusqu'aux degrés de l'estrade, grimpe, se fait bousculer et reléguer aux derniers rangs par Mademoiselle, crispée de ces retards et qui ronge son frein sous sa voilette, — enragée davantage à cause de la petite Aimée qui joue de ses longs cils et de ses beaux yeux pour un groupe de calicots, venus de Villeneuve à bicyclette.

Un grand « Ah ! » soulève la foule vers les portes de la salle du banquet qui viennent de s'ouvrir devant le ministre plus rouge, plus transpirant encore que ce matin, suivi de son escorte d'habits noirs. On s'écarte sur son passage avec déjà plus de familiarité, des sourires de connaissance ; il resterait ici trois jours que le garde champêtre lui taperait sur le ventre, en lui demandant un bureau de tabac pour sa bru qui a trois enfants, la pauv'fille, et pas de mari.

Mademoiselle nous masse sur le côté droit de l'estrade, car le ministre et ses comparses vont s'asseoir sur ce rang de sièges, pour nous mieux entendre chanter. Ces messieurs s'installent ; Dutertre, couleur cuir de Russie, rit et parle trop haut, ivre, comme par hasard. Mademoiselle nous menace tout bas de châtiments effroyables si nous chantons faux, et allons-y de l'*Hymne à la Nature* !

> *Déjà l'horizon se colore*
> *Des plus éclatantes lueurs ;*
> *Allons, debout ; voici l'aurore !*
> *Et le travail veut nos sueurs !*

(S'il ne se contente pas des sueurs du cortège officiel, le travail, c'est qu'il est exigeant.)

Les petites voix se perdent un peu en plein air ; je m'évertue à surveiller à la fois la « seconde » et la « troisième ». M. Jean Dupuy suit vaguement la mesure en dodelinant de la tête, il a sommeil, il rêve au *Petit Parisien*. Des applaudissements convaincus le réveillent ; il se lève, s'avance et complimente gauchement Mlle Sergent qui devient aussitôt farouche, regarde à terre et rentre dans sa coquille... Drôle de femme !

On nous déloge, on nous remplace par les élèves de l'école des garçons, qui viennent braire un chœur imbécile :

> *Sursum corda ! sursum corda !*
> *Haut les cœurs ! que cette devise*
> *Soit notre cri de ralliement.*
> *Éloignons tout ce qui divise*
> *Pour marcher au but sûrement !*
> *Arrière le froid égoïsme*
> *Qui, mieux que les traîtres vendus,*
> *Étouffe le patriotisme... etc. etc.*

Après eux, la fanfare du chef-lieu « l'Amicale du Fresnois » vient tapager. C'est bien ennuyeux, tout ça ! Si je pouvais trouver un coin tranquille... Et puis, comme on ne s'occupe plus du tout de nous, ma foi, je m'en vais sans le dire à personne, je rentre à la maison, je me déshabille et je m'étends jusqu'au dîner. Tiens, je serai plus fraîche au bal, donc !

À neuf heures, je respire la fraîcheur qui tombe enfin, debout sur le perron. En haut de la rue, sous l'arc de triomphe, mûrissent les ballons de papier en gros fruits de couleur. J'attends, toute prête et gantée, un capuchon blanc sur le bras, l'éventail blanc aux doigts, Marie et Anaïs qui viendront me chercher... Des pas légers, des voix connues descendent la rue, ce sont elles... Je proteste :

— Vous n'êtes pas folles ! Partir à neuf heures et demie pour le bal ! Mais la salle ne sera pas seulement allumée, c'est ridicule !

— Ma chère, Mademoiselle a dit : « Ça commencera à huit heures et demie ; dans ce pays ils sont ainsi, on ne peut pas les faire attendre, ils se précipitent au bal sitôt la bouche essuyée ! » Voilà ce qu'elle a dit.

— Raison de plus pour ne pas imiter les gars et les gobettes d'ici ! Si les « habits noirs » dansent ce soir, ils arriveront vers onze heures, comme à Paris, et nous serons déjà défraîchies de danser ! Venez un peu dans le jardin avec moi.

Elles me suivent à contre-cœur dans les allées sombres où ma chatte Fanchette, comme nous en robe blanche, danse après les papillons de nuit, cabriolante et folle... Elle se méfie en entendant des voix étrangères et grimpe dans un sapin, d'où ses yeux nous suivent, comme deux petites lanternes vertes. D'ailleurs, Fanchette me méprise : l'examen, l'inauguration des écoles, — je ne suis plus jamais là, je ne lui prends plus de mouches, des quantités de mouches que j'enfilais en brochette sur une épingle à chapeau et qu'elle débrochait délicatement pour les manger, toussant parfois à cause d'une aile gênante arrêtée dans la gorge ; je ne lui donne plus que rarement du chocolat cru et des corps de papillons qu'elle adore, et il m'arrive d'oublier le soir de lui « faire sa chambre » entre deux Larousse. — Patience, Fanchette chérie ! J'aurai tout le temps de te tourmenter et de te faire sauter dans le cerceau, puisque hélas ! je ne retournerai plus à l'École...

Anaïs et Marie ne tiennent pas en place, ne me répondent que par des *oui* et *non* distraits, — les jambes leur fourmillent. Allons, partons donc puisqu'elles en ont tant envie ! « Mais vous verrez que ces demoiselles ne seront pas seulement descendues !

— Oh ! tu comprends, elles n'ont que le petit escalier intérieur à descendre pour se trouver dans la salle de bal ; elles jettent de temps en temps un coup d'œil par la petite porte, pour voir si c'est le vrai moment de faire leur entrée.

— Justement, si nous arrivons trop tôt, nous aurons l'air cruches, toutes seules avec trois chats et un veau dans cette grande salle !

— Oh ! que tu es ennuyeuse, Claudine ! tiens, s'il n'y a pas assez de monde, nous monterons chercher les pensionnaires par le petit escalier et nous redescendrons quand les danseurs seront arrivés !

— Comme ça, je veux bien.

Et moi qui redoutais le désert de cette grande salle ! Elle est plus qu'à demi pleine de couples qui tournoient, aux sons d'un orchestre mixte (juché sur l'estrade enguirlandée dans le fond de la salle), un orchestre composé de Trouillard et d'autres violoneux, pistons et trombones locaux, mêlés à des parcelles de l'*Amicale du Fresnois*, en casquettes galonnées. Tout ça souffle, racle et tape avec peu d'ensemble, mais énormément d'entrain.

Il faut nous frayer un passage à travers la haie des gens qui regardent et encombrent la porte d'entrée, ouverte à deux battants, car vous savez, le service d'ordre, ici !... C'est là que s'échangent les remarques désobligeantes et les caquets sur les toilettes des jeunes filles, sur les appareillages fréquents des mêmes danseurs et danseuses :

— Ma chère, montrer sa peau comme ça ! c'est une petite catiche !

— Oui, et montrer quoi ? des os !

— Quatre fois, quatre fois qu'elle danse de suite avec Monmond ! Si j'étais que de sa mère, je te la « resouperais[2] », je te l'enverrais se coucher, moi !

— Ces messieurs de Paris, ça danse pas comme par ici.

— Ça, c'est vrai ! On dirait que ça a peur de se casser, si peu que ça se remue. À la bonne heure, les gars d'ici, ils se donnent du plaisir sans regarder à leur peine !

C'est la vérité, encore que Monmond, brillant danseur se retienne de voltiger les jambes en X, « rapport à » la présence des gens de Paris. Beau cavalier, Monmond, et qu'on s'arrache ! Clerc de notaire, une figure de fille et des cheveux noirs bouclés, comment voulez-vous qu'on résiste ?

Nous opérons une entrée timide, entre deux figures de quadrille, et nous traversons posément la salle pour aller nous asseoir, trois petites filles bien sages, sur une banquette.

---

2. Resouper, châtier remettre dans le bon chemin.

Je pensais bien, je voyais bien que ma toilette me seyait, que mes cheveux et ma couronne me faisaient une petite figure pas méprisable du tout, — mais les regards sournois, les physionomies soudainement figées des jeunes filles qui se reposent et s'éventent m'en rendent certaine, et je me sens mieux à mon aise. Je peux examiner la salle sans crainte.

Les « habits noirs », ah ! ils ne sont pas nombreux ! Tout le cortège officiel a pris le train de six heures ; adieu ministre, général, préfet et leur suite. Il reste juste cinq ou six jeunes gens, secrétaires quelconques, gentils d'ailleurs et de bonne façon, qui, debout dans un coin, paraissent s'amuser prodigieusement de ce bal comme, à coup sûr, ils n'en virent jamais. Le reste des danseurs ? Tous les gars et les jeunes gens de Montigny et des environs, deux ou trois en habit mal coupé, les autres en jaquette ; piètres accoutrements pour cette soirée qu'on a voulu faire croire officielle.

Comme danseuses rien que des jeunes filles, car, en ce pays primitif, la femme cesse de danser sitôt mariée. Elles se sont mises en frais, ce soir, les jeunesses ! Robes de gaze bleue, de mousseline rose, qui font paraître tout noirs ces teints vigoureux de petites campagnardes, cheveux trop lisses et pas assez bouffants, gants de fil blanc, et, quoi que prétendent les commères de la porte, pas assez de décolletage ; les corsages s'arrêtent trop tôt, là où ça devient blanc, ferme et rebondi.

L'orchestre avertit les couples de se joindre et, dans les coups d'éventail des jupes qui nous frôlent les genoux, je vois passer ma sœur de lait Claire, alanguie et toute gentille, aux bras du beau sous-maître Antonin Rabastens, qui valse avec furie, un œillet blanc à la boutonnière.

Ces demoiselles ne sont pas encore descendues (je surveille assidûment la petite porte de l'escalier dérobé, par où elles apparaîtront) quand un monsieur, un des « habits noirs » s'incline devant moi. Je me laisse emmener ; il n'est pas déplaisant, trop grand pour moi, solide, et il valse bien, sans trop me serrer, en me regardant d'en haut d'un air amusé.

Comme je suis bête ! Je n'aurais dû songer qu'au plaisir de danser, à la joie pure d'être invitée avant Anaïs qui lorgne mon cavalier d'un œil d'envie… et, de cette valse-là, je ne retire que du chagrin, une tristesse, niaise peut-être, mais si aiguë que je retiens mes larmes à grand-peine… Pourquoi ? Ah ! parce que… — non, je ne peux pas être sincère absolument, jusqu'au bout, je peux seulement indiquer… — je me sens l'âme tout endolorie, parce que, moi qui n'aime guère danser, j'aimerais danser avec quelqu'un que j'adorerais de tout mon cœur, parce que j'aurais voulu avoir là ce quelqu'un, pour me détendre à lui dire tout ce que je ne confie qu'à Fanchette ou à mon oreille (et même pas à mon journal), parce que ce quelqu'un-là me manque follement, et que j'en suis humiliée, et que je ne me livrerai qu'au quelqu'un que j'aimerai et que je connaîtrai tout à fait, des rêves qui ne se réaliseront jamais, quoi !

Mon grand valseur ne manque pas de me demander :

— Vous aimez la danse, Mademoiselle ?

— Non, Monsieur.

— Mais alors... pourquoi dansez-vous ?

— Parce que j'aime encore mieux ça que rien.

Deux tours en silence, et puis il reprend :

— Est-ce qu'on peut constater que vos deux compagnes vous servent admirablement de repoussoirs ?

— Oh ! mon Dieu, oui, on peut. Marie est pourtant assez gentille.

— Vous dites ?

— Je dis que celle en bleu n'est pas laide.

— Je... ne goûte pas beaucoup ce genre de beauté. Me permettez-vous de vous inviter dès maintenant pour la prochaine valse ?

— Je veux bien...

— Vous n'avez pas de carnet ?

— Ça ne fait rien ; je connais tout le monde ici, je n'oublierai pas.

Il me ramène à ma place et n'a pas plutôt tourné le dos qu'Anaïs me complimente par un « Ma chère ! » des plus pincés.

— Oui, c'est vrai qu'il est gentil, n'est-ce pas ? Et puis il est amusant à entendre parler, si tu savais !

— Oh ! on sait que tu as toutes les veines aujourd'hui ! Moi je suis invitée pour la prochaine, par Féfed.

— Et moi, dit Marie qui rayonne, par Monmond ! Ah ! voilà Mademoiselle !

En effet ; voilà même Mesdemoiselles. Dans la petite porte du fond de la salle elles s'encadrent tour à tour : d'abord la petite Aimée qui a mis seulement un corsage de soirée tout blanc, tout vaporeux, d'où sortent des épaules délicates et potelées, des bras fins et ronds ; dans les cheveux près de l'oreille, des roses blanches et jaunes avivent encore les yeux dorés — qui n'avaient pas besoin d'elles pour briller !

Mlle Sergent, toujours en noir, mais pailleté, très peu décolletée sur une chair ambrée et solide, les cheveux mousseux faisant ombre ardente sur la figure disgraciée et laissant luire les yeux, n'est pas mal du tout. Derrière elle, serpente la file des pensionnaires, blanches, en robes montantes, quelconques ; Luce accourt vers moi me raconter qu'elle s'est décolletée, « en rentrant le haut de son corsage » malgré l'opposition de sa sœur. Elle a bien fait.

Presque en même temps, Dutertre entre par la grande porte, rouge, excité et parlant trop haut.

À cause des bruits qui circulent en ville, on surveille beaucoup, dans la salle, ces entrées simultanées du futur député et de sa protégée. Ça ne fait pas un pli : Dutertre va droit à Mlle Sergent, la salue, et, comme l'orchestre commence une polka, il l'entraîne hardiment avec lui. Elle, rouge, les yeux demi clos, ne dit mot et danse, gracieusement, ma foi ! Les couples se reforment et l'attention se détourne.

La Directrice reconduite à sa place, le délégué cantonal vient à moi, — attention flatteuse, très remarquée. Il mazurke violemment, sans valser, mais en tournant trop, en me serrant trop, en me parlant trop dans les cheveux :

— Tu es jolie comme les amours !

— D'abord, Docteur, pourquoi me tutoyez-vous ? Je suis assez grande...

— Non, je vais me gêner ? Voyez-moi cette grande personne !... Oh ! tes cheveux et cette couronne ! J'aimerais tant te l'enlever !

— Je vous jure que ce n'est pas vous qui me l'enlèverez.

— Tais-toi, ou je t'embrasse devant tout le monde !

— Ça n'étonnerait personne, on vous en a vu faire tant d'autres.

— C'est vrai. Mais pourquoi ne viens-tu pas me voir ? Ce n'est que la peur qui te retient, tu as des yeux de vice !... Va, va je te rattraperai quelque jour ; ne ris pas, tu me fâcherais à la fin !

— Bah ! Ne vous faites pas si méchant, je ne vous crois pas.

Il rit en montrant les dents, et je pense en moi même : « Cause toujours : l'hiver prochain, je serai à Paris, et tu ne m'y rencontreras guère ! »

Après moi, il s'en va tourner avec la petite Aimée, tandis que Monmond, en jaquette d'alpaga, m'invite. Je ne refuse pas, ma foi non ! Pourvu qu'ils aient des gants, je danse très volontiers avec les gars du pays (ceux que je connais bien), qui sont gentils avec moi, à leur façon. Et puis je redanse avec mon grand « habit noir » de la première valse, jusqu'au moment où je souffle un peu pendant un quadrille, pour ne pas devenir rouge, et aussi parce que le quadrille me paraît ridicule. Claire me rejoint et s'assied, douce et languissante, attendrie, ce soir, d'une mélancolie qui lui sied. Je l'interroge :

— Dis donc, on parle beaucoup de toi, à propos des assiduités du beau sous-maître ?

— Oh ! tu crois ?... On ne peut rien dire, puis qu'il n'y a rien.

— Voyons ! tu ne prétends pas faire de cachotteries avec moi ?

— Dieu non ! mais c'est la vérité qu'il n'y a rien. Tiens, nous nous sommes rencontrés deux fois, celle-ci, c'est la troisième, il parle d'une façon captivante ! Et tout à l'heure il m'a demandé si je me promenais parfois le soir du côté de la Sapinière.

— On sait ce que ça veut dire. Tu vas répondre quoi ?

Elle sourit, sans parler, d'un air hésitant et convoiteur. Elle ira. C'est drôle, ces petites filles ! En voilà une qui, depuis l'âge de quatorze ans, jolie et douce, sentimentale et docile, se fait lâcher successivement par une demi-douzaine d'amoureux. Elle ne sait pas s'y prendre. Il est vrai que je ne saurais guère m'y prendre non plus, moi qui construis de si beaux raisonnements...

Un vague étourdissement me gagne, de tourner, et surtout de voir tourner. Presque tous les habits noirs sont partis, mais pas Dutertre qui tourbillonne avec emportement, dansant avec toutes celles qu'il trouve gentilles, ou seulement très jeunes. Il les entraîne, les roule, les pétrit et les laisse ahuries, mais extrêmement flattées. À partir de minuit, le bal devient de minute en minute plus familier ; les « étrangers » partis, on se retrouve entre amis, le public de la guinguette à Frouillard, les jours de fête, — seulement on est plus à l'aise dans cette grande salle gaiement décorée, et le lustre éclaire mieux que les trois lampes à pétrole du cabaretier. La présence du docteur Dutertre n'est pas pour intimider les gars, bien au contraire, et déjà Monmond ne contraint plus ses pieds à glisser sur le parquet. Ils volent, ses pieds, ils surgissent au-dessus des têtes, ou s'éloignent follement l'un de l'autre, en « grands écarts » prodigieux. Les filles l'admirent et pouffent dans leurs mouchoirs parfumés d'eau de Cologne à bon marché : « Ma chère, qu'il est tordant ! Il n'y en a pas un pareil ! »

Tout d'un coup, cet enragé passe, avec une brutalité de cyclone, emportant sa danseuse comme un paquet, car il a parié « un siau de vin blanc », payable au buffet installé dans la cour, qu'il « ferait » la longueur de la salle en six pas de galop ; on s'attroupe, on l'admire. Monmond a gagné, mais sa danseuse — Fifine Baille, une petite traînée qui porte en ville du lait et tout ce qu'on veut — le quitte furieuse, et l'injurie :

— Espèce de grande armelle[3] ! t'aurais pu aussi ben bréger ma robe ! Reviens m'inviter, je te resouperai !

L'assistance se tord, et les gars profitent du rassemblement pour pincer, chatouiller et caresser ce qu'ils trouvent à portée de la main. On devient trop gai, je vais bientôt aller me coucher. La grande Anaïs, qui a pu enfin conquérir un « habit noir » retardataire, se promène avec lui dans la salle, s'évente, rit haut en roucoulant, ravie de voir le bal s'animer et les gars s'exciter ; il y en aura au moins un qui l'embrassera dans le cou, ou ailleurs !

Où a bien pu passer Dutertre ? Mademoiselle a fini par acculer sa petite Aimée dans un coin et lui fait une scène de jalousie, redevenue, en quittant son beau délégué cantonal, impérieuse et tendre, l'autre écoute en secouant les épaules, les yeux au loin et le front têtu. Quant à Luce, elle danse éperdument, — « je n'en manque pas une » — passant de bras en bras sans s'essouffler ; les gars ne la trouvent pas trop jolie, mais quand ils l'ont invitée une fois, ils y reviennent, tant ils la sentent souple, petite, et blottie, et légère comme un flocon.

Mlle Sergent a disparu, à présent, peut-être vexée de voir sa favorite valser, malgré ses objurgations, avec un grand faraud blond qui la serre, qui l'effleure de ses moustaches et de ses lèvres, sans qu'elle bronche. Il est une heure, je ne m'amuse plus guère et je vais aller me coucher. Pendant l'interruption d'une polka (ici, la polka se danse en deux parties, entre lesquelles les couples se promènent à la queue-leu-leu autour de la salle, bras sur bras) j'arrête Luce au passage et la force à s'asseoir une minute :

— Tu n'en es pas fatiguée, de ce métier-là ?

— Tais-toi ! Je danserais pendant huit jours ! Je ne sens pas mes jambes...

— Alors, tu t'amuses bien ?

— Est-ce que je sais ? Je ne pense à rien, j'ai la tête engourdie, c'est tellement bon ! Pourtant j'aime bien quand ils me serrent... Quand ils me serrent et qu'on valse vite, ça donne envie de crier !

Qu'est-ce qu'on entend tout à coup ? Des piétinements, des piaillements de femme qu'on gifle, des injures criées... Est-ce que les gars se battent ? Mais non, ça vient de là-haut, ma parole ! Les cris deviennent

---

3. Invective intraduisible.

tout de suite si aigus que la promenade des couples s'arrête ; on s'inquiète, et une bonne âme, le brave et ridicule Antonin Rabastens, se précipite à la porte de l'escalier intérieur, l'ouvre... le tumulte croît, je reconnais avec stupeur la voix de la mère Sergent, cette voix criarde de vieille paysanne qui hurle des choses épouvantables. Tous écoutent, figés sur place, dans un absolu silence, les yeux fixés sur cette toute petite porte d'où sort tant de bruit.

— Ah ! garce de fille ! tu ne l'as pas volé ! Hein, j'y ai t'y cassé mon manche à balai sur le dos, à ton cochon de médecin ! Hein, je te l'ai t'y flanquée c'te fessée ! Ah ! il y avait longtemps que je flairais quelque chose ! Non, non, ma belle, je ne me tairai pas, je m'en fiche, moi, des gens du bal ! Qu'ils entendent donc, ils entendront quelque chose de propre ! Demain matin, non, pas demain, tout de suite, je fais mon ballot, je couche pas dans une maison pareille, moi ! Saleté, t'as profité de ce qu'il était saoul, hors d'état (sic) pour le mettre dans ton lit, ce fumellier-là ! [4] c'est donc ça que ton traitement avait r'augmenté, chienne en folie ! Si te t'avais fait tirer les vaches comme j'ai fait, t'en serais pas là ! Mais t'en porteras la peine, je le crierai partout, je veux qu'on te montre dans les rues, je veux qu'on rie de toi ! Il ne peut rien me faire, ton salaud de délégué cantonal malgré qu'il tutoie le minisse, j'y ai fichu une frottée qu'i s'en est sauvé, il a peur de moi ! Ça vient faire des cochonneries ici, dans une chambre que je borde le lit tous les matins, et ça s'enferme même pas ! Ça se sauve moitié en chemise, nu-pieds, que ses sales bottines y sont encore ! Tiens, les v'là, ses bottines, qu'on les voie donc !

On entend les chaussures jetées dans l'escalier, rebondissantes ; une retombe jusqu'en bas, sur le seuil, dans la lumière, une bottine vernie, toute luisante et fine. Personne n'ose y toucher. La voix exaspérée diminue, s'éloigne au long des corridors, dans les claquements des portes, s'éteint ; on se regarde alors, chacun n'en croyant pas ses oreilles. Les couples encore unis demeurent perplexes, aux aguets, et peu à peu des rires sournois se dessinent sur les bouches narquoises, courent en goguenardant jusque sur l'estrade où les musiciens se font du bon sang, tout comme les autres.

Je cherche des yeux Aimée, je la vois pâle comme son corsage, les yeux agrandis, fixés sur la bottine, point de mire de tous les regards. Un jeune homme s'approche charitablement d'elle, lui offrant de sortir

---

4. Coureur de « fumelles ».

un peu pour se remettre. Elle promène au tour d'elle des regards affolés, éclate en sanglots et se jette dehors en courant. (Pleure, pleure, ma fille, ces moments pénibles te feront trouver les heures de joie plus douces.) Après cette fuite, on ne se gêne plus pour s'amuser de meilleur cœur, échanger des coups de coude, des « T'as-t'y ben vu ça ! »

J'entends alors près de moi un fou rire, un rire perçant, suffocant, vainement étouffé dans un mouchoir : c'est Luce qui se tord sur une banquette, pliée en deux, pleurant de joie et, sur la figure, une telle expression de bonheur sans ombre, que le rire me gagne, moi aussi.

— Tu n'es pas folle, Luce, de rire comme ça ?

— Ah ! Ah !... oh ! laisse-moi,... c'est trop bon... ah ! je n'aurais jamais osé espérer ça ! ah ! ah ! je peux partir, j'ai *du goût* pour longtemps. Dieu, que ça fait du bien !...

Je l'emmène dans un coin pour la calmer un peu. Dans la salle, on bavarde ferme, et personne ne danse plus. Quel scandale, le matin venu !... Mais un violon lance une note égarée, les cornets à pistons et les trombones le suivent, un couple esquisse timidement un pas de polka, deux couples l'imitent, puis tous ; quelqu'un ferme la petite porte pour cacher la scandaleuse bottine, et le bal recommence, plus joyeux, plus échevelé d'avoir assisté à un spectacle tellement drôle, tellement inattendu ! Moi, je vais me coucher, pleinement heureuse de couronner par cette nuit mémorable mes années scolaires.

Adieu, la classe ; adieu, Mademoiselle et son amie : adieu, féline petite Luce et méchante Anaïs ! Je vais vous quitter pour entrer dans le monde ; — ça m'étonnera bien si je m'y amuse autant qu'à l'École.

Colette

ISBN E-BOOK : 9782384554904
ISBN BROCHÉ : 9782384554911
ISBN RELIÉ : 9782384554928

ISBN E-BOOK : 9782384554843
ISBN BROCHÉ : 9782384554850
ISBN RELIÉ : 9782384554867

ISBN E-BOOK : 9782384554935
ISBN BROCHÉ : 9782384554942
ISBN RELIÉ : 9782384554959

ISBN E-BOOK : 9782384554966
ISBN BROCHÉ : 9782384554973
ISBN RELIÉ : 9782384554980

COLLECTION CLAUDINE

∼

Copyright © 2025 by Alicia ÉDITIONS

Credits : www.canva.com ; Alicia Éditions

Photographie de Colette 1910, anonyme, https ://commons.wikimedia.org/wiki/File :Colette_-_photographie.jpg

Signature de Colette, https://commons.wikimedia.org/wiki/Category:Colette#/media/File:Colette_Signatur_1929.jpg

ISBN E-BOOK : 9782384554812

ISBN BROCHÉ : 9782384554829

ISBN RELIÈ : 9782384554836

Tous droits réservés.

Aucune partie de ce livre ne peut être reproduite sous quelque forme ou par quelque moyen électronique ou mécanique que ce soit, y compris les systèmes de stockage et de récupération de l'information, sans l'autorisation écrite de l'auteur, à l'exception de l'utilisation de brèves citations dans une critique de livre.

www.ingramcontent.com/pod-product-compliance
Lightning Source LLC
LaVergne TN
LVHW032009070526
838202LV00059B/6369